Eux et moi

Jerome K. Jerome

Eux et moi

Traduction de l'anglais
par Maurice Beerblock,
revue et corrigée

L'ARBRE VENGEUR

Titre original : *They and I*

www.arbre-vengeur.fr

CHAPITRE PREMIER

« Ce n'est pas une grande maison, ai-je annoncé. Nous ne voulons pas d'une grande maison. Deux chambres d'amis, et la pièce triangulaire que vous voyez marquée là sur le plan, à côté de la salle de bain, et qui fera l'affaire pour un célibataire, seront tout ce dont nous aurons besoin – en tout cas, pour le moment. Plus tard, si jamais je deviens riche, nous pourrons ajouter une aile. La cuisine, je devrai l'annoncer à votre mère en douceur… Quoi qu'ait pu penser l'architecte d'origine…

— Peu importe la cuisine, déclara Dick. Et la salle de billard ?

La façon dont les enfants d'aujourd'hui se permettent d'interrompre leurs parents n'est rien d'autre qu'une honte nationale. J'aimerais aussi que Dick ne s'asseye pas sur la table en balançant ses jambes. Ce n'est pas respectueux. « Quand j'étais petit », comme je lui ai dit, « jamais je n'aurais imaginé m'asseoir sur une table, à interrompre mon père pour… »

— C'est quoi ce truc au milieu de la salle, qui ressemble à une grille ? demanda Robina.

— Elle veut dire les escaliers, expliqua Dick.

— Alors pourquoi ne ressemblent-ils pas à des escaliers ? précisa-t-elle.

— Ça y ressemble pour les gens qui ont du bon sens, répondit Dick.

— On ne dirait pas, persista Robina, ils ressemblent à une grille.

Robina, le plan étalé sur son genou, était assise en équilibre sur le bras d'un fauteuil. Vraiment, je ne vois pas l'intérêt d'acheter des chaises pour des êtres pareils. Ils ne semblent pas savoir à quoi elles servent, même un chien le comprend mieux. Des perchoirs leur suffiraient.

— Si nous placions le salon dans le hall et supprimions les escaliers, pensa Robina, nous pourrions organiser des fêtes de temps en temps.

— Peut-être, suggérai-je, voudriez-vous vider complètement la maison, en ne laissant que quatre murs nus. Cela nous donnerait encore plus d'espace. Pour les moments plus pratiques, nous pourrions aménager une remise dans le jardin, ou…

— Je parle sérieusement, déclara Robina : à quoi sert un salon ? On y rencontre uniquement des gens qu'on n'aurait jamais voulu voir arriver. Ils s'assoient, avec cet air misérable qu'ils ont partout ailleurs. Si seulement on pouvait se débarrasser des escaliers…

— Oh, bien sûr ! nous pourrions nous débarrasser des escaliers, reconnus-je. Ce serait juste un peu gênant au début, quand on voudrait aller au lit. Mais je pense que nous nous y habituerions. Nous pourrions prévoir une échelle et monter dans nos chambres par les fenêtres. Ou nous pourrions adopter la méthode norvégienne et avoir les escaliers à l'extérieur.

— J'aimerais que nous restions sérieux, déclara Robina.

— J'essaie de l'être, expliquai-je, et j'essaie aussi de faire appel à ton bon sens. En ce moment, vous êtes obsédés par la danse. Si on t'écoutait, tu transformerais la maison en un salon de danse, avec un dortoir approximatif pour le reste. Cette manie durera six mois. Ensuite, tu voudras que la maison soit transformée en piscine, en patinoire ou en terrain de hockey. Mon point de vue est peut-être conventionnel. Je ne m'attends pas à ce que vous le compreniez. C'est l'idée d'une maison chrétienne ordinaire, pas d'un gymnase. Il y aura des chambres dans cette maison, et il y aura un escalier qui y mènera. Cela peut vous sembler sordide, mais il y aura aussi une cuisine : voilà pourquoi, lors de la construction de la maison, il faudrait imaginer la cuisine…

— N'oublie pas la salle de billard, déclara Dick.

— Si tu pensais plus à ta future carrière et moins au billard, lui fit remarquer Robina, peut-être que tu arriverais à passer ton bac au cours des prochaines années. Si seulement papa avait du bon sens – je veux dire s'il n'était pas si absurdement indulgent en ce qui te concerne –, il ne serait pas question de billard à la maison.

— Tu dis ça simplement parce que tu ne sais pas jouer, fit Dick.

— Je suis parfaitement capable de te battre, rétorqua Robina.

— Une fois. Une fois en six semaines.

— Deux fois, corrigea Robina.

— Tu ne joues pas, lui expliqua Dick, tu te contentes de frapper comme un sourd et de faire confiance à la Providence.

— Je ne frappe pas comme un sourd. Je vise toujours quelque chose. Quand tu joues et que tu manques ton coup, tu dis que c'est de la malchance, et quand je joue et que je réussis, tu appelles cela de la chance. Tu es bien un homme…

— Vous deux, fis-je, attachez trop d'importance au score. Quand vous essayez d'obtenir une lunette sur la boule blanche, que vous la frappez du mauvais côté en l'envoyant dans un trou, et que votre propre boule tape par hasard une rouge, au lieu d'être vexé, vous triomphez.

— Si tu installes un bon billard, fit Dick, je t'apprendrai à jouer.

Je crois que Dick s'imagine vraiment savoir jouer. C'est la même chose pour le golf. Les débutants ont toujours de la chance. « Je pense que ça va me plaire, vous disent-ils.

Ce jeu semble fait pour moi, si vous voyez ce que je veux dire. »

J'ai un ami qui est un vieux capitaine de bateau, le genre d'homme qui, lorsque les trois boules sont alignées, même le long de la bande, affiche un air satisfait ; car il sait qu'il peut faire un joli coup et laisser la boule rouge exactement où il veut. Un jeune Irlandais du nom de Malooney, un copain de collège de Dick, logeait chez nous ; et un après-midi pluvieux, le Capitaine se proposa d'expliquer à Malooney comment un jeune homme pouvait pratiquer le billard sans risque d'arracher le tapis. Il lui apprit à tenir une queue de billard, et il lui expliqua comment prendre appui. Malooney lui fut reconnaissant et s'entraîna pendant environ une heure. Ça ne donnait pas grand chose. C'était un jeune homme puissant, qui ne semblait pas capable de réaliser qu'il ne jouait pas au cricket. Chaque fois qu'il frappait un peu bas, la boule se perdait généralement dans le décor. Pour gagner du temps (et épargner le mobilier), Dick et moi proposâmes de l'aider, nous plaçant dans l'axe de projection probable de la boule, de façon à la cueillir au vol, Dick un peu éloigné, moi plus proche. Mais c'était une activité dangereuse, et quand Dick a attrapé deux fois la boule au vol, nous avons convenu que nous avions gagné et nous l'avons emmené prendre le thé. Le soir – aucun d'entre nous ne voulait tenter sa chance une seconde fois – le Capitaine annonça que, pour plaisanter, il donnerait quatre-vingt-cinq points d'avance sur cent à Malooney. À vrai dire, je ne trouve pas particulièrement amusant de jouer au billard avec le Capitaine. Le jeu consiste, en ce qui me concerne, à faire le tour de la table, à lui renvoyer les boules, et à dire « Bien ! ». Lorsque mon tour arrive, je n'ai pas l'air très concerné : tout semble se liguer contre moi. C'est un vieux gentleman et il veut bien faire, mais le ton qu'il prend pour dire « pas de chance ! » chaque fois que je manque un coup facile a le don de m'énerver. J'ai envie de lui lancer les boules à la figure et de balancer la table par la fenêtre. Je suppose que c'est parce que je suis irritable, mais la simple façon dont il met la craie sur sa queue de billard m'exaspère. Il porte la sienne dans la poche de son gilet – comme si notre craie n'était pas assez bonne pour lui – et quand il a fini son opération, il lisse le bout de la queue avec son doigt et son pouce et la frappe contre la table. « Oh ! mais pressez-vous donc, ai-je envie de lui dire, et arrêtez vos singeries ».

Le Capitaine commença par une fausse queue. Malooney saisit la sienne, inspira longuement et la laissa s'envoler. Il marqua dix points : un canon et les trois boules dans la même poche. Bon, il fit le canon en deux coups ; mais la deuxième fois, comme nous le lui expliquâmes, ne comptait bien sûr pas.

— Bon début ! dit le Capitaine.

Malooney semblait content de lui et enleva son manteau.

La balle suivante de Malooney manqua la rouge d'une trentaine de centimètres lors de son premier passage sur la table, mais elle la retrouva plus tard pour atterrir dans une poche.

— 99 à 0, déclara Dick, qui marquait. Et si on jouait plutôt en 150, capitaine ?

— J'aimerais jouer une fois avant la fin du match, dit le Capitaine. Ce serait peut-être mieux d'aller jusqu'à 150, si M. Malooney n'y voit pas d'inconvénient.

— Comme vous voudrez, Monsieur, répondit Malooney.

Malooney aligna sa série à 22, sa boule restant comme suspendue au-dessus des trous du milieu, la boule rouge dans le carré.

— 108 à rien, annonça Dick.

— Quand je voudrai le score, dit le Capitaine, je saurai le demander.

— Toutes mes excuses, Monsieur, répondit Dick.

— Je déteste le bruit quand je joue, ajouta le Capitaine.

Le Capitaine, se décidant sans tarder, envoya sa boule sous le coussin, à quinze bons centimètres.

— Qu'est-ce que je vais faire maintenant ? demanda Malooney.

— Je ne sais pas ce que vous allez faire, dit le Capitaine, je suis curieux de voir ça.

En raison de la position de la boule, Malooney ne pouvait user de toute sa force. Il se contenta donc d'envoyer la boule du Capitaine, laissant sa propre boule littéralement collée contre la bande du fond, à dix centimètres de la rouge. Le capitaine lâcha un juron de marin et manqua une nouvelle fois son coup. Pour la troisième fois, Malooney affronta les boules. Prises de panique, elles se mirent à fuir devant lui. Sans aucune raison, elles se cognaient les unes contre les autres, partant, revenant. La rouge, en particulier, Malooney avait apparemment bien réussi à l'effrayer. De l'avis général, notre boule rouge est assez stupide, du genre à se coller sur un coussin pour regarder le match. Avec Malooney, elle s'est vite aperçue qu'elle n'était en sécurité nulle part sur le tapis. Son seul espoir était les poches. Je peux me tromper, mon œil a peut-être été abusé par la rapidité du jeu, mais il m'a semblé que la rouge n'attendait jamais d'être frappée. Quand elle voyait la balle de Malooney venir la chercher à 70 km/h, elle courait éperdument vers le coin le plus proche. Elle se précipitait à travers la table à la recherche de poches. Si, dans son excitation, elle passait devant une poche vide, elle faisait demi-tour et s'y terrait. Parfois, dans sa terreur, elle sautait par-dessus la table et se réfugiait sous le canapé ou derrière le buffet. On commençait à vraiment avoir pitié d'elle.

Le Capitaine avait obtenu un score légitime de 38, et Malooney n'avait marqué que 24 points, il semblait bien que la chance tournait en faveur du Capitaine. J'aurais moi-même pu marquer vu la disposition des boules.

— 62 à 128, Capitaine, maintenant la partie est entre vos mains, déclara Dick.

Tout le monde s'approcha. Les enfants abandonnèrent leur jeu. C'était une jolie image : les jeunes visages brillants de curiosité, impatients de voir ce qui allait se passer, observaient le vétéran usé qui louchait sur sa queue, comme s'il avait peur que le fait de regarder celle de Malooney lui porte la poisse.

Je chuchotais à Malooney :

— Maintenant, observez bien ce coup-là. Ne vous contentez pas de remarquer ce qu'il fait, mais essayez de comprendre pourquoi il le fait. N'importe quel imbécile, après un peu d'entraînement, peut frapper une boule. Mais pourquoi la frappez-vous ? Que se passe-t-il après que vous l'ayez frappée ? Qu'est-ce que…

— Chut, souffla Dick.

Le Capitaine ramena sa queue vers l'arrière et la poussa délicatement en avant.

— Joli coup, chuchotais-je à Malooney, maintenant c'est le genre de…

Je vous propose, à titre d'explication, de considérer que le Capitaine était probablement à ce moment-là trop empli de gros mots pour maîtriser ses nerfs. La boule a lentement dépassé le rouge. Dick a dit après coup qu'il n'était pas possible de mettre ne serait-ce qu'une feuille de papier entre les deux. Parfois, cela réconforte un homme quand on lui dit cela ; et parfois, cela ne fait que l'exaspérer davantage. Elle a continué son chemin, est passée à côté de la blanche – vous auriez pu mettre une rame de papier entre elle et la blanche – puis est tombée avec un bruit sourd et satisfait dans la poche du haut gauche.

— Pourquoi fait-il cela ? murmura Malooney (Malooney a le murmure singulièrement chaleureux).

Dick et moi fîmes sortir les femmes et les enfants de la chambre aussi vite que possible, mais bien sûr, Veronica réussit à tomber sur quelque chose en chemin – Veronica trouverait quelque chose sur quoi tomber dans le désert du Sahara ; et quelques jours plus tard, j'ai entendu des expressions, à travers la porte de la nurserie, qui m'ont fait dresser les cheveux sur la tête. Je suis entré, et j'ai trouvé Veronica debout sur la table. Jumbo était assis sur le tabouret de musique. Le pauvre chien lui-même avait l'air effrayé, bien qu'il ait dû en entendre de toutes les couleurs pendant son existence.

— Veronica, ai-je dit, n'as-tu pas honte ? Méchante enfant, comment oses-tu…

— Tout va bien, a déclaré Veronica. Je ne veux vraiment rien faire de mal. Mais ce chien est un marin, et je dois lui parler comme ça, sinon il ne sait pas qu'on lui parle.

Je rétribue des dames consciencieuses et travailleuses pour enseigner à cette enfant des choses qu'elle doit savoir. Elles lui racontent les remarques intelligentes que Jules César a formulées, des observations faites par Marc-Aurèle qui, avec de la réflexion de sa part, pourraient l'aider à se forger une belle personnalité. Elle se plaint qu'elle a une étrange sensation de bourdonnement dans la tête, et sa mère affirme que son cerveau est peut-être du genre créatif, qu'il n'est pas destiné à se souvenir de grand-chose – elle pense qu'elle pourrait peut-être devenir quelqu'un. Il y a bien eu une bonne douzaine de jurons s'échappant de la bouche du Capitaine avant que Dick et moi ne réussissions à la faire sortir de la pièce. Elle ne les entendit qu'une seule fois, et pourtant, pour autant que je puisse en juger, leur réception fut parfaite.

Le Capitaine, qui n'a plus besoin de déployer toutes ses forces pour réprimer ses instincts naturels, retrouva son sang-froid, au point d'aligner 149 points, rejoignant ainsi Malooney. Le Capitaine avait laissé les boules dans une position qui eut découragé tout autre adversaire que Malooney. À tout autre adversaire que Malooney, le Capitaine aurait témoigné une sympathie irritante, du style : « Peur que les boules ne roulent pas bien pour vous ce soir », ou, « Désolé, Monsieur, il semble que je ne vous ai pas laissé grand chose ». Mais ce soir-là, le Capitaine n'était pas d'humeur à plaisanter.

— Eh bien, s'il marque un point… dit Dick.

— À moins de bloquer les boules et d'éteindre les lumières, je ne vois pas moi-même comment on pourrait la manquer, soupira le Capitaine.

La boule du Capitaine était à bonne portée. Celle de Malooney se dirigea vers le rouge et la toucha – peut-être serait-il plus correct de dire qu'elle l'effraya – avant de la pousser dans une poche. La boule de Malooney, disposant de la table pour elle seule, exécuta un formidable solo avant de terminer en brisant une fenêtre. C'est ce que les juristes appellent un intéressant cas de droit. Quelle conséquence sur le score ?

Malooney fit valoir que, vu qu'il avait empoché la rouge avant que sa propre boule ne quitte la table, les trois points lui revenaient de fait, et que par conséquent il avait gagné. Dick soutenait qu'une boule qui avait fini dans un parterre de fleurs ne pouvait pas être considérée comme ayant marqué quoi que ce soit. Le Capitaine refusa de s'en mêler. Il déclara que, bien que jouant au billard depuis plus de quarante ans, l'incident était d'un genre inédit pour lui. Mon propre sentiment tenait plutôt de la gratitude d'avoir pu voir le jeu s'achever sans que personne ne soit vraiment blessé. Nous convînmes que la personne qui déciderait du point serait le rédacteur en chef de la revue *The Field.*

Le cas reste encore indécis à ce jour. Le Capitaine vint dans mon bureau le lendemain matin. Il me demanda :

— Si vous n'avez pas encore écrit cette lettre au *Field*, ne mentionnez pas mon nom. Ils me connaissent dans ce journal. Je préférerais qu'on ne sache pas que j'ai pu jouer avec un homme qui ne peut pas contenir sa balle entre les quatre murs d'une salle de billard.

— Eh bien, répondis-je, je connais moi-même la plupart des gens du *Field*. Ils reçoivent rarement de quoi faire un article avec ce genre d'histoire. Quand cela leur arrive, ils ont tendance à s'en faire l'écho. Mon idée était également de ne pas y mettre mon propre nom.

— Ce genre de coup ne doit pas souvent se produire, ajouta le Capitaine. À votre place, je laisserais tomber.

J'aurais pourtant aimé que ce litige soit réglé. Au bout du compte, j'écrivis au rédacteur en chef une lettre prudente, d'une écriture déguisée, en donnant un faux nom et une fausse adresse. Mais si jamais il y eut une réponse, j'ai dû la manquer.

J'ai obscurément conscience qu'au fond de moi sommeille un bon joueur, si seulement je pouvais le persuader de sortir. Il est timide, voilà tout. On le dirait incapable de jouer devant la moindre assistance. Les coups qu'il manque quand il joue devant un témoin vous donneraient une idée trompeuse de sa valeur. Quand il n'y a personne, pas certain qu'on puisse voir mieux. Si quelques-uns qui se croient si doués pouvaient me voir quand il n'y a personne, cela porterait un sacré coup à leur vanité. Il ne m'est arrivé qu'une seule fois de jouer en ayant l'impression d'atteindre ma forme idéale, et cela s'est terminé en dispute. Je logeais dans un hôtel en Suisse et, le deuxième soir, un jeune homme à la voix agréable, qui disait avoir lu tous mes livres – il a paru surpris, plus tard, d'apprendre que j'en avais écrit plus de deux – me demanda si je l'accompagnerais dans une partie en cent points. Nous jouâmes à égalité, même si ce fut à moi d'en acquitter le prix. Le lendemain soir, il me dit qu'il pensait que ce serait mieux s'il me donnait quarante points d'avance. La fin de notre partie fut assez serrée pour qu'il me suggère de m'inscrire à un match qu'il organisait.

— J'ai peur, ai-je répondu, de ne pas jouer assez bien. Jouer tranquillement avec vous est une chose, mais faire une partie avec une foule qui vous regarde…

— Vous ne devriez pas vous laisser troubler par ça, me répondit-il, certains ici jouent bien plus mal que vous – tout au moins un ou deux. Et puis ça occupe la soirée.

Il s'agissait simplement d'un moment entre amis. Je payai mes vingt marks, on me rendit cent points. Pour ma première partie, je tombai sur un homme du type bavard, d'une moyenne supérieure à la mienne. Nous ne fîmes pas grand-chose pendant les cinq premières minutes, avant que j'aligne quarante-quatre points d'affilée.

Et du début à la fin de la partie, il n'y eut pas un coup dont on puisse accuser la chance. De ma vie, je n'ai été aussi étonné. J'avais l'impression que c'était ma queue de billard qui agissait à ma place.

Mon adversaire, a priori bien supérieur, était encore plus étonné. Comme je passais près de lui, je l'entendis qui demandait :

— Qui a établi le classement de cet homme ?

— C'est moi, avoua le jeune homme enjoué.

— Oh, a lâché mon adversaire, un de vos amis je suppose… ?

Il y a des soirées qui semblent vous appartenir. Nous achevâmes ce deux cent cinquante points en moins de trois quarts d'heure. J'expliquai à mon vis-à-vis – que je laissais derrière moi à soixante-trois points – que mon jeu ce soir tenait de l'exceptionnel. Il me dit qu'il avait entendu parler de cas semblables. Je le laissai en pleine explication avec les organisateurs. Ce qui me fit penser qu'il était dénué de la moindre élégance.

Après cela, peu m'importait de gagner, et cela, bien sûr, me fut fatal. Moins je m'efforçais de réussir, plus il me semblait impossible de mal jouer. Pour finir, on me fit affronter le concurrent d'un hôtel voisin. Mais pour ce match, je suis convaincu qu'il aurait fallu compenser mon médiocre classement. Il n'était de toute façon pas question que l'autre hôtel puisse l'emporter. Voilà donc qu'on se rassemble autour de moi, et qu'on me donne des conseils judicieux, m'exhortant à la prudence, ce qui eut pour inévitable conséquence de me voir soudainement revenir à ma forme habituelle.

Jamais auparavant ni depuis je n'ai joué comme je l'ai fait cette semaine. Mais cela m'a démontré au moins ce que j'étais capable de faire. Je vais donc acquérir une nouvelle table, avec des poches convenables cette fois. Il y a quelque chose qui cloche dans nos poches. Les boules y entrent et en ressortent. On pourrait croire qu'elles y ont vu quelque chose qui les effraie. Elles sortent en tremblant et s'accrochent au tapis.

Je veux également posséder une nouvelle boule rouge. Je crois que la nôtre doit être une très vieille boule. Elle me donne l'impression d'être toujours fatiguée.

— La salle de billard, Dick, je vois plutôt bien comment nous pourrions nous y prendre. En ajoutant trois mètres supplémentaires à ce qui fait actuellement office de laiterie, cela nous donnerait une salle de six mètres sur huit mètres cinquante. J'espère que ce sera suffisant, même si votre Malooney vient jouer. Le salon est trop petit pour être d'une quelconque utilité. Je pourrais décider – comme Robina l'a suggéré – de l'agrandir en supprimant le couloir. Mais les escaliers resteront. Pour les fêtes, pièces de théâtre – toutes ces choses qui vous évitent de faire des bêtises, les enfants – j'ai une idée que je vous expliquerai plus tard. Et puis il y a la cuisine…

— Est-ce que je peux avoir une chambre pour moi toute seule, demanda Veronica.

Veronica était assise sur le sol, regardant fixement le feu, le menton dans la main. Durant les rares moments où elle se repose de ses méfaits, elle arbore une expression de sainteté et de distance, auquel tout étranger se méprendrait. Les nouvelles gouvernantes se demandent si, dans ces occasions, elles ont raison de la traîner par les oreilles pour parler dates d'histoire et tables de multiplication. Des poètes de mes amis, tombant à l'improviste sur Veronica, debout près de sa fenêtre, en train de contempler l'apparition de l'étoile du soir, ont cru à une vision, jusqu'à ce qu'ils découvrent en s'approchant qu'elle suçait simplement des bonbons à la menthe.

— J'aimerais tellement avoir une chambre pour moi toute seule, répéta Veronica.

— Ce serait du propre ! s'exclama Robina

— Une chambre où les épingles à cheveux de Robina ne traîneraient pas partout sur le lit… murmura rêveusement Veronica.

— C'est trop fort ça ! reprit sa sœur ; et pourquoi…

— Tu es plus forte que moi, l'interrompit Veronica.

— Je te donnerais volontiers une chambre, Veronica, dis-je. Mais ma crainte est qu'à la place d'une seule chambre en désordre dans la maison – une chambre qui me fait frissonner chaque fois que je l'aperçois à travers la porte ouverte, et la porte, malgré mes exhortations, est généralement grande ouverte…

— Je ne suis pas désordonnée, dit Robina, enfin pas vraiment. Je sais retrouver chaque chose, y compris dans le noir. Si seulement les gens les laissaient à leur place !

— Bien sûr que tu l'es ! Tu es la fille la plus désordonnée que je connaisse, affirma Dick.

— Absolument pas, insista Robina, tu devrais voir les chambres des autres filles. Regarde la tienne à Cambridge. Malooney nous a dit que vous aviez eu un incendie, et nous avons tous failli le croire.

— Quand un homme travaille… soupira Dick.

— Il lui faut un endroit rangé pour travailler, railla Robina.

— Parler avec toi ne rime à rien, soupira Dick. Tu es incapable de voir tes propres défauts.

— Mais si, insista Robina, je les vois plus que n'importe qui. Tout ce que je réclame, c'est la justice !

— Prouve-moi, Veronica, ai-je dit, que tu es digne de posséder une chambre. Actuellement, tu sembles considérer que la maison toute entière est ta chambre. Je trouve vos guêtres sur le terrain de croquet. Un de tes vêtements (celui que toute personne ayant un peu de pudeur cherche à cacher plus que tout autre aux yeux du monde) flotte en ce moment même à la fenêtre du palier, comme un drapeau.

— Je l'ai fait recoudre, expliqua Veronica.

— Tu as ouvert la porte et tu l'as jeté dehors. Je te l'ai même fait remarquer, pointa Robina. Tu fais pareil avec tes bottes !

— Tu es trop exaltée pour une personne de ta taille, expliqua Dick. Tâche d'être un peu moins coquette…

— Je pourrais aussi émettre le vœu, Veronica, ai-je poursuivi, que tu te débarrasses moins facilement de tes peignes, ou tout au moins que tu saches quand et où tu t'en débarrasses. Quant à tes gants…, la chasse aux gants est devenue le principal de nos sports d'hiver.

— On les cherche dans des endroits si drôles ! osa-t-elle.

— C'est vrai. Mais sois juste, Veronica, plaidai-je, avoue que c'est dans des endroits bizarres qu'on les retrouve, parfois. En cherchant tes affaires, on apprend, ô Veronica, à ne jamais désespérer. Tant qu'il reste un coin inexploré dans la maison ou dehors, dans un rayon d'un kilomètre, il ne faut pas abandonner tout espoir.

Veronica, rêveuse, contemplait toujours le feu.

— Je suppose, dit-elle, que c'est la *rédité*…

— La quoi ? dis-je.

— Elle veut dire l'hérédité, suggéra Dick, petite insolente, va ! Je ne comprends pas que tu lui permettes de te parler comme ça.

— Ne t'ai-je pas expliqué cent fois, ajouta Robina, que notre père étant écrivain, l'inconscience fait partie de son tempérament.

— C'est dur à supporter pour nous autres les enfants, déclara Veronica.

Nous étions tous d'accord – à l'exception de Veronica – pour dire qu'il était temps que Veronica aille se coucher. En tant que président de l'assemblée, je pris sur moi de lever la séance.

CHAPITRE II

— VOULEZ-VOUS DIRE, GOUVERNEUR, que vous avez réellement acheté la maison ? demanda Dick, ou n'est-ce qu'une conversation théorique ?

— Cette fois, Dick, le marché est conclu.

Dick prit un air grave :

— Est-ce que c'est ce que tu recherchais ?

— Non, Dick, elle n'est pas vraiment comme je la voulais. Je voulais une maison à l'ancienne, pittoresque, bizarre, toute en pignons, en façade de lierre et en loggias…

— Tu mélanges tout, interrompit Dick, les pignons et les loggias ne vont pas ensemble.

— Je te demande pardon, Dick, dans la maison dont je rêvais, ça collait bien. Le style de maison que l'on trouve dans le numéro de Noël des magazines. Je n'en ai jamais vu ailleurs, mais elle m'a plu d'emblée. Elle n'est pas trop loin de l'église et la nuit, elle est illuminée. Quand j'étais enfant, je me disais : « Un jour, je serai un homme qui compte et je vivrai dans une maison comme celle-ci». C'était mon rêve.

— Et comment est-elle, celle que tu as achetée? demanda Robina.

— L'agent, expliquais-je, prétend qu'on peut réussir à l'améliorer. Je lui ai demandé s'il savait à quelle école d'architecture elle appartenait. Il m'a répondu qu'il pensait que cela devait être une école du genre communale, et a souligné – ce qui a l'air vraisemblable – qu'aujourd'hui on n'en construit plus de semblables.

— Près de la rivière? demanda Dick.

— Eh bien, par la route, j'estime que ce doit être à trois kilomètres.

— Et par un chemin plus court?

— C'est le chemin le plus court, expliquai-je, mais il y a un plus agréable chemin à travers bois, sauf qu'il fait pas loin de six kilomètres.

— Nous avions pourtant décidé que ce serait près de la rivière, avança Robina.

— Nous avions aussi décidé qu'elle serait bâtie sur un sol sableux, et orientée au sud-ouest. La seule chose orientée au sud-ouest, c'est la porte de derrière. J'ai demandé à l'agent ce qu'il en était du sable. Il m'a conseillé, si j'en voulais en quantité, de réclamer un devis de la compagnie de chemin de fer. Je la voulais sur une colline. Elle est bien sur une colline, mais avec une plus grande colline devant. Je ne voulais pourtant pas de cette autre colline. Je voulais une vue panoramique sur la moitié sud de l'Angleterre. Je voulais conduire nos visiteurs sur le perron, et les abreuver d'histoires sur la possibilité, par temps clair, de voir le canal de Bristol. Ils ne m'auraient peut-être pas cru, mais sans cette colline, j'aurais pu le soutenir, et ils n'auraient pas pu être certains – pas totalement – que je mentais.

Personnellement, j'aurais aimé avoir une maison où il se fut passé quelque chose. J'aurais aimé une tache de sang – pas une tache de sang ennuyeuse, plutôt une tache de sang discrète et soignée qui se serait contentée, la plupart du temps, de rester cachée sous le tapis, et qu'on n'aurait montrée aux visiteurs que dans les grandes circonstances, pour leur faire honneur. J'avais même espéré un fantôme. Je ne parle pas d'un de ces fantômes bruyants qui ne semble pas avoir compris qu'il est mort. Un fantôme de femme aurait eu ma préférence, un gentil fantôme aux manières douces et gracieuses.

Cette maison, et c'est ma principale objection, a un air raisonnable. Bon, elle possède un écho. Si vous allez au bout du jardin et que vous lui criez très fort quelque chose, elle vous répond. Mais c'est la seule fantaisie qu'on peut se permettre avec elle. Et même là, elle vous répond sur un ton qui vous donne l'impression qu'elle trouve ce jeu assez ridicule et qu'elle ne le fait que pour vous faire plaisir. C'est une de ces maisons qui semble toujours ne penser qu'à son loyer et à ses impôts.

— Tout de même, il y a bien une raison qui t'a poussé à l'acheter ? s'exclama Dick.

— Oui, Dick, nous en avons tous assez de cette banlieue. Nous voulons vivre à la campagne en braves gens que nous sommes. Pour vivre à la campagne avec tout le confort, il faut y avoir une maison. Ceci posé, soit nous devons construire une maison, soit en acheter une. Je préfère franchement ne pas faire construire une maison. Mon ami Talboys s'en est fait construire une. Vous connaissez Talboys. Quand je l'ai rencontré pour la première fois, avant qu'il ne commence à bâtir, c'était une âme joyeuse avec toujours un mot aimable pour chacun. Aujourd'hui l'entrepreneur lui annonce que dans vingt ans, quand elle se sera bien patinée, sa maison ressemblera à un tableau. Aujourd'hui, la simple vue de sa maison le rend pénible. D'année en année pourtant, on lui dit qu'à mesure que l'humidité s'évaporera, il souffrira de moins en moins de ses rhumatismes, de fièvres et de lumbagos. Il a une haie qui a fait le tour de son jardin, une haie de quarante-cinq centimètres de haut. Pour empêcher les enfants d'entrer, il a installé une clôture en fil de fer barbelé. Mais le fil de fer barbelé ne garantit aucune véritable intimité. Lorsque les Talboys prennent leur café sur la pelouse, il y a souvent une foule de villageois pour les observer. Dans son jardin, il y a aussi quelques arbres. On voit que ce sont des arbres grâce au panonceau fixé sur chacun d'eux qui vous dit de quel type d'arbre il s'agit. Pour l'instant, ils se ressemblent tous. Dans trente ans, Talboys estime qu'ils lui offriront de l'ombre et un vrai confort. Mais il espère être mort d'ici là. Moi, je veux une maison qui a vaincu tous ses problèmes de croissance, je ne veux pas passer le reste de ma vie à faire l'éducation d'une maison jeune et sans expérience.

— Mais, insista Robina, pourquoi avoir acheté celle-là si, comme tu le dis, ce n'est pas celle que tu voulais ?

— Parce que, ma chère fille, elle est moins différente de la maison que j'aurais voulu. Quand on est jeune, on essaie d'obtenir tout ce qu'on désire. Plus tard et avec les années accumulées, on essaie de désirer ce qu'on peut avoir. Cela fait gagner du temps. Depuis deux ans, j'ai visité une soixantaine de maisons, et parmi elles, une seule était vraiment celle que je voulais. Jusqu'à présent, j'ai gardé l'histoire pour moi. Encore maintenant, je m'énerve rien que d'y penser. Ce n'est pas un agent immobilier qui m'en avait parlé. C'est un homme rencontré par hasard dans un wagon de train. Il avait un œil au beurre noir. Que je compléterai volontiers par un autre si je le croise de nouveau. Il l'a justifié en me disant qu'il avait eu des problèmes avec une balle de golf, et à ce moment-là je l'ai cru. Pendant que nous causions, je lui appris que je cherchais une maison. Il me décrivit alors celle dont je rêvais, et dès lors il me sembla que le train n'en finissait pas d'atteindre sa destination.

Quand il s'est arrêté, je suis descendu et j'ai pris le premier pour rentrer. Je n'ai même pas pris le temps de déjeuner. J'avais mon vélo avec moi, et je me suis rendu directement là-bas. C'était... oui, enfin, c'était LA maison que je voulais. Si elle s'était soudainement évanouie et que je m'étais retrouvé dans mon lit, cela m'aurait paru plus vraisemblable.

Le propriétaire m'a ouvert la porte lui-même. Il avait la prestance d'un militaire à la retraite. Ce n'est que plus tard que j'ai appris qu'il était le propriétaire. J'ai dit: « Bonjour, si cela ne vous dérange pas, je voudrais jeter un coup d'œil à la maison. »

Nous nous trouvions dans un vestibule tout lambrissé de chêne. Je remarquais l'escalier de bois sculpté dont l'homme du train m'avait parlé, ainsi que les cheminées anciennes à la Tudor. C'est d'ailleurs tout ce que j'ai eu le temps d'apercevoir. L'instant d'après, j'étais étalé sur le dos au milieu des graviers, la porte refermée. J'ai levé les yeux. J'ai vu la tête du vieux fou qui se découpait dans l'encadrement d'une petite fenêtre: un véritable visage maléfique. Et il avait une arme à la main.

— Je vais compter jusqu'à vingt, me cria-t-il. Si vous n'avez pas franchi la barrière d'ici là, je tire.

J'ai compté en me précipitant vers la sortie. Je l'ai atteinte à dix-huit.

J'attendis une heure le train suivant. Je contais ma mésaventure au chef de gare.

— Oui, me répondit-il dit, il y aura un malheur là-haut un de ces jours.

— Il me semble qu'il vient d'en arriver un !

— C'est le soleil indien. Il leur brûle la tête. Nous en avons un ou deux spécimens dans le coin. Ils sont assez tranquilles jusqu'à tant que quelque chose arrive.

— J'aurais mis deux secondes de plus, je crois bien qu'il l'aurait fait !

— C'est une maison qui plaît, dit le chef de gare, ni trop grande ni trop petite. On dirait que c'est le genre de maison idéale que les gens semblent rechercher.

— Je n'envie pas la prochaine personne qui voudra la visiter.

— Il s'est installé ici il y a environ dix ans. Depuis lors, si mille personnes ne lui ont pas offert d'acheter sa maison, pas une ne l'a fait. Au début, il se moquait d'eux, leur expliquait de bonne grâce que son idée était d'y vivre lui-même, dans la paix et la tranquillité, jusqu'à sa mort. Deux personnes sur trois se déclaraient prêtes à attendre et proposaient un arrangement au terme duquel ils prendraient possession de la maison, disons une semaine après l'enterrement. Mais ces derniers mois, les choses ont empiré. Je pense que vous êtes à peu près le huitième à avoir débarqué cette semaine, et nous ne sommes que jeudi. Il faut bien admettre que le vieux n'a pas tous les torts, non ?

— Et est-ce qu'il a tiré sur le curieux qui t'a suivi ? demanda Dick.

— Ne sois pas si bête, Dick, lui lança Robina, c'est une histoire. Raconte-nous en une autre, papa.

— Je ne sais pas Robina ce que tu entends par « une histoire ». Si tu veux insinuer que…

Robina s'en défendit, mais je sais très bien qu'elle l'a pensé. Parce que je suis un écrivain de profession et que je dois raconter des histoires pour gagner ma croûte, les gens pensent que je prends des libertés avec la vérité. C'est déjà assez vexant d'être suspecté de mauvaise foi quand on exagère, alors subir des ricanements de sa propre famille quand on fait son possible pour offrir un récit dépouillé et circonstancié… Comment après ça avoir encore envie de dire la vérité ? Il y a des moments où je me dis presque que devrais renoncer à la vérité pour toujours.

— Il se trouve que l'histoire est véridique, dans pas mal de ses parties. Je passerai sur votre indifférence à l'égard du risque que j'ai couru ; bien qu'une fille aimante, au moment où il a été fait mention d'un pistolet, aurait manifesté son inquiétude. Quoi qu'il en soit, à la fin de mon récit, vous auriez peut-être pu trouver quelque chose de plus sympathique que ce simple : « Raconte-nous en une autre, papa ». Non, il n'a pas tiré sur le visiteur suivant, pour la simple raison que le lendemain, sa femme, effrayée de ce qui s'était passé, est allée à Londres pour consulter un spécialiste – il n'était que temps, en fait. Le pauvre vieux est mort six mois plus tard dans un hôpital psychiatrique. J'ai appris ça du chef de gare lors de mon passage au printemps dernier. La maison est désormais la possession de son neveu, qui l'habite. C'est un jeune homme nanti d'une grande famille, qui a fait comprendre aux alentours que la maison n'est pas à vendre. C'est plutôt triste comme histoire, il me semble. Le soleil indien, comme le pense le chef de gare, est peut-être à l'origine de ses troubles, mais sa fin a sans doute été précipitée par la gêne permanente que le malheureux bonhomme a subie. Sans compter que j'aurais pu y passer. La seule chose qui me console est de penser à l'œil au beurre noir de cet imbécile – celui qui m'a envoyé là-bas.

— Et les autres maisons étaient sans intérêt ? demanda Dick.

— Elles avaient toutes des défauts, Dick, expliquai-je. Il y en avait une dans l'Essex par exemple, une des premières que ta mère et moi ayons visitées. J'ai failli pleurer de joie quand j'ai lu l'annonce. Il s'agissait d'un ancien prieuré. La reine Elizabeth y avait dormi sur le chemin de Greenwich. L'annonce était accompagnée d'une photo, ce qui m'autorisait à y croire. C'était à moins de vingt kilomètres de Charing Cross. Le propriétaire, disait-on, était ouvert à la discussion.

— De la foutaise, je suppose, a suggéré Dick.

— L'annonce, si tant est qu'il y en ait eu une véritable, avait sous-estimé l'attrait de la maison même. Tout ce que je lui reproche, c'est de n'avoir pas parlé du reste. Elle ne mentionnait pas, par exemple, que depuis l'époque de la reine Elizabeth, le quartier avait changé. Elle ne précisait pas que l'entrée se trouvait entre un pub d'un côté et un restaurant de friture de l'autre ; que la compagnie de chemin de fer Great Eastern avait installé un dépôt de marchandises au fond du jardin ; que les fenêtres du salon donnaient sur une vaste usine de produits chimiques, et les fenêtres de la salle à manger, qui se trouvaient au coin de la rue, sur la cour d'un tailleur de pierre. La maison elle-même était simplement idéale.

— Mais comment est-ce que c'est possible ? demanda Dick. À quoi pensent les agents immobiliers ? Ils croient que les gens sont assez bêtes pour acheter une maison sur la foi d'une annonce et sans seulement aller la voir ?

— J'ai posé la question une fois à un agent, répondis-je. Il m'a affirmé que cela n'avait d'autre but que de soutenir le moral du propriétaire. Il a précisé que lorsque quelqu'un essayait de se séparer d'une maison, il s'exposait à supporter les remarques railleuses des visiteurs, à tel point que si quelqu'un ne défendait pas la maison – à mettre en avant tout ce qui la distingue et à passer sous silence ses défauts – il finirait par en avoir tellement honte qu'il serait prêt à la donner ou à la faire sauter à la dynamite. Dans ce cas-là, le propriétaire avait coutume de dire que la lecture de son annonce était la seule chose qui lui fît supporter l'idée que la maison lui appartenait. Le même agent m'a raconté aussi qu'un de ses clients essayait de vendre sa maison depuis des années, jusqu'au jour où, dans l'agence, il a lu par hasard la description de son bien. Il est rentré directement chez lui, a démonté le panneau « à vendre » et y vit depuis avec une réelle satisfaction. Donc le système se justifie du côté propriétaire ; mais pour le chasseur de maisons, c'est une autre histoire.

Un agent immobilier m'a fait faire une journée de déplacement pour voir une maison au milieu d'un champ de briques, avec vue sur le canal de Grand Junction. Je lui ai demandé où se trouvait la rivière qu'il avait évoquée. Il m'a expliqué qu'elle se trouvait de l'autre côté du canal, mais en contrebas ; c'était la seule raison qui empêchait de la voir depuis la maison. Je lui ai demandé aussi où se trouvait le fameux paysage pittoresque. Il m'a expliqué que c'était plus loin, après le tournant sur la route. Il semblait me trouver bizarre de m'attendre à trouver devant la porte d'entrée tout ce qu'on m'avait annoncé. On pouvait dissimuler la briqueterie – puisque je n'avais pas l'air d'apprécier la briqueterie – avec un rideau d'arbres. Il m'a conseillé l'eucalyptus, me précisant que c'était un arbre à croissance rapide qui avait la particularité de produire une intéressante sorte de caoutchouc.

Je suis aussi descendu dans le Dorset pour évaluer une autre maison. Elle possédait, d'après l'annonce, « sans doute le plus parfait modèle de voûte normande du sud de l'Angleterre ». On en trouvait une mention dans le livre de Dugdale, et elle était datée du XIIIe siècle. Je ne sais pas trop à quoi je m'attendais. Mais je sais que je me suis dit, afin de ne pas trop m'emballer, que, même à cette époque, il devait y avoir des brigands aux moyens modestes. Que dans ce coin, un baron, du genre voleur, avait dû se contenter d'un petit château accueillant. Quelques-uns d'entre eux, perdus dans des régions isolées, avaient pu échapper à la destruction. Des descendants plus civilisés les avaient rendus plus confortables. Dans le train qui me conduisait à Dorchester, j'imaginais quelque chose entre la Tour de Londres en miniature et une réplique médiévale du cottage de l'épouse de Shakespeare, Ann Hathaway, à Stratford. Je voyais des donjons et un pont-levis, peut-être un passage secret. Mon ami Lamchick en a bien un de passage secret, qu'on emprunte derrière une sorte de portrait dans la salle à manger et qui mène derrière la cheminée de la cuisine. Ils s'en servent d'armoire à linge. C'est assez dommage. Bien sûr qu'à l'origine, cela devait aller plus loin. Le vicaire, qui est un peu archéologue, pense qu'il débouche quelque part dans le cimetière. J'ai dit à Lamchick qu'il devrait l'explorer, mais sa femme ne veut pas qu'on y touche. Elle est persuadée que les choses sont bien comme elles sont. J'ai toujours eu envie d'un passage secret. Je décidais ainsi de faire réparer le pont-levis et de le rendre de nouveau praticable. Garni de chaque côté de bacs à fleurs, cela donnerait à notre maison un aspect original et pittoresque.

— Alors, il y avait un pont-levis ? demanda Dick.

— Il n'y en avait pas. On entrait dans la maison par ce que le concierge appelait le *conservatoire*. Et ce n'était pas le type de maison qui va avec un pont-levis.

— Et les voûtes normandes ? osa Dick.

— Pas les voûtes, le repris-je, LA voûte. La fameuse voûte était en bas, dans la cuisine. C'est la cuisine qui avait été bâtie au XIIIe siècle - et apparemment on n'y avait pas beaucoup touché depuis. La pièce avait dû servir de chambre de torture, c'est en tout cas l'impression qui s'en dégageait. Je pense que votre mère aurait soulevé des objections pour ce qui concerne cette cuisine - en tout cas, elle aurait eu une pensée pour la cuisinière qui aurait à y œuvrer. Il aurait fallu lui exposer la situation avant de l'engager : « Ça ne vous dérange pas de cuisiner au fond d'un vieux donjon obscur, n'est-ce pas ? » Certains cuisiniers y arriveraient. Le reste de la maison était d'un style qu'on pourrait appeler mixte-moderne. L'avant-dernier locataire y avait ajouté une salle de bain en tôle ondulée.

Il y avait aussi dans le Berkshire une propriété que j'ai fait visiter à ta mère, on annonçait que son parc était traversé par un ruisseau à truites. Je me voyais déjà, partant après déjeuner attraper des truites pour le dîner, inviter des amis exubérants dans « ma petite propriété du Berkshire » pour quelques jours de pêche. J'ai connu autrefois un amateur de pêche, il est baronnet maintenant. Il était véritablement passionné par la pêche. J'ai pensé qu'il serait possible de le compter parmi mes invités. Cela aurait fait de l'effet dans la rubrique *Potins littéraires* : « Parmi les autres invités de marque, etc... » – vous voyez ce que je veux dire. J'avais déjà la petite notice toute prête dans ma tête. Le miracle, c'est que je n'ai pas acheté de canne à pêche avant de prendre le train !

— Il n'y avait donc pas de ruisseau à truites ? demanda Robina.

— Si, il y avait un ruisseau, répondis-je, et pas qu'un seul. Le ruisseau a été la première chose que ta mère a remarquée. Elle l'a même remarqué un quart d'heure avant que nous ayons pu savoir que c'était « notre » ruisseau. Nous sommes repartis illico en ville où elle a acheté une bouteille de parfum, la plus grande qu'elle a pu trouver.

Ce ruisseau a donné la migraine à ta mère et m'a rendu fou. Le bureau de l'agent était en face de la gare. Je me suis donc octroyé une demi-heure sur le chemin du retour pour dire à cet individu ce que je pensais de lui, et en plus j'ai raté le train. J'aurais pu l'avoir sans peine si le personnage ne m'avait pas interrompu tout le temps. Il m'a dit que c'était la faute des gens de l'usine de pâte à papier, qu'il leur en avait parlé à plusieurs reprises ; il avait l'air de croire que je ne souhaitais que de la compréhension. Il m'a assuré, sur sa parole d'agent immobilier, qu'il y avait bien eu là un ruisseau à truites. Le fait était historique. Isaac Walton, le célèbre auteur du *Parfait pêcheur à la ligne*, y avait trempé sa ligne, au XVIIe siècle... – c'était avant l'usine de papier. Il imagina qu'un couple de truites, mâle et femelle, aurait pu être acheté et placé dans le ruisseau, en recommandant cependant une espèce de truites robustes, peu soucieuses d'une eau claire. Je lui ai dit que je n'étais pas à la recherche de lieux où je pourrais jouer à l'arche de Noé et je l'ai quitté, avec l'intention d'aller directement chez mes avocats et d'engager des poursuites contre lui pour avoir parlé comme un ignorant. Lui a mis son chapeau pour se rendre chez ses avocats afin d'engager des poursuites contre moi pour diffamation.

Je suppose qu'il a fini par y voir plus clair et renoncer, comme je le fis. Mais je commence à fatiguer de voir ma vie se transformer en un perpétuel premier avril. Cette maison que j'ai achetée n'est pas celle que je désirais, mais il y a moyen de s'en accommoder. Nous mettrons des fenêtres à petits carreaux et nous ferons refaire les cheminées à l'ancienne. Peut-être ferons-nous poser au-dessus de la porte d'entrée une plaque gravée, avec une date, 1553 par exemple – ça a de l'allure : le cinq à l'ancienne est un chiffre plein de style. Lorsque nous aurons tout arrangé, cela nous fera un vieux manoir qui aura l'air de dater du temps des Tudor. Il n'y a aucune raison, à mon avis, pour que la maison n'ait pas son histoire.

Pourquoi ne pas imaginer une chambre dans laquelle une figure célèbre a dormi un jour ? Impossible d'avoir la reine Elizabeth. J'en ai assez de la reine Elizabeth. Et en plus, je ne crois pas à sa gentillesse. Pourquoi pas la reine Anne ? Une vieille dame tranquille et douce, qui avait horreur de créer des problèmes. Ou, mieux encore, Shakespeare. Il faisait constamment l'aller-retour entre Londres et Stratford. La maison devait être à peu près sur son chemin. « La chambre où Shakespeare a dormi ! » C'est une sacrée trouvaille. Personne ne semble avoir jamais pensé à Shakespeare. Nous avons un lit à baldaquin. Votre mère ne l'a jamais aimé. Bon, elle résistera un peu, elle y a rangé trop de choses. Nous pourrions accrocher aux murs des scènes de ses pièces et installer un buste du grand homme au-dessus de la porte. Si on me laisse faire et que je ne suis pas contrarié, je finirai probablement par croire qu'il a vraiment dormi là !

— Et les placards ? demanda Dick. Petite mère va réclamer des placards !

Cette passion des femmes pour les armoires est inexplicable. Je suis persuadé que la première question d'une femme arrivant au paradis doit être : « Puis-je avoir une armoire ? » Si on la laissait faire, elle mettrait son mari et ses enfants dans des placards : son idée de la maison parfaite, chacun enveloppé d'un morceau de naphtaline et dans son propre placard. J'ai connu naguère une femme, aussi heureuse qu'on peut l'être. Elle vivait dans une maison qui possédait vingt-neuf placards : je pense à coup sûr que celle-ci a dû être imaginée par une femme. Il y avait des armoires spacieuses, beaucoup d'entre elles avec des portes qui ne différaient en rien de portes de chambre. Il n'était pas rare de voir les invités, après le traditionnel « bonne nuit », disparaître avec leurs bougies dans les placards, avant d'en sortir précipitamment l'air terrorisé. Le pauvre mari de cette femme m'a raconté que, devant redescendre pour une chose qu'il avait oubliée, et ne trouvant devant lui à son retour que des placards, il a perdu courage avant de finir sa nuit dans l'un d'eux. Au petit déjeuner, les invités se pressaient de descendre et ouvraient grand les portes des placards avec un joyeux « Bonjour ! ». Quand la maîtresse de maison était absente, personne ne savait où se trouvait le moindre objet ; et lorsqu'elle revenait, elle ignorait à son tour l'endroit où cela aurait dû être. Il arriva une fois où des travaux nécessitèrent de vider un de ces vingt-neuf placards : pendant trois semaines, elle a été incapable de sourire, en tout cas pas avant que les ouvriers ne soient partis de la maison, et que ce placard ne soit à nouveau utilisable. Elle disait qu'il était affolant de ne pas savoir où ranger ses affaires.

Ce qu'une femme désire, ce n'est pas une maison au sens ordinaire du mot. Ce qu'elle veut, c'est une maison pensée par un génie. Vous croyez avoir découvert la demeure idéale. Vous lui montrez la vaste cheminée du salon. Vous tapez sur les boiseries du hall avec votre parapluie : « Chêne », lui faites-vous remarquer : « tout en chêne ». Vous attirez son attention sur le panorama : vous lui racontez la légende locale. En fixant son front à la vitre, elle peut apercevoir l'arbre où un homme a été pendu. Vous vous attardez sur le cadran solaire, et puis vous mentionnez une nouvelle fois la magnifique cheminée.

— Voilà qui est très bien, répond-elle, mais où les enfants vont-ils dormir ? On peut difficilement faire plus décourageant.

Quand ce ne sont pas les enfants, c'est l'eau. Il lui faut de l'eau – elle veut savoir d'où vient cette eau. Vous lui montrez d'où elle vient.

— Quoi, elle sort de cet endroit dégoûtant !

Qu'on tire l'eau d'un puits, qu'elle soit tombée du ciel pour aboutir dans un réservoir ou une citerne, elle est toujours mécontente. Elle n'a aucune confiance dans l'eau naturelle. Une femme ne croit jamais que l'eau puisse être bonne si elle ne provient pas d'une usine de traitement des eaux. On dirait qu'elle se figure que la compagnie des eaux produit de l'eau fraîche tous les matins grâce à quelque vieux secret de famille.

— Si vous parvenez à la réconcilier avec l'eau, elle est persuadée que les cheminées vont fumer. : « Elles ont l'air, dit-elle, de cheminées qui doivent fumer. » Vous lui affirmez pourtant que les cheminées, c'est ce qu'il y a de mieux dans la maison. Vous l'emmenez dehors et vous les lui montrez. Ce sont d'authentiques cheminées du XVIe siècle, ornées de sculptures. Comment pourraient-elles fumer ? Comment se laisseraient-elles aller à faire une chose aussi peu esthétique ? Elle dit qu'elle espère seulement que vous avez raison, mais suggère néanmoins des capuchons, pour le cas où elles fumeraient.

Ensuite elle veut voir la cuisine : où est la cuisine ? Vous l'ignorez. Vous ne vous en êtes pas préoccupé. Bien sûr qu'il doit y avoir une cuisine. Vous vous mettez donc à la recherche de la cuisine. Quand vous l'avez trouvée, votre femme s'inquiète de la voir à l'opposé de la salle à manger. Vous soulignez l'avantage d'être à l'abri des odeurs. La voilà qui prend la mouche : elle vous accuse d'être le premier à ronchonner quand le dîner est froid ; et dans sa folie, elle accuse tout le sexe masculin dans son ensemble de manquer de sens pratique. La simple vue d'une maison vide rend une femme fiévreuse.

Naturellement, le fourneau ne vaut rien. Un fourneau de la cuisine est toujours défectueux. Vous lui en promettez un nouveau. Six mois plus tard, elle voudra récupérer l'ancien : mais il serait cruel de le lui prédire. La promesse de ce nouveau fourneau la console. La femme ne perd jamais l'espoir qu'un jour, elle retrouvera le fourneau de ses rêves de jeune fille, le fourneau parfait.

La question du fourneau est réglée, vous imaginez que vous avez mis un terme à toute opposition. Mais elle se met aussitôt à évoquer des choses dont personne, sauf une femme ou un inspecteur des services de l'hygiène, ne peut parler sans rougir.

Pour faire entrer une femme dans une nouvelle maison, il faut infiniment de tact et de diplomatie. Nulle part elle n'est aussi nerveuse, aussi méfiante.

— Je suis content, mon cher Dick, répondis-je, que tu aies abordé ce sujet des placards. C'est grâce à eux que j'espère décider ta mère. Les placards, de son point de vue, seront le seul argument valable, car il y en a quatorze. Je leur fais confiance pour me tirer d'affaire sur beaucoup de points. Je veux que tu m'accompagnes, Dick. Chaque fois que ta mère commencera une phrase par : « Et maintenant, passons aux choses pratiques… », il faudrait que tu fasses une allusion discrète aux placards, de manière subtile, pas si comme tout était joué : je compte sur ta jugeote.

— Y aura-t-il de la place pour un court de tennis ? demanda-t-il.

— Il y a déjà un excellent terrain de tennis, le rassurai-je. J'ai également acheté une étable attenante. Nous pourrons y avoir notre propre vache. Peut-être même que nous élèverons des chevaux…

— Et nous pourrions avoir un terrain de croquet, suggéra Robina.

— Nous pourrions tout à fait en avoir un. Sur une pelouse de grande taille, je crois qu'on pourrait apprendre à Veronica à jouer. Certaines natures de joueuse demandent de l'espace. Sur une pelouse importante, protégée par une solide barrière métallique, on pourrait perdre moins de temps à explorer le paysage environnant pour retrouver la balle perdue de Veronica.

— Aucune chance de trouver un terrain de golf dans les environs, se désola Dick.

— Je n'en suis pas si sûr, répondis-je. À quinze cents mètres à peine, il y a un bout de terrain couvert d'ajoncs qui a l'air de n'être utile à personne. Peut-être qu'une offre raisonnable…

— Dis donc, quand tout le bazar sera-t-il prêt ? coupa Dick.

— Je me propose de faire débuter les travaux immédiatement. Par chance, il y a une maison de garde-chasse vacante à proximité. L'agent va m'en permettre l'usage pendant un an : un petit abri rustique mais charmant, situé à l'orée d'un bois. Je vais meubler quelques pièces et, pendant une partie de la semaine, je me ferai un devoir d'aller sur le chantier, pour surveiller. Je suis toujours passé pour un excellent surveillant. Mon pauvre père disait que c'était la seule besogne qui semblait m'intéresser. En étant sur place pour presser tout le monde, j'espère que le « bazar », comme vous l'appelez, sera prêt au printemps.

— Je ne me marierai jamais ! annonça soudain Robina.

— Ne te décourage pas si vite, conseilla Dick, tu es encore jeune.

— Je ne veux vraiment pas me marier, répéta Robina. D'abord, je ne ferais que me disputer avec mon mari si je le faisais. Quant à Dick, il ne réussira jamais dans ses études.

— Pardonnez-moi si j'ai l'air de ne pas comprendre, glissai-je, mais quel est le rapport entre cette maison, tes disputes avec un mari putatif et la réussite de Dick ? En guise d'explication, Robina sauta à terre, et avant qu'il ne puisse l'en empêcher, se jeta au cou de Dick.

— On n'y peut rien, mon cher Dick, dit-elle, les parents intelligents ont toujours des enfants idiots. Mais nous rendrons peut-être service à l'humanité, toi et moi.

En l'interrogeant, je compris qu'elle avait conçu l'idée que Dick, après avoir échoué à ses examens, aille au Canada et s'y établisse fermier, accompagné de Robina. Ils élèveraient du bétail, galoperaient dans les prairies, camperaient dans la forêt, se déplaceraient en raquettes, porteraient des canoës sur leurs épaules, descendraient des rapides et chasseraient les animaux, une manière de vivre au quotidien le spectacle de Buffalo Bill, mais pour eux seuls. Impossible de savoir qui s'occuperait des travaux de la ferme et quand. Il était prévu que leur mère et moi devrions achever nos jours avec eux. Nous resterions assis quelque temps au soleil avant de nous éteindre paisiblement. Robina en fut émue et pleura un peu, mais se reprit en pensant à Veronica, à qui on allait proposer des rencontres afin d'épouser un homme au grand cœur même si ce n'est pas l'ambition actuelle de Veronica. Le rêve de Veronica serait plutôt de porter une couronne, ducale de préférence. Robina monologua pendant une dizaine de minutes, temps qui lui suffit pour persuader Dick que la vie dans les bois du Canada était le rêve qu'il portait en lui depuis son enfance. Robina est ainsi faite.

J'essayai de la faire revenir dans un monde rationnel, mais raisonner avec Robina quand elle a une idée en tête, c'est comme essayer de passer un licol à un poulain de deux ans. Cette pauvre maison de six pièces pouvait devenir le salut de la famille. Un regard extatique a transfiguré le visage de Robina alors même qu'elle en parlait. Vous auriez pu imaginer qu'il s'agissait d'un sanctuaire. Robina préparerait les repas. Robina se lèverait tôt pour traire la vache et ramasser les œufs du matin. Nous mènerions une vie simple, nous apprendrions à nous débrouiller seuls. Cela ferait tellement de bien à Veronica. L'enseignement supérieur pourrait attendre, laisser une chance aux idéaux les plus nobles. Veronica ferait les lits, la poussière dans les chambres. Le soir, son petit panier à ses pieds, elle coudrait pendant que je raconterais des histoires, et Robina, en fée du logis, irait et viendrait, accomplissant en douceur toute sa besogne. Petite Mère, dès qu'elle en aurait la force, nous rejoindrait. Nous l'entourerions, la soignant avec des gestes affectueux. Quoiqu'on pense de lui, le fermier anglais doit avoir des connaissances. Dick pourrait se voir confier des cours de travaux pratiques. Elle ne l'a pas dit explicitement, mais elle laissa entendre qu'à la faveur de ces exemples, même moi, je pourrais me consacrer à cet honnête travail, et finir par apprendre à me rendre utile.

Robina parla de la sorte pendant un bon quart d'heure, un temps qui suffit à me faire entendre que l'idée pouvait être belle. Les vacances de Dick venaient de commencer. Pendant les trois mois suivants, il n'aurait rien d'autre à faire que, selon sa fameuse propre expression, « tourner en rond ». Grâce à ce programme, ce serait l'empêcher de faire des bêtises. La gouvernante de Veronica allait nous quitter. La gouvernante de Veronica nous quitte généralement au bout d'un an. Je pense parfois à faire passer une annonce pour recruter une gouvernante dépourvue de toute conscience. Car au bout d'un an, les nôtres m'expliquent que leur conscience ne leur permet pas de rester plus longtemps, qu'elles ont l'impression de ne pas mériter leur salaire. Ce n'est pas que la petite n'est pas une brave enfant, ce n'est pas qu'elle est bête. C'est simplement – comme l'a dit une fois une Allemande à qui Dick donna finalement des « leçons d'anglais » – qu'elle ne semble pas pouvoir « absorber » quoi que ce soit. Pour sa mère, il semblerait que les paroles « tombent » en elle.

Peut-être que, si nous laissions Veronica en friche pendant un certain temps, quelque chose pourrait germer. Robina, qui revendique cette opinion, estime qu'une période de tranquillité utile, loin de la société des autres filles idiotes et des garçons bornés, lui permettrait de devenir une femme raisonnable. De telles réflexions dans la bouche de Robina étant rares, je pris le parti de ne pas les contredire. Dire le contraire n'aurait pas été correct…

Nous avons rencontré quelques difficultés avec Petite Mère. Que ses trois bébés deviennent un jour des adultes capables de s'occuper d'une maisonnette de six pièces lui paraissait ressembler à un rêve terrible. Je lui expliquai que je serais là, au moins deux ou trois jours par semaine, pour voir comment cela se passait. Cela même ne parut pas la rassurer. Elle finit par céder face à l'engagement solennel de Robina de lui télégraphier à la première toux de Veronica.

Le lundi, nous remplîmes une voiture avec ce que nous jugions essentiel. Dick et Robina enfourchèrent leurs bicyclettes. Veronica, profitant de la literie assortie, se mit à l'aise à l'arrière du véhicule. Le mercredi après-midi, ce fut à moi de les rejoindre en train.

CHAPITRE III

CE FUT LA VACHE qui me réveilla, le premier jour.

Je ne savais pas, d'abord, que c'était notre vache à nous. J'ignorais en avoir une. Je regardai l'heure : deux heures et demie. Cette bête allait sans doute se rendormir. Pas du tout. Dans la tête de la vache, la journée avait commencé.

J'allai à la fenêtre. La lune était à son plein. La vache se tenait contre la barrière, la tête à l'intérieur du jardin. Je pensai que, ce qui l'inquiétait, c'était peut-être la pensée que ce petit bout de jardin qu'elle couvrait de sa tête pouvait nous faire défaut. Elle avait le cou tendu et les yeux tournés vers le ciel, ce qui lui donnait l'air d'un crocodile à longues oreilles.

Je n'ai jamais eu beaucoup de relations avec les vaches. Je ne sais pas leur parler. Je la priai d'être sage, de se coucher. Ensuite, je fis mine de vouloir lui jeter ma bottine à la tête. Au lieu de lui faire peur, cela parut l'amuser. Elle eut l'air d'être ravie que quelqu'un fût là pour lui tenir compagnie. Elle fit entendre une demi-douzaine de beuglements supplémentaires. Je ne me serais pas douté qu'une vache eût tant de choses en soi.

On rencontre, ou du moins on rencontrait autrefois, dans les faubourgs de Londres, un être singulier. Je ne sais pas si l'espèce en existe encore, mais elle était fort commune au temps où j'étais enfant. Cet animal portait un orgue de barbarie attaché à la ceinture, une caisse sur le dos, des pipeaux de berger devant la bouche, des sonnettes et des castagnettes à toutes les articulations. Et cela jouait de tous ces instruments à la fois, en riant. La vache me fit penser à l'homme-orchestre de mon enfance, avec, en plus, les effets d'orgue. En outre, elle ne riait pas. Il faut le dire à sa décharge.

Je fis réflexion que si je feignais de dormir, cela pourrait la décourager. Je fermai donc la fenêtre avec ostentation et rentrai dans mon lit. Mais mon départ ne fit que pousser la vache à redoubler de zèle. Il est probable qu'elle devait se dire : « Mon dernier cri n'a pas dû lui plaire. Je n'étais pas en voix. Je n'y avais pas mis assez de sentiment. »

Elle continua de beugler pendant une bonne demiheure, après quoi la barrière contre laquelle elle était appuyée se brisa avec un grand craquement. Ce bruit soudain lui fit peur, et je l'entendis qui s'enfuyait à travers la campagne.

J'étais sur le point de m'assoupir, quand un couple de ramiers se posa sur l'appui de ma fenêtre. Le roucoulement du ramier est un bruit fort agréable, quand on est d'humeur à l'entendre. J'ai fait une fois un poème tout frémissant de passion en écoutant, assis au pied d'un arbre, le roucoulement d'un ramier. Mais cela se passait l'après-midi, et pour l'instant, je ne frémissais de passion que pour un bon fusil de chasse. Trois fois de suite je me levai et chassai les oiseaux impertinents. La troisième fois, je demeurai à la fenêtre jusqu'à ce que le sentiment qu'ils étaient importuns leur fût enfin entré dans le crâne. Il est évident qu'ils avaient cru, les deux premières fois, que je voulais jouer avec eux.

À peine étais-je recouché qu'un hibou se mit à crier. La plainte du hibou est encore un de ces bruits que j'avais jusque-là considérés comme agréables. C'est un cri tellement étrange, tellement empreint de mystère ! C'est Swinburne[1], je crois, qui a dit quelque part que l'on ne trouve jamais réunis l'objet de son désir, l'heure et le lieu propices. La femme aimée est-elle auprès de vous, c'est l'endroit qui n'est pas favorable, ou c'est l'heure qui est mal choisie ; l'heure et le lieu sont-ils favorables, c'est la femme aimée, alors, qui ne convient plus. Le hibou était parfait. J'adore les hiboux. Le lieu convenait parfaitement ; c'était l'heure qui ne convenait pas, voilà tout. Le bon moment pour entendre le hibou, c'est le soir, à onze heures, quand on ne peut le voir et qu'on le

1. Le poète Swinburne.

cherche des yeux. Mais, au lever du jour, et perché sur le toit d'un appentis, le hibou est ridicule.

Le mien restait là, comme pris à la glu, battant des ailes et criant à se faire mal. Que voulait-il ? Je ne sais. Dans tous les cas, s'il voulait quelque chose, il s'y prenait bien mal. Au bout de vingt minutes, il dut en arriver lui-même à cette conclusion car il ferma sa musique et rentra chez lui.

Je croyais pouvoir enfin dormir tranquille quand un râle des genêts, s'étant posé quelque part sur un arbre du jardin, se mit en devoir de célébrer le créateur à sa manière. La nature a donné au râle un chant qui rappelle à s'y méprendre le bruit d'une pièce de coton qu'on déchirerait pendant qu'un charpentier scierait du bois, de son côté. J'ai un ami, un poète, qui demeure tout près du Strand et passe ses soirées au Garrick Club. Il fait, pour les journaux du soir, des petits vers bucoliques où il célèbre la campagne assoupie, dormant sans bruit, pesante de langueur. Il faudra que je l'invite une fois à passer un dimanche ici. Je lui ferai voir la campagne telle qu'elle est. Il a une tendance singulière à se noyer dans des rêves creux. Une nuit passée ici lui fera le plus grand bien ; il y prendra le sens du réalisme.

Au bout d'un moment, le râle, poussant un dernier cri rauque, se tut. Et le silence régna.

Cela dura cinq bonnes minutes. « Si cela dure encore cinq minutes, me dis-je, je dormirai d'un profond sommeil. » Et, en effet, le sommeil commençait à venir quand la vache reparut.

Elle avait dû prendre un verre quelque part, car elle était mieux en voix que jamais.

Il faut faire contre mauvaise fortune bon cœur. L'idée me vint de profiter de l'occasion pour prendre quelques notes vécues sur les impressions ressenties par l'homme au lever du soleil. Un homme de lettres est toujours exposé à devoir décrire un lever de soleil. Le lecteur sérieux à qui l'on parle de l'aurore veut qu'on lui donne des détails.

En ce qui me concerne, j'ai généralement choisi le mois de décembre ou le début de janvier pour faire mes remarques sur l'aurore. C'est que le soleil, en hiver, se lève à des heures raisonnables. Mais il se peut que j'aie besoin d'un lever de soleil en été, avec chants d'oiseaux, fleurs, rosée, et toute la musique. C'est le décor qui convient au portrait d'une jeune paysanne, de la fille du meunier, de la demoiselle du monde qui rêve en soignant ses poussins. Cela peut servir.

Je me rappelle avoir un jour rencontré un de mes confrères se promenant à sept heures du matin dans les jardins de Kensington. Il avait l'air encore si endormi, il paraissait de si méchante humeur que j'hésitai d'abord à lui parler. Je savais qu'il prenait d'ordinaire son petit-déjeuner au lit, vers les onze heures du matin. Que faisait-il là par ce froid de canard ?

— Vous voilà dehors de bien bonne heure, dis-je. Que vous est-il arrivé ? Souffririez-vous d'insomnie ?

— De l'insomnie ? dit-il, scandalisé. Vous voulez vous moquer ? Si j'avais l'imprudence de m'asseoir ou de m'appuyer contre un arbre, je m'endormirais sur-le-champ. Si je cessais de marcher, je dormirais debout. De l'insomnie !

— Auriez-vous lu trop fidèlement, dis-je, *L'art de réussir dans la vie* ? Si vous vous laissez influencer par ces lectures-là, vous retournerez à l'école du soir, ou vous vous ferez valet de ferme. Croyez-moi. Ce n'est pas à quarante ans qu'on change sa vie. Rentrez chez vous, allez vous coucher.

Il crevait les yeux que ce régime-là ne lui valait rien.

— Vous avez raison, dit-il. Il faut que je dorme, que je dorme pendant un mois entier. Mais il faut d'abord que je termine mon maudit roman. Si jamais cela vous arrive, gardez-vous de choisir pour héroïne d'un de vos livres une indigène des colonies. La mienne est pourtant une bonne fille, mais elle m'en fera voir tant et tant que je finirai par n'être plus que l'ombre de moi-même.

« Je rêvais d'un être ignorant de nos conventions, de nos habitudes de civilisés. Mais voilà que cette diablesse se lève avec le jour, monte à cheval sans selle et sans étriers, la croupe nue (la croupe du cheval, naturellement). Là-bas, dans la Nouvelle-Galles du Sud, cela n'avait pas d'importance ; mais j'ai dû la faire venir à

Londres. Et voilà qu'elle continue à se lever à cinq heures. Il faut, naturellement, que je me lève avec elle, pour recueillir ses impressions. J'ai déjà fait trois lieues ce matin. Je suis allé à Saint-Paul; elle n'aime Saint-Paul que lorsque les rues sont désertes, comme si la cathédrale n'était pas assez grande pour qu'on puisse la regarder en même temps que d'autres personnes. De là au pont de Westminster. Elle s'assied sur le garde-fou et lit des vers de Wordsworth jusqu'à ce qu'un policeman la fasse circuler.

Il me montra l'avenue où nous étions.

— Elle vient ici ce matin, dit-il. Elle y vient tout exprès pour écouter siffler un merle.

— Enfin, lui dis-je, vous serez bientôt au bout de vos peines.

— Hélas! dit-il, cela ne fait que commencer. Il reste tout l'East End à courir. Elle doit y faire la connaissance d'un individu aussi fantasque qu'elle. Encore, si on allait toujours à pied! Mais elle veut un cheval: vous devinez à quoi cela va m'entraîner. Elle trouvera Hyde Park trop petit, et découvrira Richmond et Ham Common.

Il faut que je décrive la scène, et la joie qu'elle éprouvera devant ces vastes espaces.

— Ne pouvez-vous écrire tout cela sans y aller voir? suggérai-je.

— Je peux bien imaginer sa joie, dit-il, mais elle aura des impressions, sur ce cheval. Comment imaginer les impressions d'un cavalier quand on a soi-même oublié de quel côté on monte.

Je l'accompagnai jusqu'à la Serpentine J'avais cru remarquer qu'il avait engraissé depuis notre dernière rencontre. Ce n'est qu'arrivé au bord de l'eau que je vis qu'il portait un peignoir de bain enroulé autour du corps, sous son veston. Je devinai que son héroïne allait se baigner.

— J'y prendrai une bonne angine, dit-il, commençant de dénouer les lacets de ses souliers.

— Ne pouvez vous attendre qu'il fasse plus chaud, lui dis-je, et emmener votre indigène à Ostende ?

— Impossible, dit-il, Ostende est trop conventionnel. Cela ne lui plairait pas.

— Mais, insistai-je, est-ce qu'on permet aux dames de se baigner ici ?

— La scène ne se passe pas ici, dit-il, mais dans la Tamise, à Greenwich. Les impressions seront les mêmes. Elle racontera cela au cours d'un dîner dans Queen's Gate, et tout le monde sera scandalisé. Je ne serais pas étonné qu'elle le fît exprès pour cela.

Il finit par sortir de l'eau. Son corps était tout marbré de taches bleues. Je l'aidai à se vêtir et il eut la chance de tomber sur un cab matinal.

Donc, songeant à mon pauvre confrère, je me dis qu'en sortant à cette heure-là et en prenant quelques notes sur l'aurore, je m'épargnerais peut-être bien des ennuis. Je me vêtis sommairement. Je mis un carnet dans ma poche, j'ouvris la porte et je descendis.

Il serait plus conforme à la vérité d'écrire : « J'ouvris la porte et me trouvai tout descendu. » Ce fut ma faute aussi. Nous avions parlé de cet escalier pas plus loin que la veille au soir, en montant nous coucher. J'avais moi-même attiré l'attention de Veronica sur le danger qu'elle courait. Je lui avais recommandé la plus grande prudence. Les architectes qui construisent des villas ne perdent pas un pouce de terrain : pour gagner de la place, ils suppriment tout bonnement les paliers. La porte de la chambre à coucher s'ouvrait à même la dernière marche de l'escalier. « Garde-toi de sortir étourdiment de cette chambre, avais-je dit à Veronica ; souviens-toi qu'il n'y a pas seulement la place de faire un pas. N'ouvre pas la porte, demain matin, à la façon d'un obus, comme c'est ton habitude. Si tu négliges mes recommandations, cela fera du vilain. Je te supplie de te rendre compte que l'escalier commence à la porte même. Il est raide et le couloir en bas est carrelé. Ouvre doucement, regarde où tu mets le pied, avance prudemment. As-tu bien compris ? »

Dick avait ajouté ses conseils aux miens :

— J'ai moi-même été attrapé, le premier jour, avait raconté Dick. Je n'ai fait qu'un saut de la chambre à coucher jusqu'à la cuisine. Et je t'assure que cela ne fait pas de bien. Écoute-nous bien, petite. Cette maison-ci se prête mal aux extravagances.

Robina avait fait une chute au même endroit tandis qu'elle portait un plateau chargé de vaisselle: elle n'oublierait jamais, avait-elle dit, l'horreur de la minute où, assise sur son derrière, au bas de l'escalier, elle avait crié d'une voix qui semblait venir de l'autre monde:

— Est-il fendu, Dick? Dis-moi la vérité. Est-il fendu quelque part?

À quoi Dick avait répondu:

— Fendu? Tu veux rire. Il est en mille morceaux. Est-ce que tu croyais qu'il résisterait?

Minute tragique: Robina pensait à son front pendant que Dick parlait du sucrier.

Robina raconta qu'en une seconde elle avait revu toute sa vie.

Elle avait fait tâter la bosse à Veronica, pour l'effrayer. Veronica avait été désappointée; elle s'attendait à une bosse bien plus grosse que cela. Mais elle avait promis d'être prudente. Nous lui avions tous répété, à tour de rôle, que si, malgré nos avertissements, elle se jetait dans l'escalier comme une perdue, ce serait bien fait.

Assis par terre sur le carreau froid, et pensant à ces choses, je me sentais furieux contre tout le monde. Je déteste qu'on puisse dormir au milieu d'un tapage qui me réveillerait moi-même sur-le-champ. Fallait-il que je fusse seul dérangé par le bruit de ma chute?

Passe encore pour Dick, dont la chambre était sur le devant. Mais Robina et Veronica, dont la fenêtre donnait en plein sur la vache, étaient inexcusables. Si elles n'avaient pas dormi comme deux soliveaux, la vache les eût réveillées ; par l'embrasure de leur porte, nous eussions fait un brin de causette. Robina eût dit : « Descends si tu veux, mais prends garde à l'escalier ! » et je ne serais pas tombé. On a raison de dire que les enfants d'aujourd'hui manquent de cœur.

Je me ramassai et me mis à chercher la porte. La vache beuglait sans discontinuer. Mon seul but était d'arriver promptement à sa portée et de la frapper.

Par malheur, la découverte de la porte me prit beaucoup plus de temps que j'eusse cru possible. Les volets étaient fermés ; la pièce dans une obscurité profonde. Nous n'avions emporté que les meubles indispensables, elle paraissait pourtant encombrée d'objets.

Il y avait d'abord un trépied d'étable. C'est un meuble auquel on donne exprès beaucoup de poids, pour qu'il ne verse pas facilement. Si je ne trébuchai pas douze fois de suite sur le trépied, je ne trébuchai pas une seule fois. Je finis par m'en saisir et je le pris avec moi. Je comptais m'en servir pour le lancer après la vache, quand j'aurais trouvé la porte. Mais je ne trouvais pas la porte. Je savais qu'elle donnait dans le salon, mais impossible de me rappeler sa position exacte.

Je me dis : « Raisonnons. En longeant les murs, il faut nécessairement que j'y arrive. » Je trouvai la muraille et me remis en route, le cœur plein d'espérance. Je ne pourrais expliquer ce qui m'arriva ensuite. Je suppose que, sans m'en rendre compte, j'avais dû prendre la porte même comme point de départ. Je me traînai le long de la muraille, tâtant prudemment le terrain, heurtant des choses auxquelles j'aurais été bien embarrassé de donner un nom, et qui me blessèrent en de multiples endroits. Je grimpai sur ce que je pris pour un tonneau de bière. J'atterris dans un tas de bouteilles. Il y en avait ! il y en avait ! À n'en plus finir. Pour en sortir, je dus quitter la muraille. Heureusement, je la retrouvai un peu plus loin (du moins j'en fus persuadé) et je continuai de la suivre à tâtons pendant cinq ou six mètres, après quoi je culbutai dans un nouveau tas de bouteilles. Le sol en paraissait hérissé. Ayant fait encore quelques pas, je roulai par-dessus un nouveau tonneau. En réalité, c'était celui de tout à l'heure, mais je l'ignorais. Je commençai à croire que Robina avait formé le projet d'ouvrir un débit de boissons dans la maison du garde-chasse.

Je finis par remettre la main sur le trépied, et je repartis. Mais je n'avais pas fait dix pas que je me retrouvai de nouveau dans le tas de bouteilles. Plus tard, quand il fit jour, je n'eus pas de peine à comprendre ce qui s'était passé. J'avais suivi à tâtons les deux faces d'une cloison dressée au centre de la cuisine.

Bref, j'en avais tellement assez, j'étais si las d'enjamber sans cesse des obstacles, que je lâchai la cloison et que je m'élançai hardiment dans le vide.

À peine avais-je fait deux pas que, levant les yeux, j'aperçus le ciel sur ma tête. Juste au-dessus de moi, une étoile scintillait. Si j'avais été bien éveillé, si la vache avait cessé de m'abrutir par ses beuglements, j'aurais pu deviner que j'étais entré dans la cheminée. Mais dans l'état des choses, le côté mystérieux de mon aventure m'affola. À ce moment-là, *Les Aventures d'Alice au Pays des Merveilles* m'eussent fait l'effet d'un guide banal à l'usage des touristes. Un cheval à bascule ou une écrevisse me seraient apparus, que je me serais assis devant, pour leur parler. Et si ces bêtes ne m'avaient pas donné la réplique, j'aurais trouvé qu'elles manquaient de savoir-vivre.

Je fis un pas en avant, et l'étoile disparut comme si quelqu'un eût soufflé dessus. Je n'en fus nullement étonné. Je m'attendais à tout. Je ne fus pas plus étonné de trouver une porte, qui s'ouvrit sans difficulté.

Une forêt se dressait devant moi. Point de vache nulle part, malgré les beuglements que j'entendais toujours. Tout cela me sembla très naturel. J'allais me promener dans cette forêt. Fort probablement, j'y rencontrerais ma vache, en train de fumer la pipe en récitant des vers.

La fraîcheur de l'air me rendit la raison. Je commençai à comprendre que si je ne voyais pas la vache, c'est qu'il y avait la maison entre elle et moi. Par quelque phénomène inexplicable, j'étais sorti par la porte de derrière.

Je tenais toujours le trépied. Je m'assis dessus et j'ouvris mon carnet de notes. En haut de la page, j'écrivis : « Lever du soleil. Juillet. Impressions vécues. » Immédiatement au-dessous, par crainte de l'oublier, je mis que, vers trois heures, on distingue une faible lueur, ajoutant que cette lueur grandit à mesure que le temps passe ; ce qui, évidemment, ne cassait rien ; mais je venais de lire le roman d'un écrivain de l'école réaliste, chez qui la critique avait célébré « le sens du vécu ». C'est une qualité que je goûte peu, mais il paraît qu'il y a une demande considérable de ces œuvres-là à l'heure où nous sommes.

J'écrivis donc que le ramier et le râle des genêts sont les premières, parmi les créatures de Dieu, à saluer le jour naissant, ajoutant que quiconque veut se donner la peine de se lever un quart d'heure avant le jour peut entendre le hibou chanter dans une forme parfaite. C'est tout ce que je pus trouver pour le moment. Quant aux impressions, je me sentais incapable d'en éprouver la moindre.

J'allumai une pipe et j'attendis le soleil. Devant moi, le ciel était d'une pâleur de rose. De minute en minute, il prenait une couleur plus vive. J'affirme que toute personne non avertie eût cru comme moi que c'était là la partie de l'horizon sur laquelle il fallait tenir les yeux fixés. Je fixai donc attentivement l'horizon sans en perdre un morceau. Mais aucun soleil ne se leva.

J'allumai une autre pipe. Le ciel flambait maintenant de toute sa gloire. J'écrivis encore quelques lignes, comparant les nuages à des épousées rougissant à l'approche de l'élu. Cette comparaison eût été parfaite si les nuages, un peu plus tard, ne s'étaient mis à devenir verts, ce qui ne convenait plus du tout à une jeune épouse. Plus tard encore, ces idiots de nuages devinrent jaunes comme des citrons, ce qui ruinait ma comparaison au-delà de toute vraisemblance. Car comment parler poétiquement d'une épouse qui, à l'approche de l'aimé, devient verte d'abord, et jaune ensuite ? On ne peut que plaindre la pauvre fille.

J'attendis encore un peu. Le ciel pâlissait toujours davantage. Je commençai à craindre que quelque chose fût arrivé au soleil. Si j'avais été encore plus ignorant en astronomie, j'aurais juré qu'ayant changé d'avis ce jour-là, le soleil avait fait demi-tour.

Je me levai pour étudier de plus près la question. Je découvris alors que le soleil était levé depuis plusieurs heures. Il s'était levé derrière moi.

Je mis ma pipe dans ma poche et contournai la maison. La vache était toujours là. Elle fut si contente de me voir qu'elle se remit à beugler.

J'entendis un sifflement. Il sortait de la bouche d'un petit valet de ferme. Je l'appelai. Il enjamba une clôture et vint à moi, à travers champs. C'était un jeune garçon à l'air dégourdi.

Il dit bonjour à la vache, ajoutant qu'il espérait qu'elle avait passé une bonne nuit.

— Tu la connais ? lui dis-je.

— Ma foi non, dit-il avec l'accent des faubourgs, les vaches, ça n'est pas mon rayon. Nous sommes plutôt comme qui dirait en relations d'affaires.

Quelque chose me gênait chez ce garçon. Il n'avait pas l'air d'un vrai valet de ferme. Mais rien ne semblait vrai ce jour-là.

— À qui est cette vache ?

Il me regarda d'un drôle d'air.

— Je te demande à qui elle appartient. Je désire la rendre à son propriétaire.

— Je vous demande pardon, dit le jeune homme, mais… voulez-vous d'abord me dire où vous habitez ?

Il commençait à m'agacer.

— Où j'habite ? dis-je. Mais… dans cette maison-là ! Est-ce que tu te figures que je me suis levé avant l'aurore et que j'ai fait des kilomètres pour venir entendre beugler ce ruminant ? Oui ou non, sais-tu à qui elle est ?

— Elle est à vous ! dit le jeune homme.

Ce fut à mon tour d'être ahuri.

— Mais je n'ai pas de vache !

— Mais si, dit-il. Vous avez cette vache-là !

À ces mots, la vache se tut. Je la regardai. Ce n'était pas une vache dont il y eût lieu d'être bien fier. Elle avait dû s'asseoir très récemment dans un tas de bouse.

— Pourquoi est-elle à moi ? demandai-je.

— C'est une demoiselle, dit-il, qui est venue chez nous mardi…

Je commençais à comprendre :

— Une jeune fille très exaltée, dis-je, qui parle très vite, et qui n'attend jamais qu'on lui réponde ?

— Avec de jolis yeux, dit le garçon.

— Et elle vous a acheté une vache ?

— Oui. Elle avait l'air de ne pas pouvoir vivre sans vache un jour de plus.

— A-t-elle fait une allusion au prix ?

— Une quoi ?

— Je veux dire… la demoiselle aux jolis yeux, est-ce qu'elle a demandé combien ?

— On n'a pas dû parler d'argent, que je sache.

— Et… a-t-elle dit ce qu'elle voulait en faire ?

— Elle a dit qu'il lui fallait à tout prix du lait frais tous les jours.

Cela me surprit. Cette idée était bien raisonnable pour Robina.

— Alors, comme ça, c'est donc cette vache-ci ?

— Je l'ai amenée hier, dit le jeune homme. Je n'ai pas frappé à la porte parce que, pour ne rien vous cacher, ça n'aurait servi à rien, vu qu'il n'y avait personne.

— Sais-tu pourquoi elle beugle ainsi ?

— Ben, vous savez, moi, naturellement, je n'ai pas d'opinion personnelle. Je me contente de répéter ce que j'entends dire. Mais, à la regarder, ce doit être parce qu'elle a besoin qu'on la traie.

— Mais elle beugle depuis deux heures et demie ce matin. J'espère qu'elle ne se figure pas qu'on va se lever tous les jours pour la traire à cette heure-là ?

— Moi, dit le garçon, il y a longtemps que j'ai renoncé à chercher de la raison chez les vaches.

Phénomène singulier : ce garçon m'hypnotisait. Depuis qu'il était là, toutes les choses semblaient avoir changé de plan. La vache aurait dû porter une cruche à lait ; le petit bois derrière la maison me parut bien négligé pour un parc. Il eût dû y avoir des écriteaux portant des inscriptions : « Ne marchez pas sur les pelouses », « Défense de fumer ». Où étaient les écriteaux ? Et pas un banc où s'asseoir ! La maison elle-même devait avoir poussé là par accident. Où était la rue, et pourquoi tous ces oiseaux qu'on entendait étaient-ils sortis de leurs cages ? Le monde m'apparaissait renversé.

— Es-tu vraiment un valet de ferme ? lui demandai-je.

— Bien sûr ! Pour qui que vous me prenez ? Pour un artiste ?

Il me vint une idée :

— Comment t'appelles-tu ?

— Henry, dit-il, Henry Hopkins.

— Où es-tu né ?

— À Camden Town.

Singulier début dans la vie champêtre ! À quoi ressemblerait jamais la campagne, tant que ce petit faubourien s'y promènerait ? Transporté dans le jardin d'Éden, il l'eût fait ressembler à la banlieue de Londres.

— Ne t'est-il jamais arrivé, lui dis-je, d'avoir envie de gagner un sou de temps en temps ?

— J'aimerais gagner ça *tous les jours*, dit Hopkins. J'y gagnerais en considération.

— Eh bien, lui dis-je, tu t'arrangeras pour perdre ton accent de Londres et pour apprendre le patois de par ici ; et quand tu sauras bien parler, je te donnerai une demi-livre. Je te le promets. Quand tu m'as répondu que cette vache était à moi, il fallait dire : « Ben, c'est vot'vac', ben sûr que c'est vot'vac' ! »

— C'est ça, le patois d'ici ? demanda Hopkins. Vous êtes bien sûr ?

Hopkins est méfiant de nature.

— Il se peut que ce ne soit pas le bon patois, le patois bien pur, le patois sans fautes. Mais c'est ce qu'on appelle patois dans les romans. Cela sert pour tous les pays qui se trouvent en dehors d'un rayon de vingt kilomètres de la capitale. Ça donne un air de simplicité rustique ; mais naturellement, ça ne vaut pas au fond le bel argot de ton pays natal.

Tout en causant, je glissais de temps à autre un sou à Hopkins, pour l'encourager. Il promit donc de revenir le soir même chercher un ou deux romans où je pensais qu'il trouverait quelques indications utiles pour l'étude du patois. Puis je rentrai à la maison, où j'éveillai Robina.

Brusquement arrachée au sommeil, Robina se confondit en excuses. Elle avait comme un vague souvenir d'avoir entendu ma voix l'appeler depuis fort longtemps. Je la détrompai, ajoutant que ce n'était pas moi qui criais depuis l'aurore.

— C'est drôle, dit Robina. Il y a une heure, j'ai dit à Veronica : « Je crois que papa nous appelle. » J'aurai rêvé.

— À l'avenir, dis-je, ne rêve plus. Et maintenant, habille-toi et viens voir cette sacrée vache, puisqu'elle est à toi.

— La vache est arrivée ? dit Veronica, sautant du lit.

— Oui, dis-je. Il y a même un certain temps qu'elle est ici. Et il y a quatre heures qu'on aurait dû la traire, si j'ai bien compris son langage.

Robina dit qu'elle serait là dans une minute. Vingt-cinq minutes plus tard, elle descendait en effet. Je ne l'attendais pas si tôt.

Veronica l'accompagnait. Robina dit qu'elle était en retard parce qu'elle avait attendu Veronica. D'après Veronica, c'était tout le contraire. Je commençais à m'impatienter. Il y avait bientôt une demi-journée que j'étais levé. Quand déjeunerait-on ?

— Cessez de vous quereller, dis-je. Et pour l'amour de Dieu, qu'on se mette à l'ouvrage, et qu'on aille traire cette bête. Si nous la traitons de la sorte, elle nous mourra dans les bras.

Robina cherchait partout quelque chose.

— Tu n'aurais pas rencontré le trépied ? dit-elle.

— Si ! D'après une évaluation approximative, je l'ai même rencontré treize fois.

J'allai le prendre où je l'avais laissé, et nous partîmes, à la queue leu leu. Veronica fermait la marche, portant un grand seau.

Une question se présentait avec insistance à mon esprit : Robina sait-elle traire ? Je connais Robina. S'étant mis en tête d'avoir du lait frais tous les jours, elle est partie d'un trait acheter une vache et exiger qu'on la lui amène d'urgence, à croire, comme dit Hopkins, qu'elle n'avait pas la force de vivre sans vache un jour de plus. Ensuite, Robina aura acheté un trépied d'étable. Celui qu'elle avait choisi était joli comme tout, d'un goût exquis, orné d'un dessin pyrogravé, un peu solide peut-être, mais, à coup sûr, fait pour durer longtemps. Robina n'avait pas eu le temps de s'occuper du seau. Le récipient que portait Veronica n'était que provisoire. Dès que Robina aurait le temps, elle irait à la ville acheter quelque chose de bien, dans un magasin d'objets d'art. Pour le reste, l'idée de prendre quelques leçons dans l'art de traire ne lui serait venue que plus tard, une fois la vache arrivée.

Je remarquai que la marche de Robina perdait de son élasticité à mesure que nous approchions de la bête.

Arrivée près de l'animal, Robina s'arrêta.

— Je suppose, dit-elle, qu'il n'y a qu'un seul moyen de traire une vache ?

— Il se peut, dis-je, qu'il y ait différentes méthodes qu'il sera nécessaire que tu apprennes plus tard, si tu désires prendre part à un concours entre spécialistes. Pour aujourd'hui, étant donné l'heure, je ne me préoccuperais pas trop, si j'étais à ta place, de la question de style. Je m'en tiendrais à la méthode ordinaire, et ne viserais qu'au résultat.

Robina s'assit et plaça le récipient sous le pis de la vache.

— Je suppose, dit-elle encore, que l'on peut commencer par… n'importe lequel ?

Il était parfaitement clair qu'elle n'avait pas la moindre notion de ce qu'il fallait faire. Je lui dis que cela se voyait, ajoutant quelques commentaires. Il est bon, de temps en temps, de parler à ses enfants avec autorité. D'ordinaire, je prends la précaution de me préparer à des conversations de ce genre. Mais, ce matin-là, je me sentais en forme ; les circonstances, d'ailleurs, facilitaient ma tâche. J'exposai donc à Robina les devoirs et les privilèges d'une bonne ménagère, tels qu'ils m'apparaissaient à moi. Je fis part à Veronica du résultat de mes réflexions de plusieurs semaines sur sa personne et sur sa conduite ; puis, m'adressant à toutes les deux, je leur dis ce que je pensais de leur frère Dick. C'est une chose que je prends sur moi de faire une fois par semestre. J'ai observé que les effets en sont excellents. Ils se font sentir, chaque fois, pendant trois bonnes journées.

Robina, ayant séché ses larmes, prit le premier pis à sa portée. La vache, sans dire une parole, donna un coup de pied dans le récipient, et s'en alla, chaque poil de sa robe exprimant le plus profond dégoût. Robina la rejoignit, pleurant en silence. Et moi, caressant la bête sur le cou, et lui permettant de s'essuyer le nez sur mon veston, ce qui parut lui faire du bien, je réussis à la persuader de se tenir tranquille pendant dix minutes, tandis que Robina opérait à toute vapeur. Nous recueillîmes ainsi un bon verre de lait, en comptant la mousse. La capacité du pis devait, à ce moment-là, atteindre trente litres environ.

Robina se mit à pleurer. Elle reconnut sa faute. Si la vache mourait, elle ne se le pardonnerait jamais. Voyant cela, Veronica fondit en larmes à son tour, et la vache, soit qu'elle se sentît touchée de leur peine, soit qu'elle fût reprise de ses douleurs, recommença de beugler.

Par bonheur, j'aperçus un vieux paysan qui fumait sa pipe sous un arbre, mangeant de l'autre main un morceau de lard. Je fis marché avec lui que, moyennant un schilling par jour, il viendrait traire notre vache matin et soir, jusqu'à nouvel avis.

Laissant le vieux à sa besogne, nous rentrâmes à la maison. Dick, qui nous attendait devant la porte, nous souhaita joyeusement le bonjour. Il était curieux de savoir si nous avions entendu le bruit de la tempête qu'il avait fait, disait-il, au petit jour. Il voulait savoir aussi quand le déjeuner serait prêt. Robina lui dit que cet heureux événement se produirait dès qu'il aurait fini de faire bouillir l'eau, préparé le thé et frit le jambon. Pendant ce temps-là, Veronica mettrait la table.

— N'était-il pas convenu ?.... commença Dick.

Mais Robina lui coupa la parole. Elle lui déclara tout net que s'il osait parler des devoirs de la bonne ménagère, elle monterait se coucher, après lui avoir tiré les oreilles. Les autres se débrouilleraient.

Dick a deux grandes vertus : il est philosophe, et il devine quand on parle sérieusement.

— Viens avec moi, dit-il à Veronica. Les contrariétés forment le caractère.

— Il y en a que les contrariétés rendent nerveux, répondit Veronica.

Quand on se mit à table, huit heures trente sonnaient au creux de nos ventres affamés.

CHAPITRE IV

L'ARCHITECTE, ou plutôt son délégué, arriva le vendredi après-midi.

Il me fit, dès l'abord, la meilleure impression. Il est vrai qu'il est timide, ce qui lui donne l'air un peu singulier. Mais, comme je l'expliquai modestement à Robina, ce sont les jeunes gens timides qui, en général, réussissent le mieux. Il est peu d'hommes, par exemple, qui aient été plus timides, plus douloureusement, plus cruellement timides que moi, jusqu'à la vingt-cinquième année.

Robina trouve que le cas est tout différent. « Pour un écrivain, dit-elle, la timidité n'a pas la même importance. » L'opinion de Robina sur la profession littéraire importerait moins, si elle ne présentait pas un cas typique. Dans l'esprit de Robina, un homme de lettres est une espèce d'imbécile diplômé.

J'ai surpris, il y a quelques jours, par la fenêtre de mon bureau, une conversation édifiante entre Veronica et

Robina. Veronica avait trouvé, sur la pelouse, un objet abandonné. Je ne pouvais pas distinguer ce que c'était, à cause d'un buisson qui masquait une partie de la scène. Je vis Veronica se baisser, examiner l'objet avec soin. Puis, poussant un grand cri, elle lança l'objet en l'air, et se mit à danser autour, en battant des mains. Son visage rayonnait d'une joie sacrée. Robina, passant par là, demanda ce qu'il se passait.

— C'est la raquette de papa ! cria Veronica.

Veronica a ceci de particulier qu'elle ne dit jamais une chose posément, quand elle suppose que des cris feraient aussi bien. Elle continua donc à battre des mains et à faire ses bonds.

— As-tu fini ? dit Robina. Si la raquette t'avait mordue, tu ne ferais pas plus de bruit !

— Elle est restée là toute la nuit, continua Veronica, toute la nuit sur la pelouse, dans l'humidité ! Il a oublié de la rentrer !

— Il n'y a pas de quoi rire, dit Robina.

— Tu ne comprends donc pas ? dit Veronica. J'avais cru d'abord que c'était la mienne. C'est ça qui en aurait fait une histoire, si ç'avait été la mienne ! Ah là là !

Sa danse échevelée s'apaisa jusqu'à devenir un balancement régulier rappelant celui du chœur antique.

Robina saisit Veronica et la secoua.

— Si ç'avait été la tienne, dit-elle, tu aurais mérité d'être punie dans ta chambre.

— C'est bien cela, dit Veronica. Alors, pourquoi ne pas envoyer papa se coucher ?

Robina prit le bras de Veronica et toutes deux se mirent à marcher de long en large, juste sous mes fenêtres. Vous pensez si j'écoutais !

— Je te l'ai expliqué cent fois, disait Robina. Papa étant un homme de lettres ne peut pas faire autrement que d'oublier les choses.

— Moi non plus, répliquait Veronica, je ne peux pas faire autrement.

— Tu trouves qu'il est difficile de se corriger, dit Robina avec douceur. Mais si tu continues à faire des efforts, tu finiras par devenir plus attentive. Moi aussi, autrefois, j'étais étourdie. Moi aussi, j'ai fait des bêtises, quand j'étais petite.

— Quel dommage, murmura Veronica comme pour elle-même, quel dommage que tout le monde n'est pas littéraire !...

— « Ne sois pas » littéraire, corrigea Robina. Qu'est-ce que tu veux ? Nous ne le sommes pas, voilà tout. Toi, et moi, et Dick, nous ne sommes que d'humbles créatures. Notre rôle est de nous efforcer d'être raisonnables.

— Alors, dit Veronica, quand on est littéraire, on ne peut pas se retenir de faire ce qu'on fait ?

— Il y a, en tout cas, répondit Robina, beaucoup de choses qu'on ne peut s'empêcher de faire, et il est injuste de juger les hommes de lettres à la mesure des autres hommes.

Elles dérivèrent du côté du potager (c'était au temps des fraises), et le reste de leur conversation se perdit.

Pendant les jours qui suivirent, j'observai que Veronica affichait une tendance à s'enfermer seule dans la salle d'études et que mes crayons disparaissaient comme par miracle. Je décidai de faire l'impossible pour en retrouver un, auquel je tenais particulièrement. Un instinct subtil me conduisit vers le sanctuaire. Je trouvai Veronica pensive, suçant le crayon que je cherchais. Elle m'expliqua qu'elle était en train d'écrire une pièce de théâtre.

— N'est-ce pas ? demanda-t-elle. Tout ce qu'on a en soi quand on est enfant, on le tient bien de son père ?

— Oui, dis-je. N'empêche que tu as tort de prendre quelque chose sans demander la permission. Je ne cesse de te le dire. Ce crayon est le seul avec lequel je puisse bien écrire.

— Ce n'est pas du crayon que je parlais, dit Veronica, je voulais savoir si j'étais, comme toi, « une » homme de lettres ?

Quand on y songe, la considération que le public accorde aux écrivains est une chose étrange. Il est clair que l'homme qui écrit, qui a pour mission de tout expliquer, d'éclairer les âmes, doit être plus intelligent que les autres. Mais, à en croire Robina et ses semblables, si nous avons assez de raison pour faire jouer le mécanisme universel des passions, nous n'avons pas assez de bon sens pour nous conduire nous-mêmes. Si je la laissais faire, Robina me donnerait des leçons. Elle me ferait une conférence sur ce qu'il est nécessaire qu'on sache de la jeune fille d'aujourd'hui. C'est exaspérant. Comme si je ne savais pas tout ce qu'on peut savoir sur les jeunes filles !

J'ai dit tout cela à Robina. Elle m'a répondu avec douceur :

— Tu as raison, mais je parlais de la vraie jeune fille.

Notez qu'il en irait absolument de même si j'étais un écrivain de tout premier ordre. Robina, d'ailleurs, se figure que j'en suis un : c'est une brave enfant. Mais je serais Shakespeare lui-même, j'aurais donné la vie à Ophélie et à Juliette, à Rosemonde et à Béatrice, Robina ne m'en répondrait pas moins :

— Tu as raison. Tout le monde sait combien tu es intelligent, mais je voulais parler de la vraie jeune fille.

Je me demande parfois si la littérature sera jamais, pour le lecteur, autre chose qu'un conte de fées ? Pourtant, écrire, c'est donner le meilleur de soi. On interroge sa conscience. On se demande si c'est faire bien que de mettre ainsi à nu les secrets des âmes. Or le lecteur ordinaire ne comprend pas. Il ignore le drame qui se joue, et qu'on lui donne sa vie. Pour le lecteur ordinaire, nous écrivons avec de l'encre. Il ne croit pas du tout que nous mettions notre âme à nu : il croit que ce n'est qu'un jeu, que nous nous contentons de faire semblant. On lui dit :

« Il y avait une fois une jeune fille, nommée Angelina, qui aimait un homme appelé Edwin. » Et tandis que nous lui disons ainsi, une par une, toutes les choses merveilleuses qui se passent dans le cœur d'Angelina, le lecteur ordinaire se figure que c'est nous qui les y mettons, que nous les inventons à mesure. Il ne peut pas, il ne veut pas faire l'effort nécessaire pour comprendre qu'Angelina est bien plus réelle que sa voisine Mlle Jones, qu'il rencontre chaque matin dans l'autobus.

Dès mon enfance, j'avais acquis parmi mes condisciples une certaine réputation de conteur. Un soir, à quelques camarades avec qui je revenais de l'école à travers Regent's Park, je racontai l'histoire d'une Princesse fort belle. Non pas la Princesse ordinaire, telle qu'on se la représente à cet âge. Ma Princesse ne se comportait pas comme une Princesse. Ce n'était pas ma faute : les autres n'entendaient que mes paroles ; moi, j'écoutais la chanson du vent dans les arbres du parc. La Princesse avait cru qu'elle aimait le Prince, jusqu'à l'heure où le Prince, ayant blessé mortellement le Dragon, l'eût emmenée dans la forêt. Or pendant que le Prince dormait, elle entendait le monstre appeler d'une voix plaintive. Elle se glissait jusqu'à l'endroit où le Dragon gisait dans son sang, mettait ses bras autour du triste cou recouvert d'écailles, et le baisait. Et de ce baiser, le monstre guérissait. Moi-même, arrivé à ce point du récit, je souhaitais que le monstre se changeât en Prince charmant. Mais il n'en faisait rien ; Dragon il restait. C'est du moins ce que me soufflait la chanson du vent dans les feuilles. Malgré cela, la Princesse se prenait à l'aimer : ce n'était pas un méchant Dragon, pour qui le connaissait. Il me fut impossible de dire aux autres ce qu'il advenait du Prince : le vent avait l'air de ne pas plus se soucier du Prince que d'une guigne.

Je trouvai mon conte très beau. Mais Hocker, un grand de cinquième, parlant au nom de tout l'auditoire, déclara que, jusque-là, l'histoire était « moche » et me somma de trouver un dénouement plus vraisemblable.

— Mais, lui dis-je, l'histoire est finie là.

— Pas du tout, dit Hocker, il faut qu'elle épouse le Prince. Il faut que le Prince tue de nouveau le Dragon. Arrange-toi, cette fois-ci, pour qu'il s'y prenne plus adroitement. A-t-on jamais entendu dire qu'une Princesse ait quitté un Prince pour aimer un Dragon !

— Mais, dis-je, ce n'était pas une Princesse comme les autres !

— C'est un tort, dit Hocker. Cesse donc de faire l'original, et dépêche-toi de lui faire épouser le Prince. Je prends le train de quatre heures quinze à Chalk Farm.

Je m'obstinai :

— Mais elle n'a pas épousé le Prince, dis-je. Elle s'est mariée avec le Dragon, et elle a été très heureuse.

Devant cet étrange entêtement, Hocker cessa de discuter. Il me saisit le bras, qu'il tordit.

— Elle épousa qui ? disait-il, les dents serrées.

— Le Dragon.

— Elle épousa qui ? répétait Hocker, me tordant le bras davantage.

— Le Dragon ! hurlai-je encore.

— Elle épousa qui ? cria Hocker pour la troisième fois.

Hocker était vigoureux et les larmes me venaient aux yeux malgré moi ; si bien que, pour finir, la Princesse, ayant guéri le Dragon, lui fit promettre de s'amender. Le Dragon retourna avec elle auprès du Prince, se rendant plus utile qu'un bon chien. Et le Prince emmena la Princesse chez lui et l'épousa. Le Dragon mourut et ils le mirent pieusement en terre.

L'histoire, ainsi remaniée, plut davantage ; mais elle me dégoûta. Et le vent tomba ; et la chanson mourut à mes oreilles.

C'est ce petit auditoire-là qui forme plus tard le grand public. Hocker est aujourd'hui un gros éditeur ; il n'a pas cessé de me tourmenter, mais c'est d'une autre manière. Il y a des écrivains braves ; ceux-là, la foule les conspue, en se hâtant pour attraper le train de quatre heures quinze. Mais le plus grand nombre se font bénévolement les esclaves des Hocker ; si bien qu'au bout de quelque temps, le vent se met à bouder et ne leur conte plus d'histoires. Il faut alors qu'ils tirent les histoires de leurs propres têtes.

Mon architecte fit une fâcheuse entrée, du moins en ce qui concerne Robina : il pénétra dans la maison par la porte de derrière. Robina, en tablier, était en train de laver la cuisine. Le visiteur s'excusa de s'être trompé, offrit de sortir et de refaire le tour pour retrouver l'entrée principale. Robina répondit, sur un ton que j'estimai inutilement désobligeant, qu'un architecte eût dû, mieux que personne, connaître la différence entre l'envers d'une maison et l'endroit ; et, comme pour aggraver l'impression que cette réflexion avait produite sur un homme timide, elle ajouta que la jeunesse et l'inexpérience sont une excuse à certaines erreurs.

Je ne comprends pas pourquoi Robina l'a pris sur ce ton-là. Elle-même disait, quelques heures plus tôt, à Veronica, que le travail ennoblit la femme, et que, dans l'ancien temps, les grandes dames étaient fières de remplir elles-mêmes leurs devoirs domestiques. Quand je rappelai ces paroles à Robina, elle répondit qu'on ne voyait pas, dans l'ancien temps, de petits jeunes gens, se disant architectes, ouvrir les portes sans frapper ; ou bien, quand ils frappaient, c'était de telle sorte que tout le monde pût les entendre.

Robina, donc, essuya ses mains à une serviette qui pendait derrière la porte et conduisit le jeune homme dans la pièce de devant, où elle l'introduisit en l'appelant « le commis de l'architecte ». Le jeune homme expliqua, fort modestement, qu'il n'était pas exactement le commis de M. Spreight; qu'il était architecte lui-même, et le plus jeune associé de la maison. Pour dissiper toute équivoque, il tira sa carte de visite, qui portait:

Archibald T. Bute — F. F. I. B. A.[1]

C'était inutile. Par la porte ouverte, j'avais tout entendu. Le vieux Spreight m'avait prévenu qu'il m'enverrait un de ses meilleurs auxiliaires, qui se consacrerait entièrement à nos travaux.

Je mis donc les choses au point en présentant M. Bute à Robina. Ils se saluèrent avec une certaine raideur. Robina pria qu'on l'excusât, qu'elle retournait à sa besogne. M. Bute s'inclina, et répondit: « Enchanté! », ajoutant aussitôt, en proie à la plus grande confusion, qu'il s'excusait de son étourderie. Comme je m'efforçai de le faire entendre à Robina, il était évident que M. Bute avait voulu dire qu'il était enchanté d'être présenté, et non d'apprendre qu'elle retournait à ses travaux. Mais il semble bien que Robina avait pris M. Bute en grippe.

J'offris un cigare et nous nous mîmes en route pour aller voir la maison. Elle se trouvait à quinze cents mètres, de l'autre côté du bois. Je fus agréablement surpris de découvrir que M. Bute est intelligent à la manière que

1. *Fellow of the Royal Institute of British Architects* (Membre de la Société Royale des architectes britanniques).

j'aime, c'est-à-dire sans être universellement informé de toutes choses.

Le jeune homme qui connaît tout m'horripile. Je l'avoue à ma honte, parce que c'est là, d'après Emerson, une preuve de ma propre médiocrité intellectuelle. L'homme fort recherche d'instinct la société de ceux qui lui sont supérieurs, curieux qu'il est d'apprendre ce qu'il ignore. Il est évident que si j'aimais la science comme on le doit, je ne m'entourerais que d'hommes jeunes. J'ai connu un ami de Dick, élève de Rugby, qui s'était mis dans la tête de faire de moi quelque chose. Mais il se montra trop pressé. Il eut tort. Il ne faut jamais négliger de tenir compte des facultés du sujet. Après avoir suivi attentivement, pendant une heure ou deux, les discours de ce jeune savant, mon esprit s'évadait ; j'avais des distractions ; malgré moi, je me mettais à écouter les conversations indifférentes qui arrivaient jusqu'à nous du croquet ou de la salle de billard. Les joueurs n'avaient rien à me dire et je maudissais la trivialité de mon esprit. Mais je mourais d'envie d'aller les rejoindre. Presque toujours, je succombais à la tentation.

Tout en marchant, je questionnai le jeune Bute sur ce qu'il pensait des nouvelles tendances de l'architecture anglaise. Bute me dit qu'à son avis, les tendances actuelles étaient caractérisées par une prédilection marquée pour les « petits coins intimes ». Les Anglais ne désiraient qu'une chose : se réfugier dans une maison pleine de petits coins et y vivre tranquilles. La femme d'un monsieur pour qui le patron de Bute venait de construire une maison dans le comté de Surrey avait un jour mis M. Bute dans un bien cruel embarras. Elle convenait que sa maison était fort agréable. Aucune autre, dans le comté de Surrey, n'avait autant de petits coins. Mais elle se demandait avec inquiétude comment elle ferait pour y faire l'éducation de ses enfants. Jusque là, quand elle avait besoin de punir, elle envoyait le coupable dans un coin. Le déshonneur qui entoure ce châtiment avait toujours exercé sur l'enfant l'effet le plus salutaire. Mais, dans la nouvelle maison, les coins avaient été traités avec un tel souci d'en faire les endroits les plus charmants, qu'on ne pouvait y envoyer un enfant puni. Les coins seraient désormais réservés aux invités de marque. Il y en avait un aussi pour le chef de famille. Il aurait là, très haut, au-dessus de sa tête, une armoire, un peu compliquée il est vrai, dans laquelle, en montant sur un escabeau, il pourrait ranger son tabac. L'armoire était peu accessible, mais ce serait tant mieux : petit à petit, le chef de famille ne pourrait manquer de se corriger de fumer. Il y avait aussi un coin exclusivement réservé à la mère, un joli coin, avec un vieux rouet pour filer elle-même son linge et ses draps de lit, si l'envie un jour lui en prenait. Il y avait aussi un rayon avec une douzaine de livres, inclinés l'un sur l'autre dans un charmant abandon donnant l'illusion du naturel. Le dernier volume était maintenu à 45 degrés par un pot vide ayant contenu du gingembre. Naturellement, on ne toucherait pas à ces livres-là, d'abord parce que cela dérangerait le charmant abandon, et puis parce que l'on risquerait de faire tomber le pot à gingembre.

Les coins, donc, ayant cessé de servir de pilori, c'est dans le milieu de la pièce qu'on mettra les petits en pénitence, dans la maison de l'avenir.

La grande difficulté, dans cette maison-là, où l'art tient une si grande place, c'est de trouver des habitants qui ne déparent pas le décor. La moyenne des gens y détonent. Remarquez d'ailleurs qu'il n'y a jamais personne dans le dessin que vous fait voir le marchand de mobiliers d'art. On y voit, sur la table, un chemin brodé, un vase où baignent des roses. Sur un fauteuil ancien, un ouvrage de dames abandonné. Un livre est grand ouvert sur une chaise du studio. Il est resté là de la dernière lecture ; on ne l'a plus touché depuis. Une pipe de forme bizarre repose, toute froide, sur l'appui d'une fenêtre à croisillons. Qui la bourrera jamais encore ? Personne. Rien n'est plus triste à voir.

Je le dis à ma confusion : La contemplation de « l'intérieur d'art », tel qu'on le voit dans les catalogues, me fait toujours monter des larmes aux yeux : on sent que des gens ont dû, jadis, habiter ces chambres, lire ces volumes reliés, fumer ou tenté de fumer ces pipes extraordinaires ; des mains blanches, où l'on eût aimé mettre des baisers, ont effleuré ces pantoufles en tapisserie ; et puis s'en sont allées, pour jamais…

On sent que ceux qui ont demeuré dans ces chambres sont morts. Voici leur salle à manger. Évidemment, ils ne se servaient pas du service de table qu'on voit sur le dressoir, parce que cela eût complètement déparé le dressoir ; ils en avaient un autre. Le hall est si net qu'il glace le cœur. Aucun paillasson ne le déshonore. Les gens qui rentraient les pieds boueux devaient être invités à passer par une porte basse. Une houppelande de voleur de grand chemin pend derrière la porte. C'est le manteau qu'on s'attendait à voir ici. Un parapluie, un imperméable eussent ruiné tout l'effet.

Quelquefois, rarement, le dessinateur permet qu'une jeune fille pénètre dans l'intérieur artistique, et s'assoie sur un des sièges. La jeune personne a l'air d'être née il y a trois cents ans ; il faut qu'elle ait l'air triste. Voit-on une jeune fille gaie aller et venir dans un intérieur artistique ? J'imagine que les dessinateurs doivent s'informer auprès du maître de la maison, et lui dire, avec une gravité de circonstance : « N'auriez-vous pas, par hasard, une jeune fille ayant grand air et dont les amours, par exemple, auraient été contrariées, ou qui se croirait incomprise ? » Dans l'affirmative, il le prierait de lui faire endosser quelques hardes empruntées au musée de la ville. Dire que ce sont ces petits riens-là qui donnent à un croquis son air de vraisemblance !

Si je me fie aux observations qu'a pu faire un homme de mon âge, aucun personnage masculin n'est admis à pénétrer dans l'intérieur d'art. Une fois seulement, j'ai cru voir un homme installé dans son propre fumoir ; mais, en y regardant de près, ce n'était que le portrait d'un homme.

Ces réflexions peuvent paraître puériles. Tout change dès qu'on prend la peine d'y réfléchir un peu. L'homme et la femme modernes ne sont pas esthétiques. Et je me sens mal assorti aux tapisseries des Gobelins et aux bassinoires anciennes. Robina non plus n'est pas assortie aux intérieurs d'art moderne. J'ai essayé une fois de la faire asseoir dans un siège romain, jouant d'une lyre que j'avais achetée chez un brocanteur de Wardour Street. Ce fut piteux. Un piano rustique, un cadre à photographie avec une branche de fougère, voilà ce qui sied à Robina.

Dick n'est pas beaucoup plus esthétique que sa sœur. Il tiendrait mal une guitare et serait ridicule avec des plumes à son chapeau. Tout au plus le voit-on jouer du banjo.

Sur les catalogues, la chambre à coucher artistique est jolie comme tout. Mettez un homme, et même une femme, dans le lit en merisier, le charme est rompu. Il faut que le propriétaire ait quelque part une autre chambre pour dormir et pour s'habiller. De temps en temps, il entrouvre la porte, jette un coup d'œil, et, quand c'est absolument nécessaire, s'y glisse un instant, pour changer l'eau des roses.

Et la nursery ? Tâchez de vous imaginer la nursery moderne cinq minutes après qu'un enfant y aura été lâché en liberté.

J'ai fait dernièrement, dans cet ordre d'idées, une chose parfaitement ridicule. Pris au piège d'un catalogue de marchand de meubles, j'ai acheté à Robina, pour son anniversaire, un boudoir de jeune fille. Nous l'avons souvent regretté, elle et moi. Robina a calculé qu'elle aurait pu avoir, pour le même prix, une bicyclette, un bracelet en diamant et une mandoline ; et il serait encore resté de l'argent.

J'avais voulu faire bien les choses. J'avais dit au marchand que je voulais un mobilier exactement semblable à celui du catalogue. Eh bien, tout y était ! les chandeliers, si jolis, jusqu'au jour où l'on voulut y faire tenir une bougie ; la commode-toilette, avec le vase de fleurs qu'il fallait enlever et poser par terre chaque fois qu'on voulait se laver. On n'avait rien vu de plus élégant, jusqu'au jour où Robina commença de dormir dans sa chambre.

Je crois de bonne foi qu'elle essaya de s'en servir, sans parti pris. Des amies, à qui elle en avait d'avance dit merveille, entraient et demandaient à voir la chambre. Robina leur disait d'attendre une minute, montait l'escalier quatre à quatre, s'enfermait à double tour. Et pendant une bonne demi-heure, tournait en rond, ouvrait et fermait des tiroirs, traînait des choses sur le plancher. Quand la chambre était redevenue boudoir, Robina était à bout de forces ; on ne pouvait plus lui parler ; elle n'était pas à prendre avec des pincettes.

Elle veut maintenant donner sa chambre à Veronica ; mais Veronica n'en veut pas, parce que la chambre se trouve entre mon bureau et la salle de bains, et qu'elle rêve d'une pièce où elle pourrait, dit-elle, s'enfermer, être tranquille « pour travailler », sans qu'on puisse la déranger.

Bute m'a conté qu'un de ses amis, jeune homme aisé, qui demeurait dans Piccadilly, avait eu la fantaisie de transformer son appartement en villa romaine. Il avait fait supprimer les cheminées et chauffait avec de l'air chaud, amené des cuisines. Comme on ne voyait pas le foyer, on ne savait quel endroit choisir pour former le cercle et s'asseoir. La nuit venue, une triste lumière tombait des lampes grecques ; on comprenait tout de suite pourquoi les Athéniens se couchaient généralement de bonne heure. On dînait, étendu sur un lit de repos, ce qui, évidemment, est assez commode, pourvu qu'on puisse tenir son assiette d'une main et manger de l'autre avec les doigts ; mais, avec un couteau et une fourchette, impossible de garder l'équilibre. On ne se sentait porté ni à la luxure, ni même à la cruauté : on n'éprouvait qu'une grande gêne, à cause des vêtements, qui n'étaient pas du même siècle que le reste. Et, le valet de chambre se refusant obstinément à se draper comme un esclave, le compromis était peu satisfaisant, même au point de vue purement pittoresque. Jouer au patricien romain au XXe siècle, quand on demeure dans Piccadilly, c'est chose impossible. On ne peut réussir qu'à mettre fort mal à l'aise les amis qu'on a voulu fêter. Le jeune Bute aimait beaucoup mieux, disait-il, passer sa soirée à jouer au cheval avec ses petits neveux ; ce jeu-là lui paraissait bien moins déraisonnable.

En tant qu'architecte, Bute admirait naturellement les chefs-d'œuvre de l'antiquité. Il trouvait l'Erechteion d'Athènes admirable. Mais la chapelle de Spurgeon, sur la route d'Old Kent, copiée sur l'Erechteion, avait le don de l'irriter. À un temple grec, il fallait, disait-il, le ciel et les femmes de la Grèce. L'Abbaye de Westminster, telle qu'elle était, blessait grièvement ses regards. La congrégation en robes noires et chapeaux de Paris donnait à Bute le même sentiment d'incongruité qu'un banquet de moines déchaux dans la salle à manger d'un palace de Londres.

Frappé par le bon sens de ces paroles, je décidai de ne pas parler à Bute de mon idée de faire graver la date de 1553 au-dessus de la porte d'entrée.

Bute ne pouvait comprendre cette passion du citadin moderne pour des formes périmées d'architecture. Il connaissait un marchand de draps d'Holloway qui s'était fait construire une ferme défendue par des fossés. Les fossés étaient alimentés par la compagnie des eaux, à des conditions avantageuses ; des lumières électriques simulaient des chandelles de cire. Pour que rien ne clochât, on avait aménagé une chambre hantée : une chapelle en miniature servait de cabine téléphonique. Invité par le propriétaire à faire l'ouverture de la chasse, Bute m'avoua qu'il avait sérieusement songé à se munir d'un arc et d'un carquois.

Tout en parlant, Bute s'apprivoisait. Timide et réservé tant que nous avions abordé des sujets d'ordre général, il gesticulait avec aisance depuis que nous parlions briques et mortier.

Je me hasardai à placer quelques mots à la louange du style Tudor. Laissant le badinage, il dit qu'à son avis une maison doit être considérée comme démodée si l'arrivée d'une auto devant le perron lui donne l'air ridicule, et si un timbre électrique vous crispe comme un anachronisme.

Il y avait du vrai dans ce qu'il disait. Je décidai donc de ne pas lui parler non plus de mon idée de changer les cheminées et de mettre des mitres, d'autant plus que la maison, que nous avions atteinte sur ces entrefaites, avait l'air de lui plaire beaucoup.

— Voilà, dit-il, ce que j'appelle une bonne maison. On peut y jouer au billard sans avoir l'impression de jouer au tennis à l'ombre des Pyramides.

Nous entrâmes. Je lui exposai mes projets, du moins ceux que je prévoyais qu'il pourrait approuver. Nous passâmes là quelque temps ; quand nous regardâmes l'heure, le train de Bute était passé. Comme il restait pas mal de choses à débattre, je lui proposai de rentrer avec moi et d'accepter, à la bonne franquette, une modeste hospitalité. Je dormirais avec Dick et je lui céderais ma chambre. Naturellement, je lui parlai de notre vache et de l'habitude qu'elle avait de commencer à beugler avant le jour. Il dit que la vache ne le gênerait point, qu'il dormait comme un loir, et qu'il acceptait avec reconnaissance pourvu que je veuille bien lui prêter une chemise de nuit.

Il voulut savoir si Mlle Robina ne serait pas trop contrariée. Je l'assurai que toute contrariété serait une fort bonne chose pour Robina; un invité qui arrive à l'improviste, c'est la meilleure leçon pour une ménagère. En outre, comme je le lui fis remarquer, il importait assez peu que Robina fût ou ne fût pas contrariée.

— Peut-être, dit en souriant M. Bute, cela n'a-t-il pas d'importance pour vous, mais ce n'est pas à vous que Mlle Robina en voudra.

— Vous verrez, lui dis-je, que tout se passera très bien. Je prends sur moi toute la responsabilité de l'affaire.

— Et moi je porterai tout le blâme, dit-il en riant.

Nous en vînmes ainsi à parler des femmes. Je lui dis que, pour moi, le meilleur moyen de s'entendre avec les femmes, c'était de les traiter comme des enfants. Il convint que la méthode pouvait être excellente, mais il voulut savoir ce qu'il convient de faire quand ce sont les femmes elles-mêmes qui nous traitent en enfants. Bute a aussi de l'humour. Sa question me fit penser à cette dame à qui Petite mère demandait un jour quelle était sa recette pour être heureuse en ménage, et qui lui répondit que la faute que commettent presque toutes les femmes c'est de prendre leurs maris trop au sérieux.

En somme, il y a deux sortes d'amours : celui qui s'agenouille, qui lève les yeux au ciel, et celui qui regarde en bas et qui caresse. Je tiens le dernier pour le plus durable.

À mesure que nous nous rapprochions de la bicoque, Bute redevenait le jeune homme timide de tout à l'heure. L'architecte s'était complètement évanoui. Comme je posais la main sur la poignée de la porte, il arrêta mon bras :

— N'est-ce pas là, dit-il, la porte de derrière ?

Il avait raison. C'était la porte de derrière.

Je ne m'en étais pas aperçu.

— Ne croyez-vous pas, dit-il, qu'il vaudrait mieux faire le tour ?

Je voulus lui répondre que cela n'avait pas d'importance. Mais il avait déjà disparu.

Nous entrâmes par-devant. Robina, debout près de la table, pelait des pommes de terre.

— J'ai ramené M. Bute, lui dis-je. Il logera ici.

D'un geste prompt, Robina ramassa ses pommes de terre et s'en alla en disant :

— Si jamais j'habite encore une maison, elle n'aura qu'une seule porte.

Elle sortit et nous l'entendîmes monter l'escalier.

— J'espère bien que Mlle Robina n'est pas fâchée ? dit Bute.

— Ne vous tourmentez pas, lui dis-je pour le réconforter. Naturellement non, qu'elle n'est pas fâchée. Et puis, si elle est fâchée, tant pis pour elle. Il faut qu'elle s'habitue à être fâchée. Cela fait partie de l'expérience.

Je le fis monter, pour lui montrer sa chambre et lui faire place. Les portes des deux chambres se font vis-à-vis. Je me trompai de porte : j'ouvris celle de Robina. Robina était là, assise sur son lit, qui épluchait ses pommes de terre.

Je m'excusai. Robina répondit que cela n'avait aucune importance et, emportant son panier, redescendit. En regardant par la fenêtre je la vis prendre le chemin du bois, portant toujours son panier.

— Je regrette que nous nous soyons trompés de porte, dit Bute.

— Quel inquiet vous faites ! lui dis-je. Tâchez donc de vous habituer à voir les choses par leur côté plaisant. Quand on y réfléchit, rien n'est plus drôle. Où que la pauvre Robina se réfugie, nous lui tombons dessus. Savez-vous ce que nous devrions faire ? Nous devrions aller nous promener dans le bois. C'est un très joli bois. Nous dirions à Robina que nous sommes venus là pour cueillir des fleurs.

Mais je ne pus décider Bute. Il prétexta qu'il avait à écrire et que, si je le permettais, il resterait dans sa chambre jusqu'à l'heure du dîner.

Dick et Veronica rentrèrent peu après. Dick avait été voir M. Saint-Leonard et lui parler des leçons de culture. Il croyait que cet étrange vieillard me plairait. Il n'avait rien, me dit-il, d'un fermier.

Il ramenait une Veronica enjouée, aimable et d'excellente humeur. Elle avait rencontré chez les Saint-Leonard un petit âne dont elle s'était entichée. Dick me confia que, sans trop me compromettre, il avait fait comprendre à sa sœur que si elle était sage pendant un certain temps, je me déciderais peut-être à l'acheter. L'âne était robuste et pourrait rendre des services. Et puis, qui sait ? Cela donnerait à Veronica un but dans la vie, quelque chose dont elle eût à s'occuper constamment, exactement ce qu'il lui fallait. Ce Dick, il a quelquefois des idées pas bêtes !

Le dîner fut très supérieur à ce que j'avais espéré. Robina servit du melon, des sardines, un poulet, des pommes de terre, une purée de légumes. Sa cuisine m'étonna. J'avais prévenu le jeune Bute qu'il ferait bien de considérer ce dîner plutôt comme une plaisanterie que comme un repas sérieux ; je comptais moi-même en tirer plus de gaîté que de substance. Je fus agréablement désappointé. Car il est toujours plus facile d'imaginer un dîner comique que de le manger.

Je me rappelle avoir dîné un jour avec un couple de jeunes mariés qui rentraient de voyage de noces. On devait se mettre à table à huit heures; il en était dix et demie quand le dîner commença. La cuisinière, ayant bu plus que de raison depuis le matin, se trouvait, à sept heures du soir, dans l'incapacité de se tenir debout. À huit heures, laissant toute espérance, la maîtresse de maison s'était mise elle-même à ses fourneaux.

On plaignit les autres invités, mais on se réjouit pour moi: « Vous verrez, disait-on, qu'il écrira sur ce dîner quelque chose de très drôle... » Autant dire que la cuisinière s'était grisée tout exprès pour m'obliger. Eh bien, je n'ai jamais pu écrire une ligne drôle sur ce dîner-là. Aujourd'hui encore, le souvenir de cette soirée me rend mélancolique.

Pour finir, Robina servit un dessert froid et un excellent café qu'elle proposa pendant que Dick et Veronica desservaient. Ce fut l'un des repas les plus charmants que j'aie faits de ma vie. Et, pour autant que l'on puisse se fier aux comptes de Robina, il nous coûta exactement six schillings quatre pence, pour nous cinq.

Comme il n'y avait pas de domestiques, on put causer sans réticence. Nous nous amusâmes beaucoup.

Une fois, au cours d'un dîner, je me disposais à conter une aventure arrivée à un Écossais. À peine avais-je ouvert la bouche que mon hôte me fit taire d'un regard qui ne souffrait aucune réplique. C'était un homme aimable. Il connaissait l'histoire, que tout le monde, d'ailleurs, aurait pu entendre. Il m'expliqua, au dessert, que la bonne qui servait à table était Écossaise et fort susceptible. La conversation étant tombée sur le Home Rule[1], notre hôte nous fit de nouveau signe de nous taire ; et nous sûmes que son sommelier était Irlandais, et parnelliste[2] enragé.

Certaines gens parlent devant les domestiques sans plus de réserve qu'ils feraient devant des mannequins. Leur présence me cause, à moi, un intolérable malaise. J'ai beau savoir que mes invités n'ont pas encore entendu l'histoire que je voudrais conter, (quant aux membres de la famille, il est naturel qu'ils fassent un petit sacrifice) la pensée que la bonne l'a déjà entendue douze fois m'empêche de parler ; je me tais, sentant que je ne puis décemment la lui faire subir une fois de plus.

Après dîner, on poussa la table dans un coin ; Dick prit la mandoline de sa sœur et joua une valse. Voilà bien des années que je n'ai plus dansé ; n'empêche que Veronica dit qu'elle aime mieux valser avec moi qu'avec n'importe lequel de ces patauds que la maîtresse de danse lui donne à traîner. Si je recommençais ? On n'a jamais, somme toute, que l'âge qu'on se sent.

1. Le projet de Constitution spéciale à l'Irlande.

2. Partisan de Parnell, le chef de la résistance irlandaise contre les propriétaires fonciers anglais.

Le jeune Bute se montra excellent valseur ; il valsait même à l'envers, ce qui est remarquable dans une chambre de quatre mètres de côté. Malgré cet exploit, Robina, qui pourtant adore la danse, me déclara le lendemain que c'est à peine si Bute était supportable quand il dansait.

Je ne vois pas de raison à cette antipathie de Robina pour M. Bute. Il est vrai qu'il n'est pas ce qu'on appellerait un jeune homme élégant ; mais il est plus sympathique que la plupart des jeunes gens de son âge, et il a un si bon sourire ! Robina dit que c'est justement ce sourire-là qui l'exaspère. Dick trouve comme moi que Bute a beaucoup de bon sens ; et quant à Veronica, plutôt avare d'éloges, elle considère que la façon dont Bute fait l'Indien peau-rouge, d'abord mort, et puis vivant, est la plus belle chose qu'elle ait jamais vue.

Pour finir, on chanta. La variété du répertoire de Dick me surprit ; il est clair qu'il a été moins paresseux au collège que je croyais. Le jeune Bute a une voix de baryton assez agréable. Bref, à onze heures et quart, nous nous sommes rappelé que Veronica aurait dû être couchée depuis longtemps. Nous n'en revenions pas qu'il fût si tard.

— Ah ! soupira Veronica en m'embrassant, pourquoi ne peut-on pas vivre ainsi toujours dans une petite maison, et faire à sa guise ? Ce serait si amusant !

— Parce que la plupart des hommes sont des sots, répondis-je.

CHAPITRE V

JE ME MIS EN ROUTE, le lendemain matin, pour aller voir Saint-Leonard. Près de la ferme, je rencontrai le jeune Hopkins, monté sur un cheval. Il agitait une fourche au-dessus de sa tête et récitait : *The charge of the Light Brigade*[1]. Le cheval avait l'air de s'amuser beaucoup. Le cavalier me dit que je trouverais « le patron » près des étables.

Le fermier n'est pas un vieillard ; Dick doit l'avoir vu dans un mauvais jour. C'est un homme dans toute la force de l'âge, à peine plus âgé que moi. Mais Dick a raison de dire qu'il n'a pas du tout l'air d'un fermier. D'abord, Hubert Saint-Leonard, ce n'est pas un nom de fermier. C'est le nom d'un auteur qui ferait des livres traitant de culture et d'élevage, ou qui aurait là-dessus des idées nouvelles. Si les choses se passaient normalement dans la nature, il n'est pas une plante qui voudrait

1. *La charge de la Brigade légère*, poème célèbre de Tennyson.

pousser pour Saint-Leonard, tant il a peu l'air de savoir cultiver la terre. Le vrai fermier a toujours, dans son allure, une chose qui le trahit. Il est difficile de dire quoi. Par exemple, il a une façon qui n'appartient qu'à lui de s'accouder à une barrière. Il n'y a pas, pourtant, trente-six façons de s'accouder à une barrière. Eh bien, j'ai essayé de m'accouder comme un fermier. Ce n'était jamais cela. Il faut avoir ça dans le sang.

Le fermier a aussi une manière à lui de se tenir sur une jambe et de fixer des yeux une chose qu'il est seul à voir. Cela n'a l'air de rien, mais c'est toute une affaire. Quand il s'aperçoit que la chose qu'il regarde n'existe pas, le fermier n'est nullement étonné. Il ne s'attendait pas à ce qu'elle fût. Il regardait une chose qui eût dû exister, et qui n'existe pas. La vie du fermier est peuplée de ces choses-là.

Le fermier symbolise parfaitement la souffrance ramenée à l'état de doctrine. Sa vie durant, il symbolise le courage luttant contre l'adversité. Rien ne lui réussit. La terre n'est pas sa planète.

Cela tient à ce que la Providence, pleine d'excellentes intentions, n'entend rien à la culture. Ce n'est pas sa faute si elle gâche tout. Si la Providence pouvait descendre, ne fût-ce qu'un mois ou deux, sur la terre, et prendre quelques leçons de culture, les choses iraient tout autrement. Mais comme il ne peut être question qu'elle vienne, tout ce qu'on pourra dire et rien, c'est la même chose.

Pour peu qu'on ait entendu des fermiers parler, la Providence apparaît sous les espèces d'un amateur bien intentionné, qu'on aurait mis dans l'obligation d'exercer un métier pour lequel il n'est pas mis sur terre.

— Ah ! dit la Providence, il leur faut de la pluie ? Qu'est-ce que j'ai donc fait de cette pluie ? Où ai-je fourré cet article-là ?

Elle finit par trouver la pluie. Elle la fait tomber, et la voilà contente d'elle. Cela dure jusqu'à ce qu'un Esprit errant, venant à passer dans ces parages, s'arrête et lui demande ironiquement si elle se rend compte de ce qu'elle est en train de faire.

— Bien sûr ! dit la Providence. Vous connaissez ces mammifères qu'on appelle des fermiers ? Ils réclamaient de la pluie…

— Ils n'en réclameront plus d'ici longtemps, dit l'Esprit. Avant que vous ayez fini de leur vouloir du bien, ils seront noyés dans leur lit.

— Voulez-vous vous taire ! dit la Providence.

— Rendez-vous compte par vous-même, dit l'Esprit, si vous doutez de moi. Vous avez de nouveau gâté les récoltes, fait périr tous les fruits. Jusqu'aux navets qui pourrissent sur pied ! À quoi vous sert l'expérience ?

— C'est si difficile, aussi, dit la Providence, de tout régler à une minute près !

— Il faut croire, en effet, que c'est bien difficile, dit l'Esprit ; pour vous, du moins. Quoi qu'il en soit, à votre place, je cesserais de pleuvoir. Si vous ne pouvez pas vous retenir, au moins donnez-leur le temps de bâtir une nouvelle arche.

L'Esprit errant s'en va.

— Maintenant que j'y prends garde, dit la Providence, se penchant par-dessus le bord de son étoile, la Terre me paraît en effet assez mouillée. Je crois que je ferais bien de remettre le temps au beau.

La voilà donc qui met le temps au beau ; puis, se retournant de l'autre côté, elle se prépare à faire un somme, avec le sentiment bien arrêté que, comme Providence, il n'y a pas à dire, elle est là !

L'Esprit errant, qui revient de voyage, la surprend endormie :

— Eh bien, dit-elle, avec un sourire malicieux, êtes-vous repassé par là-bas ?

— Oui, dit l'Esprit, j'en arrive.

— Qu'en dites-vous ? dit la Providence. N'y fait-il pas charmant ? Tout n'est-il pas bien sec et bien beau ?

— Vous avez mis la main dessus, dit l'Esprit. Bien sec est le mot. À sec, les rivières, les puits et les fontaines. Le bétail est moribond. La fenaison est fichue. Quant à la récolte, il n'y en aura pas avant deux ans. Ça, oui, pour être sec, tout est sec.

On se figure la Providence fondant en larmes.

— Mais, dit-elle, ne m'avez-vous pas conseillé vous-même de leur envoyer un peu de beau temps ?

— Si fait, répond l'Esprit, mais pas six mois de sécheresse avec 65 degrés à l'ombre. Vous me faites l'effet de manquer totalement de raison.

— Ah ! soupire la Providence entre deux sanglots, que n'a-t-on confié cette besogne à une autre que moi !

— Vous n'êtes pas la seule à le dire, dit l'Esprit sans aménité.

— Je fais de mon mieux, dit la Providence, s'essuyant les yeux avec ses grandes ailes. Est-ce ma faute si je ne suis pas faite pour ce métier-là ?

— Vous n'avez jamais si bien dit, repartit l'Esprit.

— J'essaie, gémit la Providence. Personne autant que moi ne tâche de bien faire. Mais quoi que je fasse, tout va de travers.

— Ce qu'il vous faudrait, dit l'Esprit, c'est un peu moins d'enthousiasme et un peu plus de sens pratique. Vous vous emballez ; cela vous fait perdre la tête. Quand vous envoyez de la pluie, il y a dix chances contre une pour qu'elle tombe quand il n'en faut pas. Vous cachez votre soleil comme un bluffeur garde ses as, jusqu'à ce qu'il soit trop tard, et puis vous les jetez tous à la fois sur la table.

— J'essaierai encore, dit la Providence. Cette fois, je ferai tout, tout ce que je peux.

— Depuis que je vous connais, dit l'Esprit d'une voix plus douce, vous dites toujours la même chose : « Je fais ce que je peux ! Je tâche de bien faire ! » Ce qu'on vous reproche, ce n'est pas de ne pas essayer, c'est de manquer du sens exact des choses. Pourquoi n'achetez-vous pas un almanach ?

L'Esprit errant prit congé.

— Il a raison, cet Esprit, se dit la Providence. Il faut que j'achète un almanach.

Elle fait un nœud à son mouchoir. Mais vous devinez ce qui arrive : elle oublie complètement pourquoi elle a fait le nœud. Ce n'est pas sa faute. Elle croit se rappeler que c'est pour envoyer des gelées blanches en mai, à moins que ce ne soit des brouillards en août ; elle ne sait plus au juste. Alors, pour être sûre, elle envoie les deux.

Le fermier lui-même finit par ne plus en vouloir à la Providence. Il se résigne, se disant que le malheur est bon pour le salut de son âme immortelle. Et il poursuit en silence la route qui le mène à la faillite.

Hubert Saint-Leonard, de la ferme des Fonds de Windrush, est le type parfait de l'homme inquiet. Il tapote du doigt son thermomètre ; il craint et il espère, ignorant encore tout ce qui est écrit d'avance pour son malheur. Il se passera des années avant que son esprit se résigne à ce tranquille désespoir qui est si nécessaire au cultivateur. Saint-Leonard est grand, mince, avec un visage mobile et sensible ; de temps en temps, sous l'empire d'un tic irrésistible, il se prend la tête entre les mains, comme pour s'assurer qu'elle est toujours là.

Je le trouvai qui partait faire sa tournée. Je lui proposai de l'accompagner. Il n'avait pas toujours été fermier.

Jusqu'à ces dernières années, il avait été agent de change. Mais ayant toujours détesté la vie sédentaire, il avait amassé quelque argent et décidé, à quarante ans, de s'offrir le luxe rare de « vivre sa vie ». Je lui demandai si son nouveau métier nourrissait son homme :

— Cela dépend, me dit-il, de l'opinion qu'on a de soi. Selon vous, qu'est-ce que je mérite de gagner par an ?

La question était singulière.

— Vous craignez de m'offenser par trop de franchise ? dit-il. Bon. Choisissons un autre exemple. Prenons votre cas au lieu du mien. J'ai lu tous vos livres : ils me plaisent. Eh bien, j'estime que vous valez… cinq cents livres par an. Or vous en gagnez deux mille, sans doute et vous estimez probablement que vous en valez cinq ?

Son sourire me désarma.

— La plupart des gens, poursuivit-il, commettent la même faute : ils se surcapitalisent. John Smith, ou tel autre, qui vaut honnêtement cent livres par an, prétend valoir le double. Résultat : difficulté de gagner ce qu'on croit mériter, surmenage, excès de soucis, crainte constante d'atteindre la limite de son effort. Moi, je crois voir déjà, d'après votre œuvre, que vous seriez plus heureux avec cinq cents livres qu'avec deux mille. Pour gagner vos deux mille livres, vous êtes forcé de produire tant, que votre travail ne vous donne plus aucun plaisir. Content avec cinq cents, vous pourriez vous permettre de ne faire que ce qui vous plaît. Ce monde est loin d'être parfait. La chose est vraie, bien qu'on l'ait déjà dite. Dans un monde parfait, le penseur devrait valoir plus que le marchand, et le fermier plus que l'agent de change. Pour faire du change, j'étais forcé de me déshonorer, de renier mon vrai moi en me tuant à noircir du papier. Aujourd'hui je gagne moins, mais je jouis de la vie. Autrefois, j'offrais du champagne à mes amis. Je n'en buvais pas, vu que cela m'était défendu. À présent, je bois de la bière avec plaisir. Chaque homme a droit à un salaire équivalent à sa valeur marchande, ni plus, ni moins. Ce salaire, on peut le toucher tout entier en argent. C'est ce que je faisais autrefois. Ou bien, on peut le toucher partie en argent, partie en plaisir de vivre. C'est ce que je fais maintenant.

— Il est charmant, lui dis-je, de rencontrer un philosophe. Les philosophes sont des gens dont on entend souvent parler ; mais j'ignorais qu'il y en eût encore.

— On se moque de la philosophie, dit Saint-Leonard. On a tort : c'est l'art de vivre libre, heureux, paisible. Je donnerais de bon cœur la moitié de ce qui me reste à vivre pour être un vrai philosophe.

— Je ne me moque pas de la philosophie, dis-je. Je vous prenais pour un vrai philosophe, A vous entendre parler…

— Les mots ! s'écria Saint-Leonard. Qu'est-ce que les mots ? Les paroles ne sont rien. Vous avez dit vrai : je « parle » comme un philosophe.

— Vous ne vous contentez pas de parler, dis-je, vous vous conduisez en philosophe. Sacrifier ses revenus à la joie de vivre sa vie, n'est-ce pas pratiquer la philosophie ?

Je disais cela dans la crainte instinctive de le voir devenir amer. Je le voulais de bonne humeur, ayant à lui parler de trois choses, de la vache, de l'âne et de Dick.

— Non, dit Saint-Leonard. Un véritable philosophe serait resté agent de change et eût été tout aussi heureux. La philosophie ne dépend pas du décor. Le vrai philosophe porte sa philosophie en soi. Dites-lui, à brûle-pourpoint, qu'il vient d'être désigné par le peuple pour succéder au roi. Dites-lui qu'on vient de le condamner aux travaux forcés à perpétuité : il continuera de fumer sa pipe comme avant, absolument comme s'il n'était rien arrivé du tout.

« Nous avons un vieux chat, à qui les enfants font la vie impossible. Il se laisse faire. Il reste indifférent. Les enfants l'enferment dans le piano, croyant qu'il y va faire une vie d'enfer et que cela fera peur à quelqu'un. Mais le chat ne fait pas de musique ; il s'endort. Une heure après, quand on ouvre le piano, on trouve la pauvre bête étendue de tout son long sur le clavier, et se ronronnant à elle-même une chanson. On l'habille avec les vêtements du plus petit ; on le promène, ainsi affublé, dans une voiture d'enfant. Il reste couché, l'air parfaitement heureux de regarder le paysage et de prendre l'air sans fatigue. Les enfants le suspendent par la queue. Eh bien, à le voir se balancer la tête en bas, on dirait qu'il leur est reconnaissant de lui avoir donné une sensation neuve. En somme, il donne l'impression de considérer tout ce qui lui arrive comme autant d'épreuves profitables. L'hiver dernier, il s'est pris dans un piège, où il a laissé une patte : il court gaîment sur les trois autres. On dirait même qu'il est content d'avoir perdu la quatrième. Économie de nettoyage, a-t-il l'air de se dire. Quoi qu'il lui arrive, il est content. Et il est encore content quand il ne lui arrive rien. Voilà le vrai philosophe !

Saint-Leonard commençait à m'agacer. Je connais un homme avec qui il est absolument impossible d'être en désaccord. Au club, on faisait parier les nouveaux venus qu'ils se querelleraient avec lui sur tel sujet désigné d'avance. Il en est qui lui dirent carrément que M. Lloyd George était traître à son pays. Eh bien, cet homme s'est levé et leur a serré la main, les mots étant trop faibles, leur a-t-il dit, pour exprimer l'admiration que lui inspirait une si tranquille témérité. L'instant d'après, les parieurs tenaient sur le compte de M. Balfour des propos qui leur eussent valu d'être poursuivis pour diffamation. C'est tout juste s'il ne se jeta pas à leur cou. Il leur apprit que le rêve de toute sa vie avait été d'entendre un homme oser calomnier publiquement M. Balfour.

J'ai causé pendant un quart d'heure avec ce pacifiste et j'ai su qu'il était à la fois partisan de la conscription obligatoire et de la paix à tout prix, et qu'il avait un profond mépris pour les travailleurs, ce qui ne l'empêchait pas de se dire ardent républicain. Rien n'est plus drôle que de se réunir à quelques-uns autour de lui et de le faire parler. Il fait penser à un chien que six personnes appelleraient en même temps de six côtés, et qui voudrait obéir à tout le monde à la fois.

Il fallait réussir à comprendre Saint-Leonard ; nous ne pourrions nous entendre qu'à ce prix.

— Nous allons être voisins, lui dis-je ; je crois que vous me plairez. J'entends : pourvu que j'apprenne à vous comprendre. J'avoue qu'au premier abord vous me déroutez un peu.

Vous commencez par célébrer la philosophie. Là-dessus, je me déclare d'accord avec vous.

C'est une belle et noble science. Quand ma fille cadette sera grande, quand l'aînée aura un peu plus d'expérience, quand Dick pourra se tirer d'affaire tout seul, quand le public anglais appréciera la bonne littérature, il se peut que je devienne philosophe, moi aussi. J'allais vous dire tout cela. Mais avant que j'aie pu vous exposer ce point de vue, le vôtre a déjà changé et vous comparez la philosophie à un vieux chat simple d'esprit. Une fois pour toutes, qu'est-ce que vous êtes ?

— Je suis un idiot, répondit Saint-Leonard sans hésiter, un triste idiot ! Car je possède en même temps que la tournure d'esprit d'un philosophe, le caractère le plus irritable qui soit. Ma philosophie m'enseigne à rougir de mon irritabilité, et mon irritabilité fait éclater à mes yeux le ridicule de ma philosophie. La voix du philosophe dit qu'il importe peu que mes deux enfants jumeaux tombent dans le puits : le puits n'est pas profond ; ce n'est pas la première fois qu'ils y tombent ; ce ne sera pas la dernière. Mais la voix de l'homme irritable traite le philosophe d'imbécile. Il trouve que la chute de deux enfants dans un puits n'est pas chose indifférente, puisqu'il faut déranger des ouvriers au travail pour les en tirer ; puisque, le sauvetage fait, tout le monde est mouillé, et moi malade, et les vêtements des enfants perdus. Et puis, comme s'ils le faisaient exprès (le sang commençait à lui monter à la tête), ils ne vont jouer près du puits que lorsqu'ils sont bien habillés. Les autres jours, ils lisent ou jouent au loto dans la maison. Les enfants jumeaux sont bizarres. Pourquoi sont-ils plus méchants que les autres ? On ne sait. Voyez ces chaussures. Il y a deux ans que je les porte. Je fais, ainsi chaussé, dix kilomètres chaque jour. Elles ont pris l'eau cent fois. Eh bien, achetez les mêmes chaussures à un enfant…

Je l'interrompis :

— Pourquoi ne faites-vous pas couvrir le puits ? lui dis-je.

— Pourquoi ? dit Saint-Leonard. Uniquement parce que ma femme me répète depuis le premier jour que j'ai tort de ne pas le faire couvrir. Rien ne m'irrite plus que d'entendre dire : « Je te l'avais bien dit ! » Mais, au fond, ce puits n'est qu'une vieille ruine. Il passe, il est vrai, pour avoir été hanté, dans le temps. Nous ne nous en sommes jamais aperçus. Quelle nymphe respectable voudrait hanter une basse-fosse où des cochons ne cessent de choir ?

Saint-Leonard se mit à rire. Mais avant que j'aie pu me mettre à l'unisson, il avait déjà changé d'humeur.

— Après tout, dit-il, pourquoi murer une source historique qui est l'ornement de mon jardin, parce que des gens sans cervelle sont incapables de tenir fermée une barrière ? Quant aux enfants, une bonne correction les guérira.

Une voix de femme nous cria d'arrêter.

— Impossible, dit Saint-Leonard, je fais ma ronde.

— Il le faut ! dit la voix.

Saint-Leonard fit demi-tour, si brusquement qu'il faillit me renverser : « Le diable les emporte ! dit-il. Pourquoi ne respectent-ils pas l'horaire ? Avec ce système, pas de méthode possible ! Le manque de méthode, voilà ce qui ruine l'agriculture ! »

Il grommelait tout seul en marchant. Je le suivis. À mi-chemin de la ferme, au milieu d'un champ, nous vîmes la personne qui avait crié. C'était une jeune fille à l'air agréable ; elle n'était pas précisément jolie ; on ne se fut pas retourné sur elle ; mais quand on avait commencé à la regarder, il était agréable de continuer.

Saint-Leonard me la présenta : c'était Jeannie, sa fille aînée. Puis il lui dit que, si elle voulait s'en donner la peine, elle trouverait un horaire derrière la porte du bureau.

— Je le sais, dit Jeannie. Et même, d'après cet horaire, tu devrais être en ce moment dans la cour aux meules ; c'est là justement que j'ai besoin de toi.

— Quelle heure est-il ? dit Saint-Leonard, cherchant dans son gilet une montre absente.

— Onze heures moins le quart, lui dis-je.

Il prit sa tête dans ses mains. : « Pas possible ! »

Une nouvelle lieuse venait d'arriver. Jeannie voulait que son père aille la voir avant que les mécaniciens s'en retournent.

Nous reprîmes donc le chemin de la ferme. J'en profitai pour aborder l'objet de ma visite :

— Pour en venir à nos affaires, dis-je, il y a trois choses dont j'ai à vous parler. Il y a la vache, d'abord…

— La vache ? dit Saint-Leonard.

Il se tourna vers sa fille :

— Maud ?

— Non, dit-elle, Susie.

— Vous allez la reconnaître, dis-je. C'est celle qui beugle presque toute la nuit et la plus grande partie de la journée. Votre domestique, Hopkins, croit qu'elle se ronge d'ennui, parce qu'on lui a enlevé son veau. Je voulais donc vous demander si vous n'auriez pas une autre bête, chez qui le sentiment maternel serait un peu moins développé. Mais peut-être n'existe-t-il pas, chez les vaches, une classe de bêtes qui corresponde à ce qu'on appelle chez nous les gens du monde, qui ne se soucient pas de leurs veaux, et qui sont même plutôt contents d'être séparés d'eux.

Jeannie sourit. À voir Jeannie sourire, on se sentait la force de faire bien des choses pour la faire sourire encore.

— Pourquoi, dit-elle, ne pas mettre votre vache dans votre nouvelle maison, où il y a une étable ?

Il y avait là une idée. Je n'avais pas pensé à cela. Je demandai à Saint-Leonard ce que je lui devais pour la vache, Jeannie répondit que c'était quatre cents francs. On m'avait dit qu'en traitant avec les fermiers, il fallait toujours marchander ; mais quelque chose me disait que quand Jeannie avait dit quatre cents francs, cela voulait dire quatre cents francs. À partir de ce moment, je commençai à considérer avec moins d'inquiétude l'avenir de la ferme et la situation du fermier.

— Est-ce que, par hasard, vous ne seriez pas acheteur de lait ? dis-je à la jeune fille. Susie me paraît disposée à donner vingt bons litres par jour. Je crains que nous ne prenions trop d'embonpoint si nous buvions tout ce lait-là !

— À cinq sous rendus chez nous, dit Jeannie, j'en prends autant que vous voudrez.

Je notai cela aussi. Et je m'informai d'un jeune domestique.

— Il y a Hopkins, suggéra le fermier.

— C'est le seul homme ici, toi excepté, dit Jeannie à son père, qui ait un peu de bon sens. Non, nous ne pouvons vous donner Hopkins. Mais si vous avez bon caractère…

— D'une façon générale, dis-je, je puis me contenter d'être sarcastique. Cela me fait plaisir et, pour autant que l'expérience me permette d'en juger, cela ne fait ni bien ni mal à personne.

— Je vous enverrai quelqu'un, dit Jeannie.

— Et maintenant, dis-je, parlons un peu de l'âne. Ma fille Veronica m'a donné à entendre que si je lui achetais ce petit âne, ce serait pour elle le commencement d'une vie meilleure. Je n'attache pas à cet engagement une importance exagérée, mais sait-on jamais ? Les influences qui modifient le caractère sont subtiles et leurs effets imprévus. Il convient, en tout cas, de ne pas gâcher une occasion. Sans compter qu'un âne pourrait nous rendre bien des services. Nous allons avoir un grand jardin.

— Il a vécu à mes dépens pendant deux années, dit Saint-Leonard, et je ne vois pas quelle amélioration morale il a pu apporter au caractère de mes enfants. J'ignore quelle influence il pourrait avoir sur les vôtres. Quant à rendre service au jardin…

— Il peut traîner une voiture, dit Jeannie.

— Oui, dit le père, pourvu qu'on marche à côté de lui en lui offrant des carottes. La dernière fois que ma femme l'a sorti, elle n'a eu d'autre ressource que de l'attacher derrière le tramway.

Nous arrivions dans la cour de la ferme. L'âne était là qui passait la tête par la porte de son écurie. Il y avait des traits de ressemblance entre Veronica et lui; l'âne avait le même air de résignation, de vertu méconnue et blessée; l'œil avait ce même regard, à la fois malicieux et songeur, avec lequel Veronica regardait le soleil se coucher pendant qu'on l'appelait de partout pour qu'elle vienne ranger ses affaires. Jeannie, se penchant vers l'animal, le pria gentiment de lui faire une caresse. L'âne s'exécuta, mais avec un regard qui semblait dire: « Pourquoi me rappeler sur la terre? »

Cela me le rendit antipathique. J'avais eu tort de penser que Jeannie n'était pas jolie. Elle avait cette sorte de beauté qui échappe à l'attention par sa perfection même. L'excentrique et le discordant retiennent aisément le regard. Mais à ce qui n'est qu'harmonieux, il faut que l'esprit s'habitue.

— Je crois, dit Miss Jeannie, en s'essuyant la joue, qu'on pourrait apprendre tout ce qu'on voudrait à ce baudet.

— Sauf à travailler, dit le père. Aussi ma décision est-elle prise. Si vous m'en débarrassez, si vous promettez de ne jamais me le rendre, je vous le donne pour rien. Et pour peu que je trouve encore une bonne raison, je vous donnerais aussi la charrette.

Il fut convenu que Hopkins m'amènerait l'âne le lendemain. Il paraissait que lui seul était capable de le faire avancer.

— Je ne sais pas comment il s'y prend, dit Saint-Leonard, mais il est certain qu'il a un truc à lui.

— Maintenant, dis-je, il nous reste à nous occuper de Dick.

— C'est le jeune homme que j'ai vu hier ? dit le fermier. Je le trouve charmant.

— Oui, dis-je, c'est un brave garçon. Je ne crois pas qu'il y en ait de meilleur. Et pas bête, quand on le connaît. Mais il a un défaut. Il ne veut pas travailler. J'ai tout essayé sans succès.

Jeannie sourit. Je lui demandai pourquoi.

— C'est, dit-elle, que je songe à la ressemblance qu'il y a entre l'âne et lui.

— La faute en est à nous seuls, dit Saint-Leonard. Nous partons de ce principe que tous les garçons sont bons à faire des professeurs, et que toutes les filles ont le sens de la musique. Nous bourrons les uns de grec et de latin, et nous croyons préparer l'établissement des filles en les forçant à jouer du piano. Neuf fois sur dix, c'est du temps perdu. On m'a mis jadis à Cambridge ; on me trouvait paresseux. Rien n'était plus faux. La nature ne me destinait pas à faire un fort en mathématiques, voilà tout. Je ne voyais ni intérêt ni plaisir à être un as dans la classe de sciences. Se figure-t-on ce que serait un monde peuplé de forts en mathématiques ? Alors, pourquoi pousser tous les jeunes gens à essayer ? Mon idée, c'était d'être fermier. Si on enseignait à des garçons intelligents la profession de cultivateur, la culture ferait vivre son homme. Nous manquons de sens pratique.

— Je ne suis pas éloigné d'être de votre avis, dis-je. J'aimerais mieux que Dick fît un bon fermier qu'un mauvais avocat. Quant à lui, il croit que la culture l'intéressera. D'ici qu'il retourne à Cambridge, nous avons dix semaines devant nous. Cela suffit pour faire une expérience. Voulez-vous de lui pour élève ?

Saint-Leonard se prit la tête dans les mains, et, la serrant avec force : « Si je consens, dit-il, il importe que je n'abuse pas de votre confiance. »

— Je pense, dis-je, que c'est à mon tour d'être honnête. J'ai votre âne pour rien ; j'entends payer pour Dick. Et puisqu'on vous attend dans la grange, laissez-moi régler cette question avec votre fille.

Il nous regarda tous les deux d'un air soupçonneux.

— Je te promets d'être honnête, lui dit Jeannie en riant.

— Si le prix dépasse la valeur des leçons, dit Saint-Leonard, je vous renverrai votre garçon.

Il buta sur un cochon qui, d'après l'horaire, n'aurait pas dû se trouver à cette place. Ensemble, ils s'éloignèrent rapidement, le cochon devant, et criant tous les deux à tue-tête.

Jeannie offrit de m'indiquer un chemin pour couper court à travers les champs. Nous marchâmes quelque temps en silence. Puis Jeannie me dit, à brûle-pourpoint :

— Je ne voudrais pas que vous pensiez que cela me plaît d'être seule à débattre ici les questions d'argent. Cela me gêne énormément. Mais il faut bien que quelqu'un s'en occupe. Père…

Je la regardai. Sa beauté est de celles auxquelles une pointe de tristesse ajoute un charme de plus.

— Quel âge avez-vous ? lui dis-je.

— Je vais avoir vingt ans, dit-elle.

— Je vous croyais plus âgée.

— Tout le monde le croit.

— Ma fille Robina a le même âge que vous… si l'on ne tient compte que des années. Et Dick a vingt et un ans. J'espère que vous serez tous trois de bons amis. L'un et l'autre ne sont pas dépourvus de bons sens, mais cela n'apparaît que de temps à autre, et toujours par surprise. Veronica a neuf ans, si je ne me trompe. Je ne sais pas ce que nous ferons jamais d'elle. Elle donne quelquefois l'impression d'avoir un noble caractère, et puis, pendant de longues périodes, elle semble l'avoir définitivement égaré. On se demande où elle l'a mis. Petite mère — nous appelons leur mère ainsi — ne viendra vivre avec nous que lorsque la nouvelle maison sera prête. Si nous la laissions venir avant, elle voudrait s'occuper de tout et cela la fatiguerait. Mais, naturellement, elle n'aime pas qu'on la ménage, qu'on la traite en malade, comme elle dit.

— Je suis heureuse de vous avoir pour voisins, dit Jeannie. Ici, nous sommes dix. Mon père vous plaira ; tous les hommes intelligents aiment mon père. Ma mère reçoit le vendredi. Les gens viennent les autres jours, et nous trouvent au travail, en vêtements sales et rapiécés. Le vendredi après-midi, nous nous asseyons dans le salon, vêtus de nos plus beaux atours. Mais personne ne vient ; nous mangeons seuls les gâteaux. Mère en est fort contrariée. Vous tâcherez de ne pas oublier le vendredi, n'est-ce pas ?

Tout en écoutant Jeannie, je prenais des notes.

— Je suis l'aînée. Père doit vous l'avoir dit. Après moi, il y avait Harry et Jack ; mais Jack est au Canada et Harry est mort, de sorte qu'il y a un grand vide entre moi et les autres enfants. Bertie a douze ans, Teddy onze. Vous les verrez : ils sont en vacances. Sally a huit ans ; puis viennent les jumeaux.

« Les gens ne croient pas toutes les histoires qu'on raconte sur les jumeaux. Mais moi, je sais par expérience qu'il est inutile d'exagérer. Les nôtres n'ont que six ans, mais ils sont déjà plus taquins que les grands. Il y a un garçon et une fille. Mais comme ils s'amusent à échanger leurs vêtements, on ne sait jamais à qui on a affaire. On envoie Wilfrid se coucher parce que Winnie ne sait pas sa table de multiplication ; on purge Winnie quand c'est Wilfrid qui a mangé trop de groseilles. Au printemps dernier, Winnie avait la rougeole. Le docteur, le cinquième jour déclara que c'était la guérison la plus rapide qu'il eût vue de sa vie, et qu'il ne voyait aucune raison pour que Winnie ne se levât pas le même jour.

Heureusement, nous eûmes des soupçons, et ayant cherché Winnie partout, nous la trouvâmes cachée dans une armoire, enroulée dans une couverture.

« Ils ne semblent pas se douter de l'embarras où ils nous mettent. À moins qu'on ne les prenne en flagrant délit, ce qu'il y a de mieux à faire, c'est de diviser le châtiment, et de les laisser régler leur compte ensemble.

« Algy n'a que quatre ans ; jusqu'à l'année dernière, tout le monde l'appelait Bébé. Le nom ne convient plus, mais il est resté. Algy proteste autant qu'il peut. L'autre jour, père l'appelle d'en bas : « Bébé, apporte-moi mes guêtres ! » J'étais sur le palier. Savez-vous ce qu'il a fait ? Il est allé près du berceau et a réveillé le tout-petit : « Lève-toi, lui dit-il, et descends ses guêtres à ton père ! »

— Que pensez-vous, dis-je, de votre changement d'existence ?

— Vous allez me trouver égoïste, dit-elle, mais je crois que c'est moi surtout qui ai poussé père à changer. La besogne qu'il faisait à Londres me paraissait une mauvaise besogne, vu qu'elle ne faisait de bien à personne. Je n'aime pas les affaires, et, au contraire, la vie des champs me plaît.

« Naturellement, il faut se contenter ici d'une seule belle robe par an, et la faire soi-même. Mais les enfants se portent comme de petits sauvages. Les garçons n'iront pas au collège, mais, comme ils auront besoin de gagner leur vie de bonne heure, cela vaut peut-être mieux. Malheureusement, mère s'ennuie. Sa promenade favorite est pour l'asile. Elle se figure que c'est là qu'elle ira finir ses jours avec père. Je comprends leur souci de l'avenir ; mais ils se trompent ; la ferme laissera des bénéfices ; elle en laisse déjà. Il n'y a qu'une chose…

Elle se tut tout à coup ; puis :

— Tant pis, dit-elle en riant, il faut bien que vous nous connaissiez ! Père aime faire des expériences, et les femmes détestent les expériences. L'année dernière, il voulait que nous marchions pieds nus. Il ne comprenait pas pourquoi mère et moi ne voulions pas faire comme les autres. Cet été, il veut que tout le monde aille les cheveux courts et la tête nue. Sally avait de si beaux cheveux ! L'année prochaine, ce sera autre chose, quelque invention qui nous donnera l'air d'échappés d'une baraque foraine.

« Le lundi et le mardi, nous parlons français avec notre nourrice. La pauvre femme ne comprend rien à ce qu'on lui dit. Ces jours-là, père parle français, lui aussi, et personne ne le comprend. Il note alors ce qu'il nous veut, pour nous le dire « un jour anglais » et, naturellement, il l'oublie. N'empêche que c'est le meilleur des hommes. Quelquefois, je me figure que c'est un grand garçon de mon âge et je le trouve charmant ; mais, s'il n'avait vraiment que mon âge, il y a des moments où cela me ferait du bien de le secouer un bon coup.

Elle rit. J'aurais voulu l'entendre parler encore, tant son rire me faisait de bien. Mais nous avions atteint la route ; elle devait s'en retourner.

— Et les leçons de Dick ? lui dis-je. Nous avons oublié d'en fixer le prix.

— Mère l'a trouvé charmant, dit-elle.

— Oui, si Dick pouvait gagner sa vie en se rendant sympathique, je serais moins inquiet sur son sort. Il est très paresseux.

— Il a promis de travailler si vous lui permettez d'être fermier, dit Jeannie.

— Il vous a parlé de cela ?

Elle dit que oui.

— Il est certain, dis-je, qu'au début, tout ira bien. Mais je connais Dick. Dans un mois, il sera fatigué, et il voudra faire autre chose.

— S'il fait cela, dit-elle, ce sera pour moi une grande déception.

— Je le lui dirai. Il n'est peut-être pas mauvais qu'il le sache. Certains hommes n'aiment pas décevoir leurs semblables.

— Je préférerais qu'il n'en sût rien, dit Jeannie. Vous pourriez lui dire, par exemple, que père serait très déçu. Je sais que père a bonne opinion de lui.

— Je lui dirai, dis-je, que nous serons tous très déçus.

Elle accepta que la chose fût dite ainsi, et nous nous quittâmes. Quand elle se fut éloignée, je me rappelai que nous n'avions pas fixé les conditions.

Non loin de la maison, je trouvai Dick, qui venait à ma rencontre.

— J'ai réglé ton affaire, lui dis-je.

— Tant mieux !

— Prends note que c'est à la condition que tu t'y mettras corps et âme, que tu travailleras d'arrache-pied. Sinon, tu me causeras une grande déception, je te le dis en toute franchise.

— C'est entendu, répondit gaiement Dick. Ne te fais pas de bile.

— M. Saint-Leonard, lui aussi, serait très déçu. Il a de toi une assez bonne opinion. Ne lui donne pas l'occasion d'en changer.

— Je m'entendrai très bien avec lui, fit Dick. Tu ne trouves pas que c'est un drôle de bonhomme ?

— Mlle Jeannie sera, elle aussi, très déçue.

— Elle te l'a dit ?

— Elle l'a laissé entendre, expliquai-je. Mais maintenant que j'y réfléchis, je me rappelle qu'elle m'avait demandé de ne pas le répéter. Ce qu'elle voulait surtout que je te fasse entendre, c'est que son père serait très déçu.

Dick fit quelques pas sans rien dire.

— Je regrette, dit-il enfin, de t'avoir quelquefois causé du souci.

— Et moi, je suis bien heureux de t'entendre parler de la sorte.

— Mais je vais recommencer une nouvelle vie et travailler sérieusement !

— Il est temps de t'y mettre, dis-je. Il est grand temps.

CHAPITRE VI

Ce jour-là, pour déjeuner, Robina servit du lard froid. Il n'y en avait guère. Je crus reconnaître que c'était celui-là même que nous avions laissé le matin. Mais, sur un plat propre, et avec un peu de verdure, cela n'avait pas trop mauvaise apparence. Néanmoins, cela n'évoquait nullement l'idée qu'on se fait généralement d'un déjeuner pour quatre personnes, dont deux au moins s'étaient promenées au grand air toute la matinée ; et Dick eut raison de parler comme il fit :

— Je n'ai jamais vu, dit-il, servir du lard froid comme hors-d'œuvre.

— Ce n'est pas le hors-d'œuvre, répliqua Robina. C'est tout ce qu'il y a pour déjeuner.

Elle parlait de cette voix dépourvue d'accent de quelqu'un qui a touché le fond de la douleur humaine, ajoutant qu'elle-même ne mangerait point, vu qu'elle avait déjà déjeuné. Veronica, de l'air d'une martyre chrétienne, déclara qu'elle avait mangé, elle aussi.

— Vous avez de la chance ! fit Dick.

D'un coup de pied sous la table, je donnai à Dick un premier avertissement. Je devinais qu'il allait s'attirer des ennuis. Comme je le lui expliquai plus tard, après la scène, une femme est d'autant plus dangereuse qu'elle paraît plus résignée. Au contraire, un homme qui sent monter en lui la colère s'empare avec empressement de toute occasion de la laisser éclater. Dans ces moments-là, le moindre sujet de contrariété est le bienvenu. Un lacet qui se casse, un bouton qui manque, c'est comme une source qu'on découvre dans le désert. Un bouton de col qui échappe et qui, en tombant, demeure introuvable, est un bienfait que les dieux n'envoient dans ces moments-là qu'à ceux qu'ils protègent. Le temps de faire deux fois le tour de la chambre à quatre pattes, de casser le tire-bottes en raclant le plancher sous la garde-robe, de se cogner, de se déchirer, de se blesser à tous les angles des meubles, et de s'apercevoir, à la fin, qu'on a marché sur le bouton, et la colère s'est dissipée. Il ne reste qu'à se moquer de soi. C'est ce que l'homme ne manque pas de faire. Il rit, il attache son col avec une épingle et finit de s'habiller en chantant.

J'ai connu une dame, personne sage, qui, lorsqu'elle croyait remarquer que la colère allait jouer un mauvais tour à son mari, considérait comme un devoir de lui venir en aide. Elle s'y prenait de la manière suivante : elle cherchait dans toute la maison un journal du mois précédent, et l'ayant soigneusement plié et repassé, elle le posait sur la table du déjeuner.

Dix minutes plus tard, derrière son journal ouvert, monsieur disait, désagréable :

— Il y a une chose, en tout cas, dont nous pouvons bénir la Providence, c'est de ne pas demeurer à Ditchley-in-the-Marsh.

— Oui, répondait la dame, il y doit faire bien humide.

— Humide ? grognait monsieur. L'humidité est une excellente chose. N'est-ce pas elle qui nous fait ce que nous sommes ? Sans l'humidité, que serions-nous, nous, les Anglais ? Ce que je reproche à Ditchley, c'est qu'on y est assassiné dans son lit à peu près une fois par semaine.

— Voulez-vous dire que cela arrive plus souvent dans ce pays-là qu'ailleurs ? demandait la bonne épouse.

— Plus souvent ? répondait le mari. Vous voulez dire que c'est la principale industrie de l'endroit. Auriez-vous déjà oublié l'histoire de cette vieille qui fut assassinée par son jardinier et enterrée dans le poulailler de son propre jardin ? C'est drôle comme les femmes prennent peu d'intérêt aux affaires publiques !

— Maintenant que vous attirez mon attention là-dessus, reprenait la bonne dame, je me rappelle, en effet. Un jardinier ! Se figure-t-on rien de plus innocent qu'un jardinier ?

— Ceux de Ditchley, disait monsieur, semblent appartenir à une espèce particulière. Voici de nouveau que, lundi dernier…

Et il continuait à lire avec un intérêt croissant.

— … Presque les mêmes détails que l'autre fois, disait-il, jusqu'au couteau à greffer ! Mais oui… C'est trop fort ! Enterrée dans le poulailler ! Encore ! C'est extraordinaire !

— Ce doit être l'instinct d'imitation, suggérait la douce femme. Comme vous le dites souvent, un crime en entraîne un autre.

— Oui, disait monsieur, je l'ai dit maintes fois. C'est là ma théorie et je n'en démords pas.

Il tournait la page, lisait et commentait :

— Quels tristes cocos que ces hommes politiques ! Imaginez-vous que le duc de Devonshire, parlant hier à Hackney, a commencé par raconter une histoire de perroquet qu'il venait, a-t-il dit, d'entendre pour la première fois. Eh bien, c'est exactement la même histoire que je ne sais plus qui a racontée il y a un mois. Je me rappelle fort bien l'avoir lue. Oui parbleu ! mot pour mot, j'en jurerais mes grands dieux ! Et voilà les gens qui nous gouvernent !

Et la bonne dame de dire :

— Tout le monde ne peut pas en savoir autant que vous, mon ami !

Monsieur passait à une autre colonne !

— Est-ce que, par hasard, disait-il, je perdrais la tête ?

Et s'adressant à l'aîné des garçons :

— Quand donc ont lieu les régates d'Oxford-Cambridge ?

— Les régates d'Oxford-Cambridge ? disait le jeune homme. Mais, c'est passé depuis longtemps ! Vous nous y avez conduits le mois dernier. C'était le samedi avant le...

Pendant les dix minutes qui suivaient, monsieur parlait seul, sans qu'on eût besoin de lui donner la réplique. Quand enfin il se taisait, sa colère était tombée. S'il regrettait quelque chose, c'était de l'avoir épuisée toute. Il y en aurait eu davantage, qu'il s'en serait fort bien arrangé.

Il est rare, au contraire, qu'une femme qui sent la moutarde lui monter au nez laisse dériver sa colère. Il semble qu'elle trouve le procédé trop commode ; un curieux instinct paraît la porter à adopter toujours les solutions les plus compliquées. Elle se figure qu'on peut avoir raison de la vapeur en boxant la chaudière ou en s'asseyant sur la soupape de sûreté. Elle commence par vous dire :

— Je ne sais ce que j'ai, mais je me sens d'humeur, ce matin, à tordre le cou à tout le monde. La seule chose qui pourrait me faire du bien serait de me traîner par la maison en priant ceux qui ont du temps à perdre de me marcher sur le corps sans ménagement.

Elle vous supplie ensuite de lui énumérer tous ses défauts. Vous lui obéissez. Quand vous avez fini, elle vous demande de lui en dire encore. Elle vous en rappelle un ou deux que vous avez oubliés. Elle se demande pourquoi elle est si méchante et comment il se fait qu'elle ait toujours tort. Elle voudrait tant, dit-elle, savoir pourquoi. Elle s'étonne qu'on puisse vivre avec une femme comme elle. Elle est confondue de tant de bonté.

Soudain, sans qu'on puisse prévoir le coup, la crise éclate. Personne n'aurait pu dire quand la chose se produirait. Elle-même l'ignorait.

Un soir, au club, un homme me prit à part. Il était visible qu'il avait absolument besoin de parler à n'importe qui. Il me conta qu'ayant, ce matin-là, trouvé sa femme disposée à l'écouter, il avait profité de l'occasion pour lui parler de quelques changements qu'il eût voulu qu'on apportât dans l'organisation intérieure du ménage, pour autant, bien entendu, qu'elle n'y vît aucune objection. Elle avait gentiment répondu que la maison était à lui, qu'il était le maître, que ses désirs étaient pour elle des lois.

C'était un mari jeune et sans expérience. Prenant cette réponse pour un bon accueil, il parla d'une foule de choses, choisissant de préférence, le maladroit, les sujets, où il avait raison et elle tort. Elle lui emprunta son crayon pour prendre note de ce qu'il avait dit. Puis il rentra dans son bureau, très content de lui-même.

Dans le courant de la journée, il retrouve, en triant des lettres, un chèque sur lequel il ne comptait plus. Il monte quatre à quatre chez sa femme et lui demande s'il ne lui serait pas agréable d'aller chez la modiste choisir un nouveau chapeau.

— J'aurais compris, me dit le pauvre homme, qu'elle me fût tombée dessus pendant que je la chapitrais. Mais non. Elle attend que je lui offre un chapeau pour entrer dans une épouvantable colère. Jamais je n'ai vu âme qui vive dans un tel état.

Je ne pense pas qu'il existe dans la nature un phénomène plus soudain que l'explosion de colère d'une femme, si ce n'est la chute d'un promeneur dans un trou. Tout cela, je l'avais dit à Dick. Je le lui avais dit plus d'une fois. Il finira par le retenir.

— Tu as raison de m'en vouloir, répliqua doucement Robina ; je suis sans excuse.

Une si pathétique humilité aurait dû mettre Dick sur ses gardes. Dick est capable d'indulgence, pourvu qu'il n'ait pas faim. Mais, à ce moment-là, Dick avait faim. Il continua :

— Quand je suis parti, tu préparais un pâté, qui m'a paru de belle taille. En outre, il y avait sur la table un canard, un chou-fleur, des pommes de terre. Veronica écossait des pois. Rien que de traverser la cuisine, l'eau m'en venait à la bouche. Je n'ai rien mangé afin d'être en appétit. Où diable tout cela est-il passé ? Tu n'as pas, je suppose, l'ambition de nous faire croire que vous avez mangé tout cela à vous deux.

Veronica écoutait en silence. Dick avait également oublié qu'il y a une chose qui met Veronica à bout de patience, c'est d'être injustement soupçonnée.

— Est-ce que j'ai l'air, dit-elle, d'une personne qui a mangé depuis ce matin ?

Et elle passait ses deux poings dans sa ceinture.

— Ne disais-tu pas tout à l'heure que tu avais déjeuné ? fit Dick.

— C'est vrai, dit Veronica. Un jour, on vous défend de mentir, et le lendemain... C'est à perdre la tête !

— Veronica ! cria Robina, menaçante.

— Tu en parles à ton aise, fit Veronica. Tu n'es plus « en pleine croissance », toi !

— Le moins que tu puisses faire, dit Robina, c'est de te taire.

— À quoi bon ? dit Veronica. Quand je serai couchée, tu leur diras tout. Il vaudrait mieux que je serais morte.

— « Que je fusse morte », dis-je. « Je serais » n'est pas une forme du subjonctif.

— Tu devrais remercier le Ciel, dit Robina, d'être encore vivante.

— Au moins, dit Veronica, quand on est mort, on vous plaint.

— Il y a bien du pain et du fromage ? fit Dick.

— Le boulanger n'est pas passé ce matin, répondit Robina avec douceur. Et par une malheureuse coïncidence, l'épicier aussi nous a oubliés. Il n'y a rien d'autre à manger que ce qui est sur la table.

— Saint-Leonard, dis-je, conseille de sourire quand le malheur s'abat sur nous.

— C'est ce que je ferais, fit Dick, s'il s'agissait du déjeuner de Saint-Leonard ; mais il s'agit du mien.

— Apprends, lui dis-je, à cultiver le sens de l'humour. En tant que déjeuner humoristique, avoue que ce déjeuner n'est pas mal.

— Tu as dû manger chez les Saint-Leonard ? fit Dick, continuant de mâcher la couenne de son lard.

Je tentai en vain de le dérider. J'essayai de la religion :

— Mieux vaut, lui dis-je, dîner d'herbes avec une conscience pure, que de manger un bœuf gras, le cœur bourrelé de remords.

— Ne me parle pas de bœuf, fit Dick avec impatience. Je sens que j'en pourrais manger un tout entier.

Je connais un homme qui, je l'avoue, a le don de m'irriter. Il prétend qu'il faut toujours se lever de table ayant faim. Comme je le lui disais un jour, on ne peut pas se lever de table ayant faim, sans s'asseoir aussi à table ayant faim ; ce qui revient à dire qu'il faudrait toujours avoir faim. C'était bien là ce qu'il entendait ; il fallait, disait-il, être toujours prêt à manger, ne jamais cesser de porter un certain intérêt à la nourriture. Cet intérêt qu'on portait à la nourriture était favorable à la digestion. C'était le moyen de bien soigner son estomac.

— Vous raisonnez comme un têtard, lui dis-je, un jour qu'il m'échauffait les oreilles. Vous ne pensez donc qu'à cela dans la vie ? Que faites-vous de la famille, du patriotisme, de Shakespeare et de tout le reste ? Pourquoi ne pas donner à S. M. votre estomac un repas substantiel et ensuite le laisser tranquille pendant une heure ou deux, pour qu'il vous laisse penser à autre chose ?

— Comment penser à quoi que ce soit, dit-il, quand l'estomac est malade ?

— Comment penser à quoi que ce soit, répliquai-je, quand tout le temps se passe à s'occuper d'un estomac. Vous n'êtes plus un homme : vous êtes la nourrice de votre estomac !

Nous nous échauffions ainsi, au risque de quitter le terrain de la courtoisie.

— Je conviens, dis-je, que vous êtes en bonne santé. Mais les forçats aussi sont en bonne santé. Ils ne souffrent jamais d'indigestion. Un spécialiste des maladies de l'estomac, que j'ai connu naguère, conseillait à ses malades deux ans de travaux forcés. C'était, leur disait-il, le seul régime qui pût les guérir. Il y a des ménages où la femme porte les culottes ; mais le mari le plus soumis préférerait fuir et se jeter à l'eau que de rester lié pour la vie à votre tyran d'estomac.

— Il est aisé de se moquer, dit-il.

— Je ne me moque pas, lui dis-je. Je vous plains.

Il répondit qu'il n'avait pas besoin qu'on le plaigne, et que si je renonçais à trop manger et à trop boire, je serais surpris de voir à quel point je deviendrais intelligent.

Pensant que cette histoire pourrait nous rendre service à tous en la circonstance, je me mis à parler de mon phénomène et de sa fameuse théorie.

Dick fit semblant de s'y intéresser.

— Quel homme est-ce ? dit-il. Élégant ? Distingué ?

— Un homme sérieux, dis-je, qui met ses théories en pratique, et qui, à cause de cela, ou peut-être malgré cela, reste l'un des meilleurs vivants qui soient, au Club et par toute la terre.

— Marié ? demanda Dick.

— Célibataire. Et décidé à ne pas se marier avant d'avoir trouvé son idéal.

— Il ferait l'affaire de Robina, fit Dick. Ils sont faits l'un pour l'autre.

Robina sourit, d'un pâle sourire pathétique. Elle avait l'air de dire : « Même celui-là voudrait dîner à l'heure ! »

Nous avions fini de manger le lard froid. Dick annonça qu'il allait jusqu'à la ville. Robina lui conseilla d'emmener Veronica, à qui un gâteau et un verre de lait feraient le plus grand bien.

Chose remarquable, Veronica trouva sur-le-champ toutes ses affaires. Avant que Dick eût fini de bourrer sa pipe, elle était prête à partir. Veronica attendait ! Robina dressa une liste d'objets qu'elle chargea Dick de lui rapporter. Elle le pria aussi de faire venir un plombier, un menuisier, un maçon, un vitrier, et un architecte ; tout ce monde devait se mettre à la besogne sans perdre un instant. Robina croyait qu'en s'y mettant tous ensemble, ils pourraient parer au plus urgent.

— Qu'est-ce qu'il y a donc d'arrivé ? fit Dick. Tu as eu un accident ?

C'est ici que Robina éclata. Elle n'en pouvait plus. Je m'étais demandé quand la chose se produirait. Au grand étonnement de Dick, l'explosion eut lieu à ce moment-là.

Oui, il y avait eu un accident. Est-ce qu'on croyait que sept petits morceaux de lard froid tout racornis étaient l'idée que Robina se faisait d'un déjeuner pour quatre affamés ? Dick se figurait-il, jugeant les autres d'après lui, que la famille ne se composait que d'aliénés ? Était-ce respecter les cheveux gris d'un père, que la conduite de son fils conduirait bientôt dans la tombe, que de faire passer pour faible d'esprit l'aînée de ses enfants ? (Mes cheveux, soit dit en passant, ne sont pas gris. Il se peut qu'il y ait çà et là un reflet d'argent, résultat de réflexions profondes. Mais les décrire globalement pour gris, c'est faire preuve de peu d'observation. En outre, à quarante-huit ans, à peine dépassés, on ne descend pas dans la tombe, du moins pas tout de suite. Robina, quand elle se fâche, passe décidément la mesure. Mais je me gardai bien de l'interrompre. L'intention était louable ; et puis, interrompre Robina quand elle en a assez d'être une larve, comme elle dit, c'est à peu près comme si on voulait arrêter un cyclone en ouvrant son parapluie.) Est-ce que Dick n'aurait pas pu le deviner tout seul, qu'il y avait eu un accident ? Il eût suffi qu'il pensât un peu moins à son ventre ! Il n'y avait qu'à regarder la pauvre enfant qui mourait de faim près de lui (ceci pour Veronica), et sa pauvre sœur, épuisée de fatigue et n'ayant pas mangé davantage ! Et patati, et patata. C'est ce cynique étalage de l'égoïsme masculin qui avait fait déborder la coupe.

À la fin, Robina se tut, à bout de souffle plutôt qu'à court d'arguments. Veronica, non sans à-propos, dit qu'il fallait espérer qu'on arriverait à la ville avant la fermeture des boutiques. La manœuvre était habile. Robina prit peur, mais pas assez pour se retenir d'adresser à Dick quelques nouveaux reproches, notamment au sujet de sa lenteur, sans voir qu'elle-même l'empêchait de sortir en lui barrant la porte et en le forçant à écouter ce qu'elle disait.

Dick, lui coupant son discours, réussit à se dégager. Il ouvrit la porte de la cuisine : par-dessus l'épaule de Robina, le désastre apparut :

— Ce n'est pas possible, s'écria Dick, il y a eu un tremblement de terre ?

— Un tremblement de terre ? dis-je. Il aurait fait moins de dégâts !

Forcée de parler, Robina se tourna vers moi :

— Tu vois, dit-elle, ce qui arrive lorsque ta fille cadette se mêle de vouloir se rendre utile.

Robina parlait sévèrement : je me sentais aussi confus que si j'eusse été le coupable. J'ai eu autrefois un oncle qui me parlait sur ce ton-là. « Ta tante, avait-il coutume de me dire, ta tante peut être, quand elle veut, la femme la plus insupportable du monde. » Il s'adressait à moi parce qu'il n'eût pas osé le lui dire à elle-même. J'en restais consterné pendant plusieurs jours. Robina me rappela cet oncle-là.

— Mais enfin, dis-je timidement, comment a-t-elle fait son compte ? Une enfant de son âge n'a pas, toute seule… Ah ça ! où est-elle passée ?

Veronica et Dick avaient disparu. Il n'y avait plus là que la seule Robina. Je courus à la porte. Dick était déjà au milieu du champ. Quant à Veronica, elle était hors de vue.

— On se dépêche, me cria Dick de toutes ses forces, *en cas que* les boutiques fermeraient de bonne heure.

— Dis à Veronica de venir me parler ! criai-je, aussi fort que je pus.

— Quoi ? hurla Dick.

— Veronica ! hurlai-je à mon tour, les mains en porte-voix.

— Oui ! cria Dick. Elle est en avant !

Il était inutile de s'époumoner davantage.

— Celui-là ! soupira Robina, il tient toujours avec elle !

— Oui, dis-je, et tu fais comme lui. Quand ce n'est pas Dick qui la défend, c'est toi. Et si c'est toi qu'on accuse, c'est eux qui prennent ton parti. En outre, tu défends Dick, qui vous défend toutes les deux. Si bien que moi, entre vous trois, je commence à être bien fatigué de m'occuper de votre éducation (ce qui était vrai). Me diras-tu, à la fin, ce qui est arrivé ?

Robina se décida. Elle me conta toute l'histoire par le menu. Elle fit le tableau de la cuisine avant l'accident, l'odeur des choses, la chaleur. Elle avait dû sortir, après avoir fait à Veronica mille recommandations. En revenant du bois, où elle était allé cueillir des fleurs pour fleurir la table, elle avait entendu le bruit d'une détonation. Elle avait cru à un coup de fusil. En arrivant dans le jardin, elle avait trouvé Veronica en compagnie d'un jeune garçon dont les mains étaient noires et les vêtements en lambeaux, et discutant avec animation. Veronica, apercevant Robina, lui avait débité, le plus sérieusement du monde, une histoire abracadabrante de voleurs qui, débouchant du bois, l'avaient sommée de lui ouvrir. Pourquoi lui avaient-ils demandé la permission au lieu de lever le loquet et d'entrer ? Mystère. Veronica avait appelé à l'aide. Le petit garçon était accouru, et les voleurs, pour se venger de leur échec, avaient mis le feu à une mine souterraine, qui avait explosé sous la cuisine. L'histoire ne tenait pas debout, mais les deux enfants n'en avaient pas voulu démordre. Robina n'avait pu faire parler sa sœur qu'en la menaçant de la faire comparaître devant un juge.

L'histoire, déjà longue dans la bouche de Veronica, n'en finissait plus dans la bouche de Robina. J'y démêlai néanmoins qu'une voisine, qui venait chez nous pour aider au ménage, avait dit la veille, devant Veronica, que pour empêcher les cheminées de fumer, rien ne valait la poudre de chasse. J'en savais assez. Avec cet élément-là, je reconstituai toute l'histoire, et ce fut moi qui poursuivis :

— J'y suis, dis-je. Je vais pouvoir t'aider à me raconter l'histoire. Au mot de poudre de chasse, Veronica a dressé l'oreille. La poudre de chasse est une chose qui, par sa nature même, est faite pour plaire à Veronica. Elle s'est endormie, le soir, en rêvant de révolution. Demeurée seule dans la cuisine, face à face avec le fourneau, toute autre jeune fille eût vu passer dans la flamme un cortège de princes, de carrosses et de fêtes dansantes. Veronica, non. « Qui sait, a-t-elle dû se dire, peut-être aurai-je un jour, comme l'enfant grec, de la poudre et des balles ? » Or tandis qu'elle lève les yeux, une fée lui apparaît sous le déguisement d'un petit garçon, un petit garçon évidemment né pour le mal, mais qui a dû apparaître à Veronica comme envoyé du ciel pour exaucer sa prière. Elle s'est dit qu'un garçon, ça doit savoir où on peut trouver de la poudre.

— Ils ont dû s'en procurer au moins une livre, dit Robina, d'après les dégâts. Naturellement, le petit doit l'avoir volée. Il n'a été absent que dix minutes. Il savait où la prendre. Mais l'idée du vol même n'a pas paru troubler Veronica.

— Elle a pris cela pour une offrande des dieux, dis-je. C'est la notion que j'avais de ces choses, à dix ans.

S'informer plus avant lui eût paru impie. Comment n'ont-ils pas été tués tous les deux ?

— La Providence veillait, dit Robina. Je ne vois pas d'autre raison. Ils ont levé le couvercle et jeté le paquet dans le feu. Heureusement, la poudre était enveloppée. C'est ce qui leur a donné le temps de sortir. Ce qu'il y a de plus remarquable, c'est que ce n'est pas Veronica, cette fois, qui a buté contre le paillasson.

« Cela aurait pu si mal finir ! dit-elle encore. Elle mérite d'être punie.

Je prêtai mon mouchoir à Robina, qui n'a jamais le sien.

— Elle le sera, lui dis-je. Je vais y réfléchir.

— Et moi aussi, dit Robina, j'ai mérité d'être punie. La connaissant comme je la connais, je n'aurais pas dû la laisser seule. J'aurais pu être cause de sa mort ! Et elle, pendant que nous sommes là, elle est en train de s'empiffrer de gâteaux !

— Elle mérite de ne pas les digérer, dis-je.

— Pourquoi n'as-tu pas eu de bons enfants ? dit Robina en pleurant. Nous ne sommes bons à rien.

— Il est vrai, dis-je, que vous n'êtes pas tels que je voulais.

— Singulière réflexion ! dit Robina, blessée.

— Oui, dis-je. Je voulais des enfants charmants, charmants à ma façon, pareils au portrait que je m'étais tracé d'avance. Vous m'avez déçu dès le berceau.

Robina n'en revenait pas.

— La plus grande déception, dis-je, m'est venue de toi. Oui, de toi. Dick n'était qu'un garçon : on ne s'attend jamais à ce que les garçons soient des anges ; et plus tard, quand Veronica naquit, j'étais déjà résigné. Mais toi, lorsque tu vins au monde, j'étais fou de joie. Il nous arrivait d'entrer furtivement, la nuit, Petite mère et moi, dans la chambre où tu dormais avec ta nourrice, rien que pour te regarder :

— Je suis content que ce soit une fille, disais-je à Petite mère. Je pourrai la voir grandir, devenir une femme. Les jeunes filles qu'on voit dans les livres n'ont jamais l'air d'avoir vécu. Avoir une fille à soi, quel avantage ! Je prendrai des notes, j'aurai un carnet à fermoir, pour y mettre les observations qu'elle me suggérera.

— As-tu tenu parole ? demanda Robina.

— J'ai abandonné le carnet de bonne heure, après n'avoir écrit que quelques pages. Je ne fus pas long, en effet, à m'apercevoir que tu ne serais pas l'héroïne rêvée. Je voulais voir en toi le bébé propre et béat, le bébé qu'on voit sur les images, avec son sourire extatique. J'écrivais des vers ; et toi, pendant ce temps-là, tu bavais, tu criais. Il fallait sans cesse t'essuyer le nez. Le poème, je ne sais pourquoi, n'avait jamais l'air d'être fait pour toi. C'est quand tu dormais que tu étais le plus jolie. Mais tu ne dormais jamais quand on aurait voulu te voir dormir.

« Ceux qui dessinent, dans les journaux, un homme en chemise de nuit portant dans les bras un enfant qui pleure, sont sûrement des célibataires. Marié, l'homme ne voit plus rien que de triste dans ce dessin qui veut être drôle. Ce n'est pas qu'il soit bien ennuyeux de porter un enfant. Non. Ce qui fait de la peine, c'est de penser qu'avec de si bonnes intentions, on a donné la vie à un petit être pareil aux autres, qui a déjà un vilain petit caractère à soi : c'est cela qui est tragique, Robina. Ensuite, tu as grandi ; tu es devenue une petite fille. J'avais rêvé d'une petite fille aux yeux songeurs, dont le regard fixé sur moi m'interrogerait, au crépuscule, sur les problèmes de la vie.

— Mais, dit Robina, je t'en posais, des questions. Tu me disais de me taire et de tâcher d'être moins bête.

— Tu ne me comprends pas, Robina. Ce n'est pas toi que j'accuse, c'est moi-même. Les hommes sont comme ces enfants qui plantent des semences dans un jardin et puis se fâchent parce qu'il pousse des fleurs qu'ils n'attendaient pas. Tu étais une bonne petite fille, je m'en rends compte aujourd'hui. Mais tu n'étais pas la petite fille que j'avais rêvée. Et c'est par là que tu me manquais : je pensais à la petite fille que tu n'étais pas. Vois-tu, Robina, l'homme fait cela toute sa vie. Toute la vie, il attend de voir éclore, il cherche des yeux des fleurs qui n'existent nulle part ; et il passe sans voir, il écrase même parfois, en marchant, des fleurs qui poussent à sa portée.

« Avec Dick, même déception. Je rêvais d'un garçon indocile. Eh bien, Dick était indocile, personne ne peut le nier. Mais ce n'était pas cette sorte d'indiscipline-là que j'avais imaginée. J'étais préparé à ce qu'on vienne me dire qu'on l'avait pris à marauder. Que dis-je ? Je l'espérais. Tous les enfants précoces qu'on voit dans les romans commencent par aller à la maraude, et puis deviennent de grands hommes. Mais il n'y avait pas de verger près de chez nous. À l'âge où Dick aurait dû marauder, nous demeurions à Chelsea. Ce fut ma faute, évidemment. Je n'avais pas réfléchi. Une fois, Dick prit la bicyclette qu'une dame avait laissée à la porte d'un salon de thé de Battersea Park. Ils étaient deux pour faire ce joli coup : lui et un autre garçon de son âge, fils d'un barbier chez qui l'on se faisait raser pour trois sous. En principe, je suis républicain : mais je fus contrarié d'apprendre que mon fils se laissait aller à des fréquentations pareilles. Ils gardèrent la bicyclette pendant une semaine ; au bout de ce temps, des agents, un soir, la découvrirent, adroitement cachée derrière un buisson. En bonne logique, je ne vois pas en quoi il est moins crapuleux de voler des pommes que de prendre un vélo ; n'empêche que les choses m'apparurent alors sous ce jour-là. Ce n'était pas le vol que j'avais rêvé que Dick commettrait.

« Je voulais que mon fils fût passionné. Dans les livres, le héros, quand il est au collège, est toujours un jeune homme passionné. Dick fut passionné, si l'on veut. Il m'en coûta même trois cents livres sterling pour que certaine rupture de promesse de mariage ne vînt pas devant la justice ; je n'avais pas prévu ce genre de passion. Une autre fois, Dick s'enivra et défonça le bonnet d'un évêque qu'il avait pris pour le pion du collège. La chose était assez innocente en soi. Mais que mon fils s'enivre !

— Il ne s'est plus jamais saoulé depuis, dit Robina. Il n'avait bu, rappelle-toi, que trois verres de champagne et un de liqueur. C'est la liqueur qui lui fit mal. Il n'avait pas l'habitude. Il était donc plus exposé que d'autres. Et il était du mauvais clan. Au collège, on ne peut pas être du mauvais clan sans être parfois pris de boisson.

— Peut-être, dis-je, mais, dans les romans, le jeune homme passionné boit et n'est jamais gris. Il doit y avoir une différence entre les livres et la vie. Dans les livres, on se passe ses fantaisies et on échappe au châtiment ; dans la vie, au contraire, le châtiment est la seule chose qui arrive à coup sûr. Je rêvais au jeune homme des romans qui, quinze jours avant l'examen, se noue autour du front une serviette humide, boit du thé fort et passe, haut la main, avec les honneurs. Dick a essayé ; la serviette n'a jamais voulu tenir ; toujours, elle se dénouait. La serviette lui fit mal à la tête ; et le thé, trop fort, lui causa des vomissements. J'avais imaginé que je jouerais les pères indulgents, qui font semblant d'être très en colère et se détournent pour rire sans être vus. Or je n'eus jamais de sourire à cacher. Dick s'est conduit jusqu'ici de façon déplorable ; il a perdu son temps et gaspillé mon argent.

— Il changera, dit Robina. Je suis sûre qu'il fera un excellent fermier.

— Je n'avais pas rêvé d'en faire un fermier, dis-je. Je le voyais premier ministre. Ah ! Robina, les enfants sont bien décevants ! Veronica n'a que le mal en tête. J'aime les enfants malfaisants qu'on rencontre dans les histoires. Mais l'enfant qui met une livre de poudre de chasse dans le feu pour faire tirer la cheminée, et qui n'échappe à la mort que par miracle, me déplaît.

— Et pourtant, dit Robina, je suis sûre que si quelqu'un voulait se donner la peine de raconter l'affaire du fourneau, si tu voulais, par exemple, l'écrire et la mettre dans un livre, cela pourrait faire un chapitre gai.

— Possible, dis-je. Les ennuis des autres sont toujours drôles. Pour moi, après ce qui vient d'arriver, je sens qu'il ne se passera pas une heure que je ne me demande, pendant six mois au moins, chaque fois que Veronica sera absente, quel nouveau méfait elle est encore en train de commettre. Et quant à Petite mère, elle est capable d'en mourir de peur, si nous ne réussissons pas à lui cacher toute l'histoire.

— Les enfants seront toujours des enfants, soupira Robina, pensant me consoler.

— C'est de cela, justement, que je me plains, Robina. Nous espérons toujours que nos enfants ne seront pas comme ceux des autres. Veronica est paresseuse. Elle aurait pu avoir d'autres défauts bienvenus et pour lesquels je n'aurais fait que l'aimer davantage. Mais vous êtes si obstinés ! Vous voulez choisir vous-mêmes vos défauts. En outre, Veronica n'est pas toujours digne de foi. Pour se tirer d'affaire — et pourvu qu'il y ait une chance d'être crue — elle est très capable de mentir.

— C'est un défaut, dit Robina, qui est commun à tous les enfants. Dick a été comme cela, et moi avant lui.

— Je le sais, répondis-je. Mais justement je voulais des enfants à moi tout seul. Toi, Robina, je voulais que tu fusses la fillette idéale, pareille à celle que j'avais dans la tête. Tu ne lui ressembles pas pour un sou. Elle avait ses faiblesses, mais c'était des faiblesses si drôles. Et elle avait son caractère. Une femme est insipide quand elle n'a pas de caractère. Mais je ne l'en aimais que davantage. Pour tout dire, tu t'es formée trop tôt ; tu ne m'as pas laissé le temps de modeler ton caractère à ma façon. Tout le monde, ici, aurait préféré celui que je t'aurais fait.

— Est-ce que tu n'aurais pas pu le faire servir pour toi ? dit Robina.

— Non, dis-je, c'était un caractère de femme.

En outre, comme je le demandai à Robina : « Qu'est-ce qu'il y a donc dans mon caractère qui n'est pas bien ? »

— Rien du tout, répondit Robina. (Sa voix, à ce moment, me parut mal assurée). Mais je trouve quelquefois qu'un caractère moins jeune t'irait mieux, voilà tout.

— On ne se change pas, dis-je. Certaines jeunes filles eussent été heureuses d'avoir un père assez jeune pour les plaindre et pour les comprendre, assez jeune pour être indulgent. Le vieux père noble, solennel, auquel tu songes, t'aurait élevée tout autrement. Permets-moi de te dire cela, mon enfant. Et tu ne l'aurais pas aimé, si tu l'avais eu pour père.

— Peut-être, dit Robina. Il est vrai que tu es très bon pour nous, par certains côtés.

— Dans ce monde, Robina, il faut prendre les gens comme ils sont, et s'en contenter. Nous ne pouvons pas espérer trouver les autres exactement semblables à ce que nous aurions voulu qu'ils fussent. Dis-toi que, peut-être, nous ne les aurions pas mieux aimés s'ils avaient été comme nous les voulions. Apprends à ne pas souffrir de ce qui leur manque. Ne pense qu'à ce qu'ils ont de bon.

Robina promit d'essayer. J'espère faire d'elle, un jour, une femme raisonnable.

CHAPITRE VII

Dick et Veronica rentrèrent de la ville chargés de paquets. Ils précédaient le père Slee, le meilleur maçon de l'endroit, qui suivait en voiture, avec les matériaux les plus encombrants.

— Je lui ai dit de se mettre en route sans perdre une minute, fit Dick: mais pour lui, «sans perdre une minute» doit s'entendre: «après un grand bain suivi d'un goûter». Il passe pour un vieux brave homme, lent, mais honnête; les autres, à ce qu'on m'a dit, sont encore moins dégourdis. Tu pourras, si tu veux, lui parler de notre maison.

Veronica se débarrassa de ses vêtements, les rangea avec des soins inusités, demanda poliment si personne n'avait besoin d'elle, et monta dans sa chambre pour y faire, dit-elle, une lecture morale. Robina et moi goûtâmes d'un œuf. M. Slee arriva comme nous finissions de manger. C'était un gros homme au regard absent qui poussait sans cesse des soupirs. Quand il vit la cuisine, il soupira, et déclara qu'il y avait pour quatre jours d'ouvrage, à trois ouvriers, et qu'il faudrait un fourneau neuf.

— Comment faire la cuisine, pendant ce temps-là ? dit Robina.

— Je l'ignore, dit M. Slee, poussant un soupir.

— Nous n'avons plus qu'à nous en retourner chez nous ! fit Dick.

— Et c'est toi, dit Robina indignée, qu'on chargera de dire la vérité à Petite mère, pour qu'elle en meure !

M. Slee s'en alla, promettant de commencer les travaux le lundi à la première heure. À peine la porte était-elle fermée, que Robina avait déjà tout réglé :

— Père va manger quelque chose, dit-elle, et prendre le premier train. Il y en a un à six heures quinze.

— Nous aussi, fit Dick, nous pourrions peut-être manger quelque chose ?

— Père dira qu'il a été rappelé à Londres pour affaires, dit Robina. Petite mère le croira et ne se doutera de rien.

— Petite mère ne croira rien du tout, déclara Dick. Pour qui la prends-tu ? Elle sait bien que les affaires ne rappellent pas les gens à Londres le samedi, et à neuf heures du soir. Elle devinera qu'il est arrivé quelque chose. Elle posera cent mille questions.

— Père aura tout le temps, dit Robina, de trouver une explication dans le train. Il inventera une histoire qui se tienne debout. C'est son métier. Père parti, je m'arrangerai. Nous trois, nous pourrons vivre de rien ; du lard froid suffira. Jeudi, tout sera en ordre et Père pourra revenir.

Je fis remarquer à Robina toute l'absurdité de son idée. Pouvais-je laisser seuls trois enfants sans défense ? Qu'est-ce que Petite mère dirait ? Et Veronica, que ne ferait-elle pas en mon absence ? Sans compter bien d'autres choses : l'âne, par exemple : il pouvait arriver d'un moment à autre ; il fallait une personne responsable pour le recevoir et pourvoir à ses besoins. Je devais revoir Saint-Leonard pour lui parler de Dick. Et qui s'occuperait de la vache, quand elle serait là-bas, dans l'étable ? Qui accompagnerait M. Bute, qui allait revenir avec les plans de la maison ? Qui lui expliquerait clairement ce que nous voulions ? Et le petit domestique, le simple fils de la terre, que Miss Jeannie avait promis de nous dénicher ? Qui le recevrait ? Il parlerait patois. Qui serait là pour l'entendre, pour lui répondre en patois ? Tout condamnait l'idée de Robina et la faisait paraître insensée.

Robina continuait de couper mes tartines. Sans se laisser le moins du monde émouvoir, elle déclara, fort posément, qu'ils n'étaient nullement sans défense, ajoutant que si, à quarante-deux ans, elle et Dick n'avaient pas assez de bon sens pour conduire une bicoque de six pièces, c'était à désespérer.

— Quarante-deux ans ? Qui a quarante-deux ans ?

— Nous, donc ! fit Robina. Dick et moi. N'aurons-nous pas ensemble quarante-deux ans à notre prochain anniversaire ? Presque le même âge que toi !

Et quant à Veronica, elle serait comme une grande personne, pendant quelques jours. Je savais bien que Veronica poussait toujours tout à l'extrême. Après ce qui venait de se passer, elle ne pouvait manquer d'être une sainte, jusque vers la fin de la semaine.

— Pour ce qui est de l'âne, ajouta Robina, on tâchera qu'il se sente chez lui, absolument comme si tu étais là. Dieu me garde, dit-elle encore, de te manquer de respect. Mais on dirait, à t'entendre, que tu es le seul être au monde qui soit capable d'intéresser ce baudet. Je suis sûre qu'il ne verra aucun inconvénient à partager l'étable avec la vache, pour une nuit ou deux. S'il se montrait offensé, Dick dresserait entre eux une cloison. Il serait préférable, d'ailleurs, que la vache restât où elle est, jusqu'à ton retour. Elle me réveillera le matin. Tu vois que tout est réglé, sauf en ce qui concerne Dick. Or je te connais : si tu rencontres Saint-Leonard, ce sera pour parler du péril jaune, ou des probabilités de vie dans Jupiter. Aborder la question d'argent, ce serait compromettre tout le projet. Si tu parles argent, Saint-Leonard se jugera offensé ; s'il n'en veut pas parler, c'est toi qui prendras la mouche. Laisse-moi régler ça toute seule, avec Jeannie. Nous ferons cela très bien.

« Reste M. Bute et le domestique. Pour le premier, je sais ce que tu veux. Qu'il ne compte pas m'influencer par des arguments ridicules. Il a besoin, ce jeune homme, que quelqu'un lui parle avec autorité et lui dise ce qu'il faut qu'il fasse. Quant au domestique, plus tôt il viendra, mieux cela vaudra. Peu importe qu'il parle patois. Ce que je lui demande, c'est qu'il nettoie les couteaux, qu'il aille chercher de l'eau, qu'il casse du bois. Tout cela peut se demander par gestes. Il sera temps à ton retour de lui faire perdre son temps en conversations.

Ainsi parla Robina, à peu de chose près. Peut-être ne se servit-elle pas exactement des mots que je rapporte. À plusieurs reprises, je voulus l'interrompre. Mais ce fut comme si je chantais. Quand Robina a une idée, elle n'écoute rien, elle n'entend rien. Elle parle et parle sans arrêt; et, à la fin, elle croit qu'on s'est rangé à son avis et se figure qu'on ne serait pas capable de reprendre la discussion depuis le début.

Elle ajouta que je n'avais pas de temps à perdre et qu'elle m'écrirait. Dick, lui aussi, promit de m'écrire pour me raconter ce qui se passerait, et réclama des provisions comme pour nourrir six personnes, ajoutant que rien ne serait perdu. Je sentis que je serais impuissant à leur montrer qu'ils avaient tort et moi raison. Dans ces conditions, il ne me restait plus qu'une chose à faire: leur obéir et me mettre en route.

À ma prière, Veronica accepta de m'accompagner jusqu'au bout de l'avenue. J'entendais lui parler sérieusement. Il est évident qu'il eût été beaucoup plus facile de la convaincre qu'elle avait eu tort, si elle avait été projetée en l'air par l'explosion. Elle eût ainsi connu par elle-même qu'elle avait fait le mal. Or les choses s'étaient passées de telle sorte que, bien que Veronica fût incontestablement coupable, il ne lui était rien arrivé. Dans les romans, le taureau furieux fonce tête baissée sur l'enfant qui a désobéi. Il arrive bien que l'enfant sage, qui s'en va, son panier sous le bras, rendre visite à sa grand-mère malade, se trouve, en même temps, en plein milieu du même pré. Tant pis pour le taureau. Il sera forcé de perdre un temps précieux à contourner l'enfant sage pour ne pas renverser ce qu'il y a dans le panier. Et si l'enfant désobéissant avait pour deux sous de présence d'esprit (ce qui n'arrive pas dans les histoires), il profiterait de cette circonstance pour se garer. Mais l'enfant désobéissant ne voit rien. Il va droit son chemin, comme un aveugle. C'est drôle, mais c'est ainsi. Et quand le taureau le rejoint, l'enfant désobéissant se trouve dans la meilleure position qu'on puisse imaginer pour recevoir la leçon de morale que l'auteur et le taureau sont chargés de lui donner.

L'enfant sage est toujours récompensé. Il pourrait peser cent livres, il traversera l'étang gelé sans qu'il lui arrive malheur. L'enfant méchant peut peser vingt livres de moins, la glace refuse de le porter. La glace a l'air de dire : « Laissez-moi donc tranquille avec votre pression maxima par centimètre carré ! Il a battu, l'autre semaine, sa petite sœur encore au berceau : il faut qu'il se noie ! »

La défense de Veronica, exprimée, il faut en convenir, avec une remarquable modération et non sans courtoisie, se ramenait en somme à ceci :

— J'ai pu agir sans discernement. J'ignore si mon éducation fut faite avec toute la sagesse désirable. Il est certain qu'on m'a répété, avec une insistance souvent fatigante, des choses qui n'avaient à mes yeux (sic) aucun intérêt. Au contraire, on a négligé de m'apprendre les choses que je ne devais pas ignorer, par exemple : les effets de la poudre à canon. Je n'en veux à personne. Je suppose qu'on a fait de son mieux. Mais si l'on tient compte, comme on le doit pour être juste, de la pureté de l'intention, j'affirme que je suis sans reproche.

« La preuve de ce que j'avance est fournie par la Providence même, qui a clairement marqué son approbation en m'épargnant d'être projetée dans les airs. Si ma conduite avait été sujette à critique, comme on a voulu l'insinuer, est-ce que je serais là à me promener à ton côté sans une écorchure, sans un cheveu défrisé, sans rien ? Évidemment non. Si les livres pour la jeunesse disent vrai, la Providence se serait arrangée pour que je me sois trouvée parmi les débris. Au lieu de cela, que voit-on ? Une cheminée complètement démolie, un fourneau mis hors d'usage, des carreaux brisés, un bazar sans nom d'ustensiles de ménage. Et, au milieu de toutes ces ruines, moi, miraculeusement préservée.

« Je ne voudrais pas insister d'une façon blessante, mais n'est-il pas vrai qu'il semble que c'est vous trois que la Providence a voulu punir : toi, qui devras payer les dégâts ; Dick, trop exagérément porté à surestimer les plaisirs de la table, et qui sera réduit, pendant les jours qui vont suivre, à se nourrir de conserves ; Robina, enfin, à qui sa nature chagrine fera passer plus d'un mauvais moment d'ici que les choses soient remises d'aplomb. Il y a là une indication dont il vaut mieux peut-être ne pas rechercher le sens caché. Mais il est évident que la leçon s'adressait surtout à vous trois et que je n'ai été, moi, dans tout cela, que l'innocent instrument de la Providence.

Il est évident que si l'on part du principe qu'être vertueux, c'est échapper au châtiment, le raisonnement de Veronica était irréfutable. Mais je considérai que cette théorie pourrait nous valoir d'autres ennuis si je la laissais sans réplique. Je répondis avec une solennité bien jouée :

— L'heure est venue, Veronica, de te révéler un grand secret ; contrairement à ce qu'on raconte, les romans ne sont pas toujours un guide sûr pour se bien conduire dans la vie.

— Veux-tu dire… ?

— Je veux dire, dis-je, que l'homme qui écrit est généralement doué d'une moralité exceptionnelle. C'est là justement le mal ; l'écrivain égare le lecteur, parce qu'il est trop moral. Le monde où nous vivons n'est pas à la hauteur du monde imaginé par l'écrivain. Ce n'est pas le monde tel que lui-même l'aurait créé. Pour satisfaire son appétit de moralité, il s'est créé un monde à lui, qu'il nous dépeint comme étant le monde réel. Mais ce monde-là n'est pas le nôtre ; il n'y ressemble pas, même de loin. Dans le monde tel qu'il devrait être, tu aurais sauté avec le fourneau, tout entière ou par fragments. Il te reste, Veronica, à remercier le Ciel de tout ton cœur de ce que le monde réel ne soit pas parfait. S'il l'était, tu ne serais pas ici, je le crains bien. Que tu sois là, bien portante, à me développer des arguments spécieux, cela n'est pas dans l'ordre. Dans la vie, le taureau, sentant qu'il a besoin de foncer sur quelqu'un, n'attend pas, assis sur son derrière, que l'enfant désobéissant vienne à passer. Il fonce sur le premier enfant venu, et bénit le Seigneur de le lui avoir envoyé. L'enfant qui passe à ce moment-là, il y a cent chances contre une que ce soit le meilleur enfant qu'on puisse trouver à plusieurs kilomètres à la ronde. L'animal se moque pas mal de cela : il abîme, sans pudeur, cet enfant modèle. Il mettrait un évêque en bouillie, dans l'état où il est. De ton petit ami en costume de velours, qui a sauté avec le fourneau (du moins, dont le costume de velours a sauté), ou de toi, qui a eu l'idée de la poudre ?

Veronica sans hésiter, revendiqua la paternité de l'inspiration.

— Je le crois volontiers, dis-je. Et ce jeune homme, est-ce de bon cœur qu'il est allé voler la poudre ? Est-ce de bon cœur qu'il l'a jetée dans le feu ? Ou bien a-t-il fallu le persuader ?

Veronica admit que son complice manquait des qualités nécessaires à un héros de premier plan. Elle avait dû le traiter de lâche pour le décider à jouer son rôle.

— En somme, dis-je, c'est un jeune homme qui, laissé à lui-même, eût été capable de faire le bonheur de sa famille. Et l'histoire des bandits ? De ton invention ou de la sienne ?

Veronica dit que le jeune homme aurait pu l'inventer aussi bien qu'elle s'il n'avait pas été si occupé de s'en courir au plus tôt chez sa mère. Mais la vérité l'obligeait à dire que l'obligation de présenter comme romanesques des incidents dépourvus en eux-mêmes d'intérêt était retombée sur elle seule.

— Comme dans l'histoire de l'enfant sage, dis-je. Ce petit n'a commis qu'une faute : il fut faible et il fut galant. Le comprends-tu, Veronica ? Dans un livre, c'est toi, et non lui, qui te serais pris le pied dans le paillasson. Mais dans ce monde où tout n'est qu'injustice, c'est le méchant qui prospère. L'innocent, le vertueux, a son costume de velours tout déchiré. L'autre, qui a conçu le crime et guidé la main du coupable, échappe au châtiment.

Veronica approuvait de la tête. Je crus l'avoir touchée.

— Alors, quand il ne vous arrive rien, dit-elle, c'est signe qu'on est une fripouille ?

— Je ne vais pas jusqu'à dire cela, Veronica. Et, soit dit en passant, j'aimerais que tu laisses à Dick le soin de parler argot. Dick est un homme et, pour un homme, la chose a moins d'importance. J'ai voulu dire qu'il ne faut pas attendre la justice ici-bas. Quelquefois, les méchants ont ce qu'ils méritent. Mais le plus souvent, non. Il semble qu'il n'y ait point de loi. Écoute l'inspiration de ta conscience, et zut pour le reste… je veux dire : advienne que pourra. Il t'arrivera de t'en tirer ; d'autres fois, non. Mais tu auras toujours la consolation de te dire : « Les choses ont mal tourné, mais il n'y a pas de ma faute. J'ai la conscience tranquille. Personne ne peut me blâmer. »

— Mais les gens vous blâment bel et bien, dit Veronica. Ils vous blâment absolument comme si vous aviez eu l'intention de mal faire. J'en ai fait l'expérience, il n'y a pas longtemps.

— Qu'importe, Veronica, l'opinion du monde ! L'honnête homme se moque de l'opinion.

— Mais les gens ne se gênent pas pour vous envoyer vous coucher, dit Veronica.

— Laisse-les faire, dis-je. Qu'importe qu'on doive se coucher tôt, si la grande voix intérieure est là pour nous consoler…

— Mais elle ne console pas du tout, dit Veronica, elle ne fait que nous faire sentir davantage l'injustice du malheur…

— Eh bien, dis-je, elle a tort.

— Alors, dit Veronica, pourquoi les choses vont-elles ainsi ? Pourquoi la voix de la conscience ne console-t-elle pas ?

(Ce qu'il y a de terrible quand on discute avec les enfants, c'est qu'ils veulent discuter aussi.)

— La vie, dis-je, est un problème difficile à résoudre. Il est vrai que les choses ne vont pas toujours comme elles devraient. Mais il ne faut pas désespérer. Il faut bien faire quelque chose.

— Il y en a pour qui la tâche est vraiment trop lourde, dit Veronica. Quoi qu'on fasse, on ne peut plaire à tout le monde. Et quelle affaire si on a le malheur de se disculper !

— Le devoir des grandes personnes, Veronica, est de montrer aux enfants la voie qu'ils doivent suivre. Ce n'est pas toujours facile. On est excusable de manifester parfois de l'humeur.

— Ils sont tant à se mêler de donner des conseils, aussi ! dit Veronica. Il y a des jours où, entre tous les conseils, on ne sait lequel choisir. Il y a de quoi perdre la boule.

— Les conseils partent d'une bonne intention, dis-je. Quand j'étais petit, je pensais comme toi. Mais maintenant…

— As-tu déjà eu des ennuis ? interrompit Veronica.

— Si je... ? Mais je n'ai jamais eu que ça, Veronica, du plus loin que je me souvienne !

Quand ce n'était pas une chose, c'était l'autre.

— Et est-ce que les embêtements ne te mettaient pas hors de toi ? Que faisais-tu, par exemple, quand, après t'avoir demandé ce que tu avais à dire pour ta défense, on refusait de t'écouter ?

— Ce qui me mettait le plus en colère, c'est quand on m'empêchait de mettre les choses au point, en m'accusant de répliquer.

— Si les grandes personnes voulaient nous entendre, dit Veronica, il y a bien des choses que nous pourrions leur expliquer ! Mais non. Elles parlent comme des moulins, si bien qu'à la fin elles ne savent même plus elles-mêmes ce qu'elles voulaient dire. Alors, elles déclarent que c'est notre faute si elles n'en peuvent plus.

— C'est vrai, les grandes personnes vous disent : « Je suis fatigué de répéter toujours la même chose ! », comme si nous n'étions pas nous-mêmes fatigués de les entendre.

— Oui, dit Veronica. Et quand nous disons : « Je croyais », elles répondent qu'on a tort, qu'il ne fallait pas croire. Et si, par imprudence, on se laisse aller à dire qu'on ne savait pas, alors elles disent : « Tu as tort, tu devrais savoir. » C'est désespérant.

— Sans compter que les grandes personnes elles-mêmes n'ont pas toujours raison. Font-elles tomber un verre, elles disent : « Qui a mis ce verre-là ? », comme si quelqu'un l'avait mis là tout exprès et rendu invisible.

À les entendre, on croirait que la place d'un verre n'est pas sur une table. Moi, quand j'en cassais un, ça ne ratait pas : on me disait, à chaque coup : « Quel maladroit ! Pourquoi le laisse-t-on manger à la table des grands ? »

« Quand les grandes personnes avaient égaré quelque chose, elles disaient : « Qui a touché à mes affaires ? Qui est venu ici mettre tout en désordre ? » Quand elles retrouvaient la chose qu'elles cherchaient, elles voulaient savoir qui l'avait mise là ? Or quand c'était moi qui ne retrouvais pas une chose, parce que quelqu'un l'avait rangée, on disait qu'on l'avait remise à sa place ; j'étais un petit imbécile de ne pas l'avoir deviné !

— Et puis, renchérit Veronica, on n'a le droit de leur rien dire. Si on leur fait remarquer qu'elles font une bêtise, elles ont toujours une raison pour avoir fait ce qu'elles ont fait, une raison que l'on n'a pas le droit de comprendre. C'est couru. Mais si c'est nous qui faisons une bêtise, comme il est naturel à notre âge, nous sommes foncièrement méchants, nous ne changerons jamais, etc.

— Sais-tu, Veronica, ce que nous allons faire ? Nous allons écrire un livre, tous les deux. Et dans ce livre-là, ce seront les enfants qui auront le monopole de la sagesse, et qui ne se tromperont jamais. Ce sont eux aussi qui auront l'autorité, et qui surveilleront les grandes personnes, et qui les élèveront convenablement. Et tout ce que les grandes personnes feront, ou ne feront pas, sera mal fait.

Veronica battit des mains :

— Non ? dit-elle. Vraiment ? Nous deux ? Oh ! oui, faisons cela, je t'en prie.

— Nous deux, parfaitement, dis-je. Nous appellerons cela : *Histoire morale à l'usage des parents.* Et tous les enfants l'achèteront et en feront présent à leur père, à leur mère, à leur gouvernante, pour leur anniversaire, avec une dédicace : « De la part de Johnny, ou de Jennie, à son cher papa, ou à sa chère petite tante Irma, avec ses meilleurs vœux de bonne conduite. »

— Est-ce que tu crois qu'ils le liront ? dit Veronica, prise d'un doute.

— Pour en être sûrs, dis-je, nous y mettrons quelque histoire scandaleuse et nous ferons dire par un journal que c'est une honte pour la littérature nationale de publier des choses pareilles. Et si cela ne suffit pas, nous dirons que c'est traduit du russe. Les livres étrangers ont toujours du succès.

« Les enfants resteront à la maison et prépareront le dîner. Les grandes personnes iront en classe. On les y conduira chaque matin. On leur fera lire les contes de Grimm dans le texte allemand, avec les notes, et apprendre par cœur des morceaux difficiles, avec analyses grammaticales.

— Et elles iront se coucher de bonne heure, dit Veronica.

— À huit heures, dis-je, grands et petits. Et il faudra qu'elles y aillent avec le sourire, comme si elles aimaient ça, ou qu'elles disent pourquoi. Et elles devront faire leur prière. Entre nous, Veronica, je ne crois pas qu'elles la fassent toujours. Et défense de lire au lit, et pas de petit verre d'alcool « pour bien dormir », avant de monter. Tous leurs trucs, nous les connaîtrons.

— Et il faudra qu'elles prennent régulièrement leur médicament, qui a si mauvais goût, dit Veronica.

— Au premier symptôme de malaise, dis-je, une cuiller à soupe d'huile de foie de morue.

— Et nous leur demanderons pourquoi elles sont si bêtes, fit Veronica.

— Oui, dis-je, mais c'est ici que la chose cessera d'être drôle pour nous. Car elles ne seront ni bonnes ni mauvaises. Elles n'auront pas de raison, voilà tout. Du moins nous leur donnerons toujours une raison pour justifier qu'elles doivent toujours faire ce qu'elles n'ont pas envie de faire, et rien de ce qui leur plaît. Bien entendu, elles ne comprendront pas ; elles trouveront que notre raison à nous n'est pas une raison. Mais elles feront bien de garder cela pour elles.

— Et naturellement, dit Veronica, elles ne pourront pas répliquer.

— Si elles répliquent, dis-je, cela prouvera qu'elles ont cet esprit raisonneur qu'il faut déraciner à tout prix. Et si elles ne répliquent pas, cela prouvera qu'elles sont boudeuses et il faudra qu'elles se corrigent avant que leur défaut devienne vice.

— Quoi que nous fassions, pouffa Veronica, nous leur dirons que c'est pour leur bien !

— D'ailleurs, dis-je, ce sera vraiment pour leur bien. Car notre seul plaisir sera de les rendre heureuses. Ce ne sera pas nécessairement un plaisir pour elles, mais la faute en sera à leur ignorance.

— Elles nous en seront reconnaissantes plus tard, s'esclaffa Veronica, avec un rire effrayant.

— Nous leur répéterons cela de temps en temps, dis-je, pour les consoler. Et nous serons bons pour elles de toutes les manières. Nous les laisserons jouer à des jeux. Pas à des jeux stupides, bien entendu comme le golf et le croquet, qui ne sont pas drôles du tout et finissent toujours par des querelles. Mais elles pourront jouer au loup, aux ours, à la baleine, à des jeux instructifs qui leur donneront quelques notions d'histoire naturelle. Nous leur apprendrons à jouer au pirate, à l'Indien, à l'Ogre — à tous les jeux susceptibles de développer leurs facultés d'imagination. Sais-tu pourquoi les grandes personnes sont si tristes ? C'est qu'on n'exerce jamais leur imagination.

« Naturellement, de temps en temps, on les laissera jouer à ce qu'elles voudront, le mercredi et le samedi, par exemple. Nous inviterons d'autres grandes personnes ;

elles prendront le thé et on les laissera flirter dans le jardin, ou bien, s'il fait humide, dans la salle à manger, jusqu'à ce que leur nourrice vienne les chercher. C'est nous, bien entendu, qui choisirons leurs amis – des dames et des messieurs bien élevés, des parents d'enfants honorables ; parce que, si on les laissait faire à leur guise, tu sais comment iraient les choses : elles s'attacheraient à de gens impossibles, que nous ne pourrions pas recevoir chez nous. Nous leur choisirons les compagnons qui leur conviennent. Et si elles n'aiment pas ces compagnons-là – si l'oncle William, par exemple, dit qu'il ne peut pas supporter la jeune fille que nous avons invitée exprès pour qu'il tombe amoureux d'elle, si vraiment il la déteste, nous lui dirons que c'est par esprit de contradiction et nous le sommerons de l'aimer, parce qu'elle est la femme qu'il lui faut. Et gare à lui s'il boude ! Et si grand-maman fait la moue et dit qu'elle ne peut pas supporter le vieux Jones, sous prétexte qu'il a le nez rouge, ou un œil de verre, ou pour une autre raison tout aussi ridicule, nous lui dirons : « Fort bien, Madame ; ou bien vous jouerez avec M. Jones et vous serez aimable avec lui, ou bien vous passerez l'après-midi à ranger votre chambre ; tenez-vous le pour dit. »

« Nous les laisserons se marier le mercredi et le samedi après-midi, et jouer au ménage. S'ils se disputent, nous les corrigerons d'importance ; nous leur reprendrons les enfants, que nous enfermerons dans un tiroir, et nous leur dirons qu'on ne les leur rendra que lorsqu'ils seront sages.

— Plus ils tâcheront d'être sages, dit Veronica, après avoir un peu réfléchi, plus ils s'apercevront qu'ils ne l'ont pas été.

— Leur sagesse et leur méchanceté dépendront de nous, dis-je. Quand la rente aura baissé, quand le vent d'est nous fera souffrir du foie, ils seront tout surpris de constater combien ils sont méchants.

— Et qu'ils ne s'avisent jamais d'oublier ce qu'on leur aura dit, cria Veronica. Il ne faut pas que nous ayons à leur répéter toujours la même chose, comme si nous parlions aux murs.

— Et si nous avons eu l'intention de leur faire une observation, et que nous avons oublié de la faire, ajoutai-je, nous dirons qu'on ne devrait pas avoir besoin de dire des choses aussi simples, comme on ferait à des bébés. Rappelons-nous bien tout cela.

— S'ils murmurent, dit encore Veronica, nous leur dirons que c'est parce qu'ils ne connaissent pas leur bonheur. Nous leur dirons aussi combien nous étions gentils quand nous avions leur âge. Dis donc, papa, ne manque pas ton train. C'est moi qui me ferais attraper !

— Grands Dieux ! dis-je, c'est vrai. J'avais complètement oublié le train.

— Tu feras bien de courir, dit Veronica.

Le conseil était sage.

— Pense à notre livre ! cria de loin Veronica.

Je me retournai pour répondre à tue-tête :

— Note toutes les idées qui te viendront !

— Comment l'appellerons-nous ? hurla Veronica de toutes ses forces.

— Pourquoi l'homme qui est dans la lune a l'air si dégoûté, hurlai-je à mon tour.

Quand je me retournai une dernière fois, Veronica était assise sur la traverse supérieure de la barrière ; elle avait enlevé un de ses souliers, dont elle se servait comme d'un bâton pour conduire un orchestre imaginaire.

Heureusement, le train de six heures quinze avait vingt minutes de retard.

*

Je décidai que ce qu'il y avait de mieux à faire, c'était de dire la vérité à Petite mère. À peine avais-je ouvert la bouche :

— Dis-moi tout, dit-elle, même le pire. Ne me cache rien. Veronica est-elle blessée ?

— Le pire, dis-je, c'est qu'il va falloir tout refaire à neuf. Voilà le pire. Pourquoi, lorsque quelque chose va de travers, croire tout de suite que Veronica soit de l'affaire ?

— Tu es sûr qu'elle n'a rien ? insista Petite mère.

— Veux-tu que je crache par terre ? dis-je. (Au diable ces enfants avec leurs expressions ridicules !) Je voulais dire : « C'est absolument sûr. »

Petite mère parut soulagée. Je lui contai tous les ennuis que nous avions eus avec la vache. Mais c'est la vache qu'elle plaignit. Je lui dis que j'espérais que Robina finirait par devenir une femme raisonnable. Nous parlâmes beaucoup de Robina et nous tombâmes d'accord là-dessus que nous avions réussi là quelque chose d'assez bien.

— Il faut que je retourne là-bas le plus tôt possible, dis-je. Je ne veux pas que le jeune Bute trace des plans sans me consulter.

— Le jeune Bute ? demanda Petite mère.

— Oui, dis-je, l'architecte.

— Je croyais qu'il était vieux ? dit-elle.

— C'est Spreight qui est vieux, dis-je. Bute n'est qu'un de ses collaborateurs. Mais il a l'air de bien connaître son affaire.

Petite mère voulait en savoir plus long.

— Il est bien ? demanda-t-elle.

— C'est un jeune homme aimable, dis-je, plein de bon sens. Il me plaît. J'aime les jeunes gens qui savent écouter.

— Et… bien de sa personne ?

— Pas assez beau pour être déplaisant, dis-je. Une figure agréable, surtout quand il sourit.

— Marié ? demanda-t-elle encore.

— En vérité, dis-je, je l'ignore. Je n'ai pas songé à le lui demander. Que les femmes sont curieuses ! Non, je ne crois pas. Je parierais qu'il est célibataire.

— Pourquoi penses-tu qu'il est célibataire ?

— Je ne sais pas, dis-je. Il n'a pas l'air marié.

— Est-ce que nous le verrons souvent ? dit-elle.

— Assez souvent, dis-je. Je suppose qu'il sera là lundi. Quant au fourneau…

— Que peut-il faire là-bas quand tu n'y es pas ? dit Petite mère.

— Il bricolera, dis-je. Il prendra des mesures. Dick sera là pour lui expliquer tout. Et s'il n'y est pas, Robina y sera. Mais, chose bizarre, on dirait que Robina l'a pris en grippe.

— Pourquoi ? dit Petite mère avec une nuance d'inquiétude.

— Oh ! dis-je, c'est parce que, le jour de son arrivée, Bute est entré dans la maison par la cuisine. Je crois que c'est pour cela. Mais Robina dit que c'est son sourire qui l'agace ; elle avoue d'ailleurs qu'elle n'a pas de raison de lui en vouloir.

— Quand repars-tu ? dit Petite mère.

— Jeudi prochain, dis-je. Fourneau ou non, j'irai jeudi.

Elle dit qu'elle m'accompagnerait. Il n'en avait pas été question avant que nous eussions parlé de Robina.

Ensuite, je lui parlai de Dick et des leçons de culture, et de Saint-Leonard.

— Crois-tu que Dick s'y mettra sérieusement ? dit-elle.

— Saint-Leonard, dis-je, a mis en Dick beaucoup d'espoir. J'ai su cela par sa fille et j'ai pris soin que Dick en soit informé. Sa mère…

— La mère de qui ?

— La mère de Jeannie, dis-je, Mme Saint-Leonard. Elle aussi a bonne opinion de Dick. J'ai su cela par Jeannie.

— Cette demoiselle me paraît bien bavarde, dit Petite mère.

— Elle te plaira, dis-je. Elle est charmante, si raisonnable, si bonne, si modeste, si…

— Tu sais déjà tout cela ?

— Il est aisé de s'en rendre compte, dis-je. La mère n'existe pas. Le père n'entend rien aux affaires. C'est Jeannie qui fait tout marcher.

— Elle est bien ? dit Petite mère.

— Je viens de te le dire, dis-je. Pratique, et en même temps…

— Je veux dire… physiquement.

— Comme les femmes s'occupent des apparences ! Les apparences ne comptent pas. Elle a une de ces figures qui retiennent. On ne remarque pas, d'abord, combien elle est jolie, mais ensuite…

— Et est-ce qu'elle a, elle aussi, bonne opinion de Dick ?

— Elle sera fort déçue, dis-je, s'il ne travaille pas, s'il manque de persévérance. Tout le monde sera déçu.

— Qu'est-ce que cela peut bien leur faire ?

— Il ne s'agit pas d'eux, dis-je. Il s'agit…

— Elle ne me plaît pas, cette jeune fille, dit Petite mère. Ils ne me plaisent ni l'un ni l'autre, tes Saint-Leonard. Je connais cette sorte de gens.

— Quand tu les connaîtras mieux…

Elle déclara qu'elle ne désirait pas les connaître, et qu'elle voulait partir lundi par le premier train.

Je m'employai à lui représenter les inconvénients de ce projet. Sa présence là-bas ne ferait qu'ajouter aux ennuis de Robina ; un changement de programme ne pourrait que rendre Dick plus indécis. Cela prit quelque temps.

— Il a promis, dis-je, de m'écrire les impressions de sa première journée. Attendons. Voyons ce qu'il dira.

Elle dit qu'elle ne comprenait pas comment elle s'était laissée séparer de tous ces pauvres enfants. Et toutes ces choses manigancées sans elle ! Elle espérait qu'au moins rien d'irrévocable n'avait été décidé pour Veronica.

— Veronica, dis-je, ne demande qu'à se corriger. Je lui ai acheté un âne.

— Un quoi ? s'écria Petite mère.

— Un âne. Elle en avait envie, et nous avons pensé que cela pourrait servir à lui donner le sens des responsabilités…

— Je sentais bien, dit-elle, que tu n'avais pas épargné la pauvre petite !

Je jugeai prudent de changer de conversation.

CHAPITRE VIII

La lettre de Robina, datée du lundi soir, nous arriva le mardi matin.

« J'espère que tu as eu ton train, écrivait Robina. Veronica n'est rentrée qu'à six heures et demie. Elle m'a déclaré que vous aviez parlé d'un tas de choses ; que d'une chose vous en étiez venus à l'autre : tout cela d'un air mystérieux. Mais, en somme, ton sermon paraît lui avoir fait du bien. Elle affiche maintenant à l'égard de toutes choses un détachement dédaigneux qui ne manque pas de dignité. Pas une fois elle n'a été insolente ; à plusieurs reprises, elle s'est même rendue utile. Je lui ai permis de prendre un vieil agenda qu'elle avait « trouvé » dans ton pupitre ; depuis lors, elle passe presque tout son temps enfermée à clef dans sa chambre. Elle prétend que vous allez écrire un livre en collaboration. Comme je lui demandais quel serait le sujet de ce livre, elle a refusé de répondre, déclarant que je saurais tout cela « en temps opportun » ; tout ce qu'elle a bien voulu me dire, c'est que ce livre serait un bienfait pour l'humanité. Hier soir, l'agenda étant resté ouvert sur sa table de toilette, j'ai pu lire le titre du manuscrit. Cela s'appelle : Pourquoi l'homme qui est dans la lune a l'air si dégoûté. On dirait que le titre est de toi. Je n'ai pas été plus loin, quelque grande que fût mon envie. Sous le titre, elle avait fait un dessin qui n'est pas mal : cela représente un vieux monsieur qui, en effet, a l'air assez dégoûté.

« Théodore, le complice de Veronica, est le fils unique d'une veuve, Madame Foy, qui est notre plus proche voisine, du côté du sud. Nous avons rencontré cette dame dimanche matin, comme elle sortait de la messe. Elle pleurait encore. Dick a pressé le pas et entraîné Veronica, pour que je puisse lui parler. C'est une femme bizarre. Son grand-père ayant été tué jadis, à ce qu'elle m'a conté, par l'explosion d'une chaudière, elle est hantée par cette idée que son fils est victime d'une fatalité héréditaire, et qu'il mourra de la même mort que son ancêtre. Je croyais qu'elle nous en voulait. Mais non. Pour elle, l'accident de dimanche est le signe de la fameuse fatalité. Je lui ai dit, pour la consoler, que la fatalité ayant joué une fois sans faire trop de mal, le destin devait être satisfait. Mais elle persiste à croire qu'en démolissant notre cuisine le sort ne se livrait qu'à une répétition générale. Tout cela un peu ridicule. N'empêche qu'un enfant ayant laissé tomber son broc de bière en sortant d'une maison, nous poussâmes toutes deux un grand cri et nous fûmes aussi étonnées l'une que l'autre de voir Théodore encore indemne à nos côtés.

« Mme Foy est venue chez nous cet après-midi (lundi). Je lui ai fait voir la cuisine, et le paillasson où Théodore s'est pris le pied. Elle a paru surprise que le mauvais sort eût laissé passer une occasion aussi favorable, et elle n'en est que plus inquiète. Il paraît qu'il n'y avait qu'une demi-livre de poudre dans le paquet. Le jardinier du médecin d'ici l'avait acheté pour faire sauter les racines d'un vieil orme, et abandonné un instant sur la pelouse. Mme Foy trouve que le jardinier est bien bon de ne pas lui avoir réclamé le prix d'une livre entière. J'ai offert de lui rembourser notre part. Elle a refusé. Elle tient le grand-père pour responsable de tout. Je crois que, si je le lui avais proposé, elle aurait accepté de payer les dégâts.

« Des comptes rendus exagérément grossis de l'accident commencent à circuler dans le pays. Ce que je crains le plus, c'est que Veronica vienne à s'apercevoir de la notoriété qu'elle a acquise. Ton départ inopiné a donné naissance à une légende. Un laboureur, qui t'a vu passer sur le chemin qui mène à la gare, prétend qu'il ne s'agissait que de ton ombre. Des chiffons ramassés à une lieue à la ronde passent, m'a-t-on dit, pour des débris de tes vêtements projetés au loin par l'explosion. À considérer le nombre et la nature de ces reliques, tu ferais un étrange abus de chaussures. On a déjà retrouvé sept paires de souliers dans les fossés d'alentour. Quelques exaltés disent qu'il y a là de quoi constituer le début d'un musée local. »

Ces trois premiers paragraphes occupaient exactement le premier feuillet de la lettre de Robina. Je pus, grâce à cette circonstance, glisser la page dans ma poche, sans être vu de Petite mère.

« Le petit domestique est arrivé dimanche matin, continuait Robina. Si j'ai bien compris ce qu'il m'a dit, il s'appellerait William. En tout cas, c'est là le nom qui se rapproche le plus de ce que j'ai pu saisir. Quant à son autre nom, s'il en a un, je te laisse le soin de le lui soutirer toi-même à ton retour. Il est possible que la langue que parle William soit le patois du comté de Berkshire, mais cela ressemble plutôt à l'aboiement du chien. Impossible d'imaginer un être plus rustique. Il est désireux de s'instruire ; mais le champ à défricher est de dimensions respectables.

« Je l'ai surpris, dimanche, en train de jeter sur le fumier tous les restes du déjeuner. Je lui ai naturellement fait observer qu'il est criminel de gaspiller des aliments ; j'ai tâché de lui faire entendre que l'endroit le plus convenable pour les restes d'un repas se trouve à l'intérieur du corps. J'ai cru qu'il avait compris. (On ne sait jamais s'il a compris, vu qu'il ne répond jamais. Il reste tout droit comme un soliveau, la bouche ouverte jusqu'à l'extrême limite de l'angle d'ouverture de ses mâchoires, ce qui n'est pas peu de chose. Il faut espérer que les mots qu'on lui dit ne se perdent pas en passant par une ouverture aussi large.) Durant tout l'après-midi, j'ai remarqué qu'il luttait presque victorieusement contre une somnolence peu naturelle. Ce fut pis encore après le goûter : j'ai cru qu'il ne pourrait plus rien faire ce jour-là. Le soir, nous n'avions guère mangé ; Dick l'avait aidé à desservir ; je les ai entendus causer ensemble. On dirait que Dick le comprend. Puis Dick est venu me dire que William désirait savoir s'il pouvait laisser jusqu'au lendemain ce qui restait de corned-beef. Il avait cru qu'il était obligé de manger le jour même ce qui restait et craignait de n'avoir pas la force de rentrer chez lui. Il s'était mépris à mon geste, se figurant que j'avais voulu dire que c'était dans son corps à lui qu'il fallait loger tous les restes.

« Veronica porte beaucoup d'intérêt à William. Le sentiment maternel est évidemment très développé chez Veronica ; nous n'y avions pas pris garde. Elle prétend qu'il y a beaucoup de bon dans ce garçon. Elle s'assied près de lui pendant qu'il casse du bois et lui raconte des histoires, calculées, dit-elle, pour développer progressivement son intelligence. Elle veille même à ne pas le froisser par un étalage trop pédant de sa supériorité. Je l'entendais, ce matin, qui disait : "Celui qui mène une vie comme la tienne n'a évidemment pas le temps de lire ; tandis que moi, je n'ai rien d'autre à faire, qu'à me cultiver."

« L'âne est arrivé cet après-midi pendant que j'étais absente. Il galopait, portant Hopkins sur son dos. (Qu'est-ce que Hopkins peut bien faire pour faire obéir cet animal de qui on n'obtient rien par la douceur ?) Nous lui avons offert du foin, et ensuite des chardons ; mais il a l'air de préférer le pain beurré. Je n'ai pas encore pu savoir exactement ce qu'il désire boire le matin, si c'est du thé ou du café ; mais une chose est sûre, c'est que c'est un animal qui sait ce qu'il veut, et, heureusement, il y a des deux à la maison. Nous le logeons pour ce soir avec la vache, qui l'a d'abord accueilli avec enthousiasme et qui voulait littéralement l'adopter, mais qui est devenue plus froide à son égard depuis qu'elle a découvert que ce n'est pas un veau.

« J'allais oublier de te dire qu'il est arrivé une drôle d'histoire à l'église.

« Les Saint-Leonard y occupent le banc du côté opposé à la petite porte. Quand nous sommes entrés, ils étaient tous là, à l'exception du père, qui n'est arrivé que tout juste pour l'élévation, au moment où tout le monde se levait. Des rires contenus l'ont accompagné jusqu'au chœur ; plusieurs personnes, ne pouvant se contenir, éclatèrent. Je ne comprenais pas pourquoi. Il avait l'air très respectable avec ses cheveux gris, et cette redingote boutonnée jusqu'au cou qui lui donne l'air d'un vieux militaire. Mais quand il arriva à hauteur de notre banc, je compris. Rentré en retard de sa ronde, et personne n'étant là pour le prévenir, le cher homme avait oublié d'enlever ses culottes courtes. De la tête aux genoux, il était vêtu comme un parfait chrétien; mais ses jambes étaient indiscutablement d'un mécréant irrespectueux.

« J'étais au bout du banc. En passant, il me dit.

« — Qu'y a-t-il? suis-je tellement en retard?

« Après déjeuner, nous sommes allés chez eux. À peine avais-je ouvert la porte que Saint-Leonard s'empare de moi:

« — Voici, dit-il, une jeune fille sensée. Elle va nous donner son avis: Quelle différence cela peut-il faire aux yeux de Dieu que j'aille à l'église en culottes de sport ou en pantalon à sous-pieds?

« — Je ne vois pas, jeta Mme Saint-Leonard avec froideur, en quoi Mlle Robina est mieux placée que moi pour connaître le point de vue de Dieu. (C'était vrai.) Et, si peu importe à Dieu, pourquoi ne pas mettre un pantalon?

« — Est-ce que l'humilité de cœur n'est pas la seule chose qui compte? dit Saint-Leonard.

« — L'humilité de cœur, répliqua sa femme, n'exclut pas la nécessité d'être mis correctement.

« Saint-Leonard commençait à s'échauffer. Il fit bien de sortir. »

*

« Plus je vois Jeannie, plus je l'aime. J'espère qu'elle voudra bien que nous soyons de bonnes amies. Sa présence me fait tant de bien ! (Je lus ce passage deux fois, feignant d'avoir perdu la ligne). Il faut croire que c'est d'avoir eu une mère aussi sotte et un père aussi peu pratique, qui l'a faite sérieuse si tôt. Si j'avais eu d'autres parents, j'aurais pu être, moi aussi, qui sait ? une jeune fille très bien. Mais il est trop tard maintenant pour se lamenter.

« Pauvre Mme Saint-Leonard ! Je ne puis m'empêcher de la plaindre. Elle aurait été si heureuse de partager la vie d'un notable citadin qui fût sorti chaque matin, une fleur à la boutonnière, et eût porté, le dimanche, un beau gilet de piqué blanc. Je ne crois pas du tout ce qu'on raconte : que les maris et les femmes doivent être à l'opposé l'un de l'autre pour se convenir. M. Saint-Leonard eût dû épouser une femme intelligente, capable de causer avec lui, et à qui cela n'eût rien fait de boire de la bière dans une tasse. Si jamais je me marie, ce sera avec un homme qui aura la tête près du bonnet, qui aimera la musique et qui sera bon danseur, et si je m'apercevais trop tard qu'il est intelligent, je quitterais le toit conjugal.

« Dick n'est pas encore rentré, et il est près de huit heures. Veronica est censée être au lit, *mais* j'entends des choses tomber sur le plancher de sa chambre. Dick rentrera bien fatigué. Il y avait aujourd'hui trois cents moutons à ramener d'Ilsley et à parquer avant le souper.

J'ai fait en sorte qu'il trouve un bon dîner.

« Et maintenant, parlons d'affaires. Le jeune Bute a passé la journée ici. Il reviendra vendredi. À propos de vendredi, n'oublie pas que c'est le jour de Mme Saint-Leonard. Elle espère avoir le plaisir de faire ta connaissance, et croit qu'il y aura chez elle une ou deux personnes que nous pourrions aimer rencontrer. D'où je conclus que la moitié des notables des environs ont été invités à faire ta connaissance. Apporte, par conséquent, ton habit ; et si Petite mère peut mettre la main sur ma robe de mousseline rose avec des pois, mets-la dans ta valise. Si elle n'est ni dans ma garde-robe, ni dans le dernier tiroir de la chambre de Veronica, elle doit être dans le carton, sous le lit de maman. Ne la chiffonne pas, fais bien attention. Quant à la ceinture, Petite mère a dû la ranger quelque part. Si tu approuves ses projets, — je parle de ceux du jeune Bute, — il ne voit pas de raison pour que les travaux ne commencent pas immédiatement. Dois-je écrire au maître-maçon de venir te voir vendredi ?

« Il propose — le jeune Bute — de ne faire qu'une pièce de la laiterie et du corridor, ce qui fera un hall assez grand pour y faire tout ce qu'on voudra. Il dit qu'on pourra même y danser. Il est évident qu'il s'est donné beaucoup de peine. Quelques-unes de ses idées sont raisonnables. Mais naturellement, il faut qu'il comprenne bien que ce qui importe, c'est notre volonté et non la sienne. Par exemple, je lui ai répété ce que tu m'as dit : que je pourrais avoir ma chambre exactement comme je la voudrais, je lui ai exposé mes idées, Il a d'abord fait mine de croire que je ne savais pas bien ce dont je parlais : je lui ai clairement montré le contraire : pour finir, il a consenti à suivre mes indications, à la condition que je les lui mette sur le papier, il me déplaît moins maintenant que la première fois. En général, il est capable d'être assez aimable, quand il veut. C'est quand il parle « d'élévation », de « plan », et de « coupe », qu'il m'agace le plus. Dis à Petite mère que je lui écrirai demain. Est-ce qu'elle ne pourrait pas venir avec toi vendredi ? Tout sera remis en ordre… »

Le reste de la lettre était d'un caractère plus secret et je ne lus pas plus avant, du moins à haute voix.

Au moment où Robina terminait sa lettre, on avait frappé à la porte. C'était le journaliste du pays. Il n'y avait pas de quoi s'alarmer ; il était de beaucoup le plus troublé des deux.

« Il s'est tellement confondu en excuses, *écrivait Robina,* que si je n'étais pas venue à son secours, il serait parti en oubliant pourquoi il était venu.

« J'ai pensé que ce qu'il y avait de mieux à faire, c'était de mettre ce jeune homme dans notre jeu. J'ai fait appel à ses sentiments chevaleresques pour que la feuille locale nous épargnât la triste notoriété qui, je le sentais bien, jetterait son ombre sur toute ma vie. Je sais être gentille, quand je veux. Nous nous sommes serré la main, tu peux être tranquille. Je crois que le Courrier de Berkshire ne parlera pas de l'explosion du fourneau.

« Dick vient de rentrer. Il écrira, dit-il, quand il aura fini de manger, pas avant. »

*

La lettre de Dick, que Petite mère semblait attendre avec la plus grande impatience, nous arriva le mercredi matin :

« Si tu veux savoir ce que c'est que travailler dur, fais-toi cultivateur, disait Dick. Pourquoi nous sommes-nous jamais occupés d'autre chose ? Pourquoi s'enferme-t-on dans des bureaux, à faire des travaux qui ne sont utiles à personne ? Si je savais écrire, tu comprendrais ce que je veux dire. Pourquoi ne vivons-nous pas tous dans de modestes maisons, pourquoi ne tirons-nous pas de la terre tout ce dont nous avons besoin ?

« Ce serait si simple. Voilà de pauvres diables qui menaient la charrue ; on les fait descendre dans les mines ; on les fait travailler presque nus devant des chaudières. Tout cela pourquoi ? Pour construire une machine qui fera la culture à leur place. À quoi cela rime-t-il ? Sans doute, il y a des machines utiles. Je voudrais avoir une auto ; les chemins de fer et les bateaux à vapeur sont fort bons ; mais nous nous passerions très bien de la moitié des bêtises dont nous avons envie. Et il nous resterait du temps et des forces pour produire des choses dont tout le monde a besoin. Les choses se passent dans la vie comme à l'école, où il fallait tellement bûcher les racines grecques qu'on n'avait pas le temps d'apprendre la syntaxe. Regarde Denis Yewbury. Il possède en Écosse je ne sais combien d'arpents de terre. Il mènerait une vie heureuse à les cultiver. Au lieu de cela, il y élève quelques centaines d'oiseaux, qui ne suffiraient pas à nourrir une famille, pour aller chasser en automne. Le reste du temps, il s'occupe du matin au soir à duper ses clients dans un infâme taudis de la cité, ce qui lui *permet* de remplir sa maison de bibelots et de couvrir de bijoux sa femme et ses filles. Naturellement, il faudra toujours des types épatants comme toi pour écrire des livres. On ne pourrait pas non plus se passer complètement de médecins ; mais, si on menait une existence raisonnable, la moitié de ceux qui existent suffirait. Pourvu qu'on ait une maison confortable, de quoi manger à sa faim, de quoi boire à sa suffisance, et quelques chiffons pour que les femmes soient plus jolies, tout le reste est de la fichaise.

« Cela peut paraître ridicule, mais je voudrais que ce fût vrai. En tout cas, j'ai l'intention de faire en sorte que ce soit vrai pour moi. C'est dire que je te suis très reconnaissant, mon cher papa, de me donner l'occasion de me préparer à une vie normale. La culture était ma vocation. J'aurais détesté être avocat, mettre exprès les gens mal ensemble pour gagner ma vie. Fermier, on sent qu'en se faisant du bien à soi, on fait aussi du bien tout autour de soi. Mlle Jeannie est de mon avis. C'est la femme la plus raisonnable que j'aie connue et Robina l'aime beaucoup. Le vieux aussi est un type. Je crois que je lui plais. Il a l'air de considérer les navets eux-mêmes comme des personnes. Il vous fait voir le fond des choses. Par exemple, je croyais jusqu'ici qu'un champ n'était qu'un champ ; qu'on le grattait et qu'on y plantait des semences, et que tout le reste dépendait du temps. Eh bien, pas du tout. Un champ vit, c'est une chose vivante. Il y a de bons champs qui ont la volonté de s'améliorer, qui sont reconnaissants de tout ce qu'on fait pour eux, qui sont fiers d'eux-mêmes. Et il y a des champs stupides à qui on a envie de donner des coups de pied. Tu peux dépenser cent livres d'engrais sur ces champs-là, cela ne fait que les rendre plus bêtes. D'autres sont délicats comme des malades. Nous en avons un, une bande de terre à peau sèche qui borde la route de Fyfield, qui a l'air de sentir les choses plus profondément que les autres. De quelque point de la rose que souffle le vent, c'est lui qui souffre le plus ; après un orage, on a envie d'aller voir si ce n'est pas lui tout seul qui a reçu l'averse.

« Saint-Leonard, qui a des théories à tous les usages, prétend que chaque coin de terre emprunte son caractère propre à l'esprit des morts enterrés dans son sein. Nous avons un terrain de sept arpents juste à mi-flanc du coteau. Il dit qu'il ne passe jamais devant sans lui tirer son chapeau. Quoi qu'on y mette, tout y pousse tout seul; tandis que, pour d'autres champs, c'est toujours la semence qu'on leur donne dont ils ne voulaient pas; ils sont comme ces enfants capricieux qui pleurent toujours pour avoir le gâteau des autres.

« Il n'y a aucune raison pour que ce champ-là soit bon, si ce n'est que c'est son caractère d'être ainsi. Il est exposé à l'est; pendant la moitié de la journée, la forêt lui cache le soleil; mais, du peu qu'il reçoit, il tire le meilleur parti. Saint-Leonard dit qu'il doit dormir là-dessous quelque vieille grand-mère au cœur pur, qui chantait des chansons d'amour en faisant son ouvrage. À propos du caractère des champs, quel joli champ Jeannie ferait !

« Que diable as-tu bien pu faire à Veronica ? Elle se promène partout, un cahier de classe à la main; si on lui parle, au lieu de répondre, elle écrit. Elle écrit autant qu'elle peut. On ne sait pas quoi. Elle dit que c'est affaire entre elle et toi, et que, plus tard, tout cela fera quelque bruit. Ce matin, je prends sur moi de lui dire ce que je pensais d'elle pour avoir oublié de donner à manger à son âne. Je m'attendais à l'entendre débiter mille raisons plus spécieuses les unes que les autres : que premièrement, elle avait pensé à lui donner à manger; que deuxièmement, ce n'était pas à elle à le nourrir; et troisièmement, que l'âne aurait été soigné si des circonstances majeures ne l'avaient pas empêchée de le nourrir ; et quatrièmement, que ce n'est pas le matin qu'on nourrit un âne, et ainsi de suite. Au lieu de cela, elle sort son cahier, et me prie de répéter ce que j'ai dit.

« J'oublie toujours de demander à Jeannie ce que cet âne doit manger. Nous avons essayé le foin et les chardons. Les chardons ne lui servent qu'à se gratter, il se frotte dessus ; pour le foin, il a l'air de ne savoir absolument qu'en faire. On dirait qu'il ne veut pas qu'on prépare un repas exprès pour lui, qu'il veut se contenter de ce que nous mangeons nous-mêmes. Du pain beurré, coupé pas trop mince, du gâteau avec une pomme, voilà l'idée qu'il se fait d'un petit-déjeuner pour âne. Comme boisson, il préfère à toute autre chose le thé sucré, avec beaucoup de lait. Robina dit que c'est perdre son temps que d'aller lui apprendre à entrer dans la salle à manger, quand la cloche sonne. Pour l'instant, ce qui nous sert de cloche, c'est le réveille-matin. Il n'est bon qu'à cela ; on ne peut pas compter sur lui pour nous faire lever. Et je me demande comment je ferai quand la vache sera dans l'étable là-haut. Car c'est elle, maintenant, qui m'éveille. Elle fonctionne très régulièrement à quatre heures et demie précises ; et j'ai une peur bleue qu'elle se rendorme, un jour ou l'autre. Notre réveille-matin ressemble à ces appareils dont on parle dans les contes. Tu as écrit là-dessus quelque chose qui n'était pas mal ; mais j'avais cru jusqu'ici que tu l'avais inventé. Je l'avais acheté parce qu'il sonnait fort. Il sonne encore, mais ce qui est gênant, c'est que, quoi qu'on fasse, il n'y a pas moyen de le faire sonner avant six heures du matin. Dimanche soir, je l'avais réglé pour qu'il marche à quatre heures et demie. Eh bien, si notre bonne vache n'avait pas beuglé, Dieu sait quand je serais parti pour la ferme. Le réveil a bien sonné à quatre heures et demie, mais c'est seulement l'après-midi, pendant le goûter. Nous l'avons démonté. Il fait tout ce qu'on veut pendant le jour. Mais on dirait qu'il s'est fixé lui-même ses heures de travail ; il refuse de se laisser déranger pendant le temps réservé à son repos. J'ai voulu le jeter par la fenêtre, mais Robina a dit qu'il fallait le garder pour toi ; que tu pourrais, peut-être, en faire quelque chose. Elle veut dire : écrire quelque chose sur le réveil.

« Je ne me rappelle plus du tout ce que tu avais dit à Robina à propos de sa chambre à coucher. Bute est venu me voir à ce sujet. Il paraissait contrarié. Dans la chambre comme la veut Robina, il n'y aurait que des fenêtres. Bute dit qu'elle aurait l'air, une fois terminée, d'une mauvaise réplique du phare d'Eddystone ; qu'il n'y aurait pas de place pour mettre le lit ; que, s'il y fallait faire une cheminée, on devrait la mettre dans le placard ; bref, que le seul moyen qu'il voie d'y entrer et d'en sortir serait de faire percer une porte dans le mur de la salle de bains. Robina, de son côté, prétend que tu l'as autorisée à faire absolument comme elle voulait, et que Bute n'a qu'à faire comme elle dit. Mais Bute fait très justement remarquer qu'il n'est pas possible d'aménager une *chambre* dans une maison comme si le reste de la maison n'existait pas. J'ai conseillé à Bute de retourner voir Robina, de lui dire qu'elle avait parlé comme un étourneau (naturellement, il devrait lui dire cela poliment), et qu'il ne tiendrait aucun compte de ce qu'elle a dit. Ce fut comme si je lui avais proposé d'entrer dans une cage aux lions et de tirer la queue des fauves. Je ne sais pas ce que Robina lui a fait. J'ai dû lui promettre de parler moi-même à Robina. Robina est montée sur ses grands chevaux. Tu l'entends d'ici : « Et si ça me plaît, à moi, de vivre dans une chambre où je verrai clair pour me coiffer ! Est-ce que cela le regarde ? De quoi se mêle-t-il ? S'il n'est pas capable de dessiner une chambre toute simple… etc. » Pour finir, elle déclara qu'elle ne voulait pas de chambre du tout et qu'elle mettrait une paillasse dans l'office.

« Il faudra que tu lui parles toi-même. Je ne veux plus m'en mêler.

« N'oublie pas que c'est vendredi le jour des Saint-Leonard. J'ai promis à Jeannie que tu y serais en grande tenue. (Entre parenthèses, ne lui dis pas que je l'appelle Jeannie. Elle pourrait s'en froisser). Tout le pays sera là. Tu feras ici la pluie et le beau temps, si tu le veux. Il n'y a pas d'autre homme célèbre avant d'arriver de l'autre côté des Fonds d'Ilsley. La semaine dernière, on disait que tu étais ici incognito, sous le costume d'un bonhomme qui loge à l'auberge du Pêcheur retraité ; c'est un vagabond qui reste assis toute la journée dans une barque, à boire du whisky. Je l'ai vu. Il est effrayant. Voilà l'idée que les gens d'ici se font d'un homme de lettres. Ils se figurent que c'est une espèce de chemineau inspiré. Une dame que j'ai rencontrée ici dimanche, et qui viendra vendredi, m'a pris à part pour me demander de quoi tu parles quand tu causes (sic). Personnellement, elle se réjouit de t'entendre ; mais elle voulait savoir si elle ne ferait pas mieux de ne pas amener ses enfants.

« À propos, il faut que tu parles sérieusement à Veronica. La campagne paraît lui réussir. Elle s'est prise de goût pour le braconnage, elle et les jumeaux. Le braconnage est le seul péché que les jumeaux n'avaient pas encore commis. Mais Veronica veillait. C'est moi, heureusement, qui, l'autre jour, les ai rencontrés tous les trois, rentrant à la maison avec dix cadavres de lapins suspendus à une perche que les jumeaux portaient entre eux sur leurs épaules. Veronica allait devant, en éclaireur, mettant tous les dix pas l'oreille en terre, pour repérer l'ennemi. Elle était consternée de ne pas m'avoir entendu venir, comme si les lois naturelles eussent été brusquement dérangées. Ils avaient trouvé ce chapelet de gibier pendu à un arbre ; il leur avait paru tout naturel que la Providence l'eût mis là tout exprès pour eux. Heureusement, le garde n'était pas là ; il y a des gens qui adorent compliquer les histoires.

« J'ai pris Veronica à part et je lui ai fait un peu de morale. Elle a répondu que tu lui avais dit qu'il importe peu que l'homme soit bon ou méchant, que cela ne change rien à ce qui doit arriver. Cela étant, elle trouve que ce qu'elle a de mieux à faire, c'est jouer à tout ce qui lui plaît sans restriction. « Pourquoi ne joues-tu jamais à faire le bien ? » lui ai-je dit. (Il n'y a rien de meilleur pour soi-même que de donner des conseils aux autres. Je crois que si j'avais eu, depuis mon enfance, un enfant à élever, j'aurais fait un garçon modèle.)

« Elle a répondu qu'elle supposait qu'elle était née mauvaise. Et comme je lui disais qu'il y avait là quelque chose de bien désobligeant pour ses parents, elle expliqua que son cas était le cas bien connu du retour aux origines. Le maître-maçon a un chien qui aurait dû être un fox-terrier, mais qui n'en est pas un ; c'est lui qui a dû mettre cela dans la tête de Veronica.

« Une chose qui te choquera, cher papa, c'est la cruauté des campagnards. Ils prennent les pauvres bêtes au piège, les laissant parfois souffrir mille agonies, pendant des jours entiers, sans parler de la peur et de la faim. On entend souvent, quand on passe, des bêtes qui poussent des plaintes ; pas moyen, naturellement, de les découvrir ; elles se taisent dès qu'on approche.

Il y a de quoi rendre les paysans haïssables. Quand on leur parle de cela, ils se contentent de sourire. Jeannie dit qu'il est affreux d'y penser. M. Saint-Leonard a essayé d'obtenir du curé qu'il en parle en chaire. Il a répondu qu'il croyait préférable que l'Église s'en tienne à sa grande mission. Quel âne !

« Emmène Petite mère avec toi ; nous désirons qu'elle soit là vendredi. Et fais-lui mettre une belle robe. Demande-lui si elle a encore la mauve avec de la dentelle qu'elle portait aux régates de Cambridge, l'année avant l'année dernière. Dis-lui qu'elle ne dise pas de bêtises : cette robe n'était pas du tout trop jeune pour elle. Est-ce que tu pourrais m'avoir un fusil ?.... »

Le reste de la lettre était sur le fusil. Je regrettai d'avoir lu le mot à haute voix. Petite mère en fut inquiète pour le restant de la journée.

*

La lettre de Veronica arriva le jeudi matin. Je la lus dans le train, en partant. J'ai pensé qu'il était préférable, en la transcrivant ici, d'adopter l'orthographe à laquelle le lecteur est habitué :

« Tu seras content d'apprendre, écrivait Veronica, que nous allons tous très bien. Robina travaille énormément, mais cela lui fait du bien. Naturellement, je l'aide autant que je peux. Je suis contente qu'elle ait un garçon pour l'aider. Pour faire le nettoyage. C'était trop pour elle seule. C'est pour cela qu'elle était toujours de si mauvaise humeur. On ne peut donc pas lui en garder rancune. La besogne est dure. On n'est jamais propre. C'est un brave garçon. Mais il a été très négligé. Aussi sait-il fort peu de chose. Je lui apprends la grammaire. Il disait: «J'étions» et «alle est». Mais il fait déjà des progrès. Il dit qu'il a bien été à l'école. Mais qu'on ne s'est pas occupé de lui. Il n'y avait pas moyen, non plus. Je pense que c'est la méthode qui ne valait rien. Robina dit que je ne dois pas trop le corriger. Parce que tu veux qu'il continue à parler patois. Je me bornerai donc aux règles élémentaires. Il n'avait jamais entendu parler de Robinson Crusoé. Quelle triste chose!

«Dimanche, nous sommes allés à l'église. Je ne pouvais pas retrouver mes gants. Et Robina était à crans! Saint-Leonard est arrivé à l'église sans son pantalon. Ça, c'était bien plus grave. On l'a retrouvé le soir. Le petit garçon qui a fait sauter notre fourneau est venu avec sa mère. Je n'ai pas parlé à la dame. Il est ensorcelé. C'est cela qui est cause qu'il a fait sauter le fourneau. Il n'en peut rien. Donc, tu vois que ce n'était pas ma faute. Après tout. Son grand-père a sauté. Il sautera aussi. Plus tard. Mais il est très courageux, en attendant. Et il va faire son testament.

«J'aime beaucoup les Saint-Leonard. Nous sommes allés chez eux, dimanche, prendre le thé. Saint-Leonard a dit que j'avais l'esprit vif. Je trouve que Mlle Jeannie est très belle. Dick est de mon avis. Elle me fait penser à un ange. Dick est du même avis. Et il dit qu'elle est si bonne pour ses petits frères et ses petites sœurs. C'est bon signe. Je trouve qu'elle devrait se marier avec Dick. Cela lui donnerait de la persévérance. Il travaille dur. Mais cela lui fait du bien. Nous déjeunons à sept heures. C'est moi qui mets le couvert. Il fait très beau le matin. Une fois qu'on est levé.

« Mme Saint-Leonard a deux enfants jumeaux. Ils lui causent beaucoup d'ennuis. Mais elle ne voudrait pas s'en séparer. Quelquefois, elle est très triste. Elle a eu de gros soucis. Je préfère la fille au garçon. Elle s'appelle Winnie. On dirait un garçon. Le garçon s'appelle Wilfrid. Ils n'ont pas sept ans. Mais ils savent bien des choses. Ils vont m'apprendre à nager. N'est-ce pas que c'est gentil de leur part ?

« Les deux plus grands des garçons sont là en vacances. Mais ils se donnent de grands airs. L'un d'eux m'a appelée "gamine". Je lui ai dit qu'il le regretterait. Quand il serait un homme. Parce que peut-être je grandirais en beauté. Et qu'alors il serait amoureux de moi. Mais il a dit que non. Alors je lui ai dit ce que je pensais de lui.

« La petite fille est bien gentille. Elle a le même âge que moi, à peu près. Elle s'appelle Sally. Nous allons écrire une pièce ensemble. Mais nous ne donnerons pas de rôle à Bertie. À moins qu'il ne change du tout au tout. Je serai une princesse qui ne sait pas qu'elle est noble, mais qui le sent. Sally sera une méchante sorcière qui veut que je me marie avec son fils. Jolie perspective ! Mais moi, je ne veux rien savoir. J'aimerais mieux mourir. Et d'abord, j'aime un berger qui garde les cochons. C'est un génie. Mais personne ne le sait. Au dernier acte, je porte une couronne. Et tout le monde rit. Excepté elle. Je crois que ça ne sera pas mal. Nous avons presque fini le premier acte. Elle écrit très bien. Elle a le sens de l'atmosphère. Je lui dis ce qu'elle doit mettre. Mlle Jeannie va me faire une robe avec une traîne. Et des paillettes d'or. Robina me prêtera son collier bleu. Naturellement, n'importe quoi sera bon pour la vieille sorcière.

« Tout le monde sera invité. M. Bute va nous peindre un décor. Il est très gentil. Robina dit qu'il s'en croit. Long comme le bras. Mais elle est très portée à critiquer, surtout les hommes. Elle en convient. Elle dit qu'elle n'en peut rien. Je le trouve très aimable. Dick est de mon avis. Nous pensons que Robina changera d'opinion. Il ne lui en veut pas. Parce que je lui ai dit qu'elle ne pense pas ce qu'elle dit. Que c'est sa façon d'être. Elle dit qu'elle sent qu'elle est injuste. Parce que, en somme, il est plutôt gentil. Je lui ai répété cela. Il a dit que j'étais une bonne petite fille. Il me procurera une vraie couronne. Robina dit qu'il a de beaux yeux. Je lui ai répété cela aussi. Il a ri. Il y a un monsieur qui vient ici, je crois qu'il est amoureux de Robina. Mais à ta place, je ne le lui dirais pas. Elle est trop susceptible quand on parle de cela. Il écrit dans les journaux. Mais je ne crois pas qu'il est (sic) riche.

Et Robina est très gentille avec lui. Jusqu'à ce qu'il s'en aille. Cela a commencé à propos de l'explosion. Il n'en parlera pas dans les journaux. Autant que possible. Mais naturellement, il a des devoirs envers le public. J'ai refusé de le recevoir. Je crois que cela vaut mieux. M. Slee, le maçon, dit que tout sera d'équerre pour demain. Donc, tu peux venir. Nous mangerons du ragoût de mouton et un pudding. Cela nous changera. Il est très gentil. Il dit qu'il lui arrivait toujours des histoires, à lui aussi, quand il était enfant. C'est l'expérience.

« Vendredi, nous irons tous ensemble à une réunion chez Saint-Leonard. Il faut que tu viennes aussi. Robina dit que je pourrai mettre ma nouvelle robe. Mais nous ne retrouvons pas la ceinture. C'est très curieux. Car je me rappelle fort bien l'avoir vue. Tu ne t'en serais pas servi, par hasard, pour une chose ou l'autre ? Je suppose qu'il faudra en acheter une nouvelle. C'est très ennuyeux. Mes nouvelles bottines n'ont rien valu. Elles auraient dû être inusables. Parce que Robina dit qu'elles ont coûté cher.

« L'âne est arrivé. Il est mignon. Il mange dans ma main. Il se laisse embrasser. Mais il ne veut pas avancer. Quand on crie fort. Moi et Robina, nous sommes sorties en voiture hier après le thé. Et Dick courait à côté de la voiture. Et il criait ! Mais il a fini par être enroué. Et alors, il n'a plus voulu avancer. Robina n'était pas contente. Parce que Dick a dit des gros mots. Il a même juré. Il dit que cela vient naturellement aux lèvres quand on crie fort. Robina disait que c'était affreux. Et que les gens pourraient l'entendre. Ça fait que nous sommes descendues, et nous avons poussé la voiture par-derrière jusqu'à la maison. Mais il est très fort, et nous étions très fatigués. Robina dit qu'elle le déteste. Dick va donner quelque chose à M. Hopkins. Pour qu'il lui dise comment il le fait marcher. Car M. Hopkins sait le faire galoper. Robina dit que ce doit être par l'hypnotisme. Mais Dick pense qu'il se pourrait que ça soit quelque chose de beaucoup moins compliqué. Je trouve M. Hopkins très gentil. Il dit que tu lui as promis de lui prêter un livre. Pour lui apprendre à parler comme un vrai paysan. De sorte que je lui ai prêté un livre à propos d'une fenêtre. De M. Barrie[1] qui est venu nous voir l'an dernier. Il y a un tas de mots rigolo dedans. Il va les apprendre par cœur. Mais il ne sait pas ce qu'ils veulent dire. Moi non plus.

« J'ai écrit un grand morceau de notre livre. Il promet d'être très intéressant. Tout se passe dans un rêve. C'est l'histoire d'un père. Le père ordinaire. Ni meilleur, ni pire. Et il monte. Il monte toujours. C'est une sensation agréable. Jusqu'à ce qu'il atteigne la lune. Et là, tout est charmant. Ce sont les enfants qui savent tout. Et qui ont toujours raison. Et les grandes personnes sont obligées

1. L'auteur de *Margarel Ogilvy* et d'un grand nombre de pièces de théâtre.

de faire tout ce qu'on leur dit. Ils sont bons, mais ils sont fermes. C'est la leçon qu'il lui fallait. À la fin, quand il se réveille, il est devenu meilleur. Je mets par écrit tout ce qui me vient à l'esprit. Comme tu m'as dit. Il y en a déjà beaucoup. Et on y voit combien les enfants sont injustement traités. On disait que c'était à moi à donner à manger à l'âne. Parce que l'âne est à moi. Je l'ai fait. Il n'est rien resté pour le souper de Dick. Et Dick a dit que j'étais une petite sotte. Et Robina a dit que je n'avais qu'à ne pas lui donner à manger. L'autre matin, il n'y avait rien à lui donner. Parce qu'il ne veut manger que du pain beurré, et que le boulanger n'était pas venu. Et puis, on l'avait perdu. Parce que l'homme qui vient pour traire la vache avait laissé la porte ouverte. Et que j'étais occupée. Dick a demandé si l'âne avait eu à manger. Et naturellement je ne l'avais pas fait. Alors, qu'est-ce que Dick m'a raconté ! Remarque qu'il ne m'a pas laissé placer un mot. Je l'ai laissé parler. Mais c'est pour te dire. Somme toute, nous sommes très heureux. Nous serons tout de même bien contents de te revoir. Les bonbons à la menthe ne valent rien, ici. Et ils coûtent horriblement cher. En comparaison de Londres. Eh bien, t'ai-je écrit une bonne lettre ? Tu as dit que je devais toujours écrire comme je pense. Et pas de longues phrases. C'est ce que j'ai fait. Je crois que c'est tout. »

Je lus à haute voix quelques extraits de cette lettre à Petite mère. Elle déclara, quand j'eus fini, qu'elle était bien contente d'avoir décidé de partir avec moi.

CHAPITRE IX

Si les choses s'étaient passées sans accident, notre entrée chez les Saint-Leonard, le vendredi après-midi, n'eût pas manqué d'allure. Nous faisions nos débuts sur la scène locale. Robina avait déclaré que, dans ces occasions-là, il faut « renoncer aux économies de bouts de chandelles ».

Glossop, le loueur de voitures, avait conseillé un coupé à un cheval. Mais l'un de nous eût dû faire la route à pied. Je tâchai de faire reconnaître à Robina que la chose est courante à la campagne ; mais Robina répliqua, d'un air entendu, que trop de choses étaient liées, dans l'avenir, à la première impression qu'on aurait de nous. Elle dit que Dick voudrait que ce fût lui, et il fumerait la pipe après que nous l'aurions dépassé. Il fallait donc que la voiture fût assez grande pour nous contenir tous.

Robina choisit ainsi chez Glossop un landau découvert, grand comme un chalutier et peint en jaune canari. Mon impression fut qu'il eût fait bonne figure dans le cortège du lord-maire, et qu'il convenait mal aux déplacements d'une famille bourgeoise ; mais je n'insistai pas. Le vieux Glossop l'attela d'une belle paire de chevaux gris pommelés de haute croupe. Une seule chose clochait, le cocher. Je n'aurais pas pu dire pourquoi, mais je sentais que le mot de cocher était trop pompeux pour le charretier qu'on avait mis sur le siège.

On partit au petit trot. Veronica, qui avait encore fait des siennes pendant la plus grande partie de la matinée, était assise, raide comme la justice, à l'extrême bord de sa banquette, dans l'attitude d'une femme qui est définitivement détachée du monde. Dick, en gants mauves, que Robina avait achetés pour lui, se tenait à côté d'elle ; Petite mère et moi, perchés sur le siège arrière. Nous ne pouvions songer à nous adosser : le siège était si profond qu'il eût fallu se coucher sur le dos pour toucher le dossier.

Petite mère, qui s'était mis en tête que les Saint-Leonard lui seraient antipathiques, paraissait peu disposée à prendre part à une conversation générale. Quant à moi, j'avais oublié mon étui à cigares. Rien ne m'agace plus que d'être bousculé au moment de partir. Je prévoyais que je devrais me passer de fumer pendant trois heures. Robina, qui avait, depuis peu, changé d'avis sur le charme des taches de rousseur, s'abritait sous l'ombrelle de sa mère. Elles la tenaient presque horizontalement devant elles, ce qui les empêchait de voir ce que Dick et Veronica faisaient. Et moi, qui regardais les promeneurs, je passais mon temps à me demander pourquoi chacun riait sur notre passage. N'était la voiture jaune, qu'ils devaient avoir déjà vue, nous ne formions pas, me semblait-il, un tableau tellement ridicule.

Un groupe de cyclistes partit d'un grand éclat de rire. Ce qui fit dire à Robina que, vivant désormais à la campagne, nous devions veiller à ce que le grand air et la solitude ne nous abrutissent pas. Elle avait constaté, dit-elle, cette tendance des gens de la campagne à devenir idiots de bonne heure. Ces craintes me parurent d'autant plus vaines que j'avais deviné, dans l'intervalle, ce qui faisait rire les passants. Dick avait trouvé, derrière les coussins de la voiture, oublié là lors d'un récent mariage, un énorme livre de messe, richement relié. Lui et Veronica tenaient le livre ouvert entre eux deux. Et ils jouaient à faire semblant d'être à l'église, roulant des yeux blancs et remuant les lèvres de la plus grotesque façon.

Dick, en garçon prudent, tenait un œil fixé sur l'ombrelle ; et quand l'ombrelle, au passage d'une zone d'ombre, se relevait pour découvrir Petite mère et Robina, les yeux de Veronica et de Dick avaient eu le temps de feindre un intérêt prodigieux pour un vol d'hirondelles.

Robina dit qu'elle se plaindrait à M. Glossop des insultes auxquelles des gens respectables étaient exposés en se promenant dans sa voiture. Elle proposa de grimper la côte à pied. Le charretier déguisé en cocher nous le déconseilla vivement, à cause de la chaleur, qui était torride, et de la longueur de la côte ; il nous dit de rester tranquillement assis. Mais Robina n'en fut que plus décidée à marcher. Elle accusa le conducteur de manquer de pitié pour les pauvres bêtes. Robina pousse peut-être un peu loin la pitié pour les animaux. Quand elle était enfant, il lui arrivait de frapper son frère sur la tête avec le soufflet, parce que Dick refusait de parler bas près du chat qui dormait.

Tout le monde descendit, à l'exception de Veronica, qui, s'étant blessée au genou, fut autorisée à rester dans la voiture. Le mal dont souffre Veronica est un mal parfois bien étrange. Il survient à l'improviste. Le médecin n'y verrait rien, et cependant le visage de l'enfant attendrirait le cœur le plus dur. Elle dit qu'elle souffrait depuis le matin et que, si elle n'en avait rien dit, c'était pour ne pas nous alarmer. Petite mère, qui craint que le mal soit héréditaire — une de ses parentes éloignées ayant souffert d'une ankylose — installa Veronica aussi confortablement que le permettait la douleur ; et la caravane reprit sa marche, le landau devant, et nous par-derrière.

Je ne voudrais pas affirmer que les chevaux ont le sens de l'humour ; la chose aurait besoin d'être prouvée ; mais j'ai souvent pensé que si. J'ai eu jadis un cheval qui prenait un malin plaisir à taquiner les demoiselles ; pas moyen d'expliquer la chose autrement. À quatre cents mètres, il voyait venir une jeune fille. Il choisissait de préférence une personne fière, bien mise, contente de soi. À mesure que nous approchions, il regardait l'inconnue d'un œil dilaté par l'effroi. Il y mettait une telle insistance que la promeneuse ne pouvait pas ne pas le remarquer.

À cent mètres, il commençait à prendre le bas-côté de la route, comme s'il voulait éviter un obstacle. Sa crinière se hérissait; ses naseaux soufflaient la peur. Je voyais la figure de la pauvre fille se couvrir de honte. Et au moment où nous passions à côté d'elle, le cheval, faisant un brusque crochet, franchissait la route dans toute sa largeur, fixait effrontément l'inconnue et faisait mine de ruer. En me retournant sur ma selle, je voyais la pauvre femme, les bras levés, en appeler à la justice de la nature et chercher dans le paysage un miroir absent.

« Qu'est-ce que j'ai donc sur moi de si ridicule, devait-elle se dire à travers ses larmes, que les bêtes des champs elles-mêmes ont peur de moi ? »

*

Arrivé à mi-côte, le gris pommelé de droite se retourna et se mit à nous regarder. Nous étions à deux cents mètres à peu près en arrière. Il murmura quelque chose au gris pommelé de gauche et le gris pommelé de gauche se retourna et nous regarda aussi. Je devinai dès lors ce qui allait se produire. C'est un tour que des chevaux m'ont déjà joué.

Je hélai le cocher. Trop tard. Les deux gris pommelés prenaient le galop et, pressant l'allure et filant comme le vent, franchissaient le reste de la côte et disparaissaient sur l'autre versant.

Dick cria à Petite mère de pas avoir peur et partit à toutes jambes, c'est-à-dire à vingt kilomètres à l'heure à peu près. Pour moi, je crois que j'en devais bien faire quatre, ce qui n'est pas négligeable pour un homme ayant dépassé la première jeunesse et vêtu d'un habit mal conçu pour faire du sport. Robina, indécise sur le point de savoir si elle devait suivre Dick ou rester pour rassurer sa mère, courait de l'un à l'autre comme une perdue. Quant à Petite mère, il était visible qu'elle n'espérait plus qu'une seule chose au monde : arriver assez tôt sur le lieu de la catastrophe pour recevoir les dernières volontés de Veronica.

C'est dans cet ordre-là que nous arrivâmes chez les Saint-Leonard. Veronica, assise sous une tente, sirotait une limonade, et faisait le récit de son aventure avec une modestie qui avait déjà conquis tous les cœurs. Les autres, avait-elle expliqué, arriveraient un peu plus tard.

J'envoyai Dick porter la bonne nouvelle à Petite mère. Le jeune Bute voulait l'accompagner, prétextant qu'il arriverait le premier.

Il arriva le premier, en effet. Mais, dans la vie, l'intention ne suffit pas. Il faut que ce monde soit décidément bien mal fait. Si le monde était bien fait, pourquoi serait-ce justement nos bonnes actions qui nous attireraient des ennuis ? L'insistance de Robina à nous faire descendre de voiture partait d'un tendre sentiment. Qu'en avait-elle tiré ? Rien que des reproches. Il est rare que Petite mère s'abandonne à la colère ; mais, quand elle se fâche, elle profite de l'occasion pour se livrer à ce qu'on serait tenté d'appeler un grand nettoyage mental. Tous les vieux bouts de colère qui traînent dans les coins de sa mémoire, toutes les raclures d'indignation qui dorment là, presque oubliées, elle va les chercher, les déniche, les groupe, les balaie, en fait un gros tas. La méthode peut avoir ses avantages. Quand le nettoyage est terminé, Petite mère demeure extraordinairement bienveillante, même à l'égard de ses parents les plus proches. Après une de ces explosions, il est impossible pendant longtemps de tirer d'elle une parole désagréable. Il faut attendre parfois des mois entiers. Mais quand le nettoyage est en train, rien ne peut l'arrêter. Il faut que tout sorte. Avant d'avoir atteint le haut de la côte, Robina avait entendu le relevé le plus complet de tout ce qu'elle avait commis de méfaits depuis l'avant-dernière fête de Noël.

Non, l'intention ne suffit pas. Tandis qu'il courait, le jeune Bute n'avait qu'une seule pensée : abréger les angoisses d'une mère et d'une sœur. Or il advint que le nouveau chapeau de Robina, mal conçu pour la course à pied, s'était envolé. Il avait, en tombant, entraîné le savant édifice, de la coiffure des grands jours. Pour soutenir cet édifice les femmes se servent d'un accessoire inoffensif qu'on nomme, à ce qu'on m'assure, un crépé. Bute rejoignit Robina à l'instant précis où, retournant sur ses pas, elle cherchait le crépé qu'elle avait perdu. Mais cela n'est rien encore. Bute, qui est assez veinard, trouva le crépé. Petite mère le remercia et prit le bras de Dick, pressée de se convaincre par elle-même. Robina resta donc derrière avec Bute.

Si Bute m'en avait laissé le temps, s'il avait pris mon avis avant de partir étourdiment « porter la bonne nouvelle », je lui aurais conseillé de laisser faire Dick, qui d'ailleurs, ne suivait pas de bien loin. Lui-même eût été faire un petit tour dans la direction opposée ; il serait revenu une demi-heure plus tard, feignant d'arriver à l'instant même ; à ce moment-là, Robina, grâce au peigne et à la brosse de Jeannie, et peut-être à sa propre houppette, eût repris quelque assurance. Pourvu qu'on lui en laisse le temps, Robina n'est pas dépourvue d'humour. Elle aurait fait, de l'accident, un récit brillant et spirituel. Sans le dire explicitement, elle aurait laissé entendre à demi-mot qu'elle seule, au cours de l'aventure, était restée de sang-froid. Nous aurions fourni, Dick et moi, l'élément comique. Cela eût fait une histoire charmante. Robina eût adoré la raconter : elle eût été reconnaissante à ceux qui l'auraient écoutée avec bienveillance. Eh bien, Bute avait compromis tout cela. Son intention louable ne lui valut, en fin de compte, que quelques remarques aussi désobligeantes qu'injustes.

Nous confrontâmes nos deux expériences, ce soir-là, en fumant la pipe. Et Bute me conta l'histoire d'un de ses amis, un étudiant en droit dont il avait partagé le logement quand il était à Édimbourg. Jamais meilleur cœur n'avait battu ; jamais homme n'avait eu pour les femmes regard plus tendre et plus chevaleresque. Or les misères dont la vie abreuva ce digne jeune homme pouvaient difficilement, m'assura le jeune Bute, être imaginées par ceux qui n'avaient pas vu cela de leurs yeux.

Il se prenait toujours de la plus chaude sympathie pour la jeune fille désagréable et simple d'esprit, ou pour la moins attrayante des vieilles filles. Cela tenait à ce qu'il ne pouvait s'empêcher de penser à tout ce qui avait manqué à l'une et à l'autre et qui continuerait à leur manquer toute leur vie : le bonheur de se sentir aimée, ne fût-ce qu'une fois, ce qui est le droit de toute femme, et la joie de voir le regard de celui qui l'aime s'animer à son approche. Le bon jeune homme eût été mormon qu'il les eût toutes épousées. Ainsi les disgraciées eussent connu, elles aussi, les joies du foyer, senti la douceur de s'appuyer au bras d'un époux. Mais il était chrétien, ce qui bornait le pouvoir qu'il avait de faire le bien. Tout de même, il finissait généralement par les guérir de cette obsession qu'elles vivraient toute leur vie sans connaître jamais une affection masculine. Dans la mesure où il le pouvait, il faisait si bien qu'il ne restait pas une de ces disgraciées qui n'eût un jour le droit de dire :

— Même moi, j'ai eu un jour un amoureux. Non, cela n'a pas fini par un mariage. Ce fut un de ces amours platoniques auxquels un engagement définitif, un anneau passé au doigt, eût enlevé toute poésie. Ce ne fut qu'un bel amour qui entra dans ma vie, et puis passa, laissant derrière soi un parfum dont tous mes jours sont restés embaumés…

C'est ainsi, du moins, qu'il imaginait qu'elles parleraient de cet amour, après bien des années, à la petite nièce ou au petit neveu qui leur poserait d'innocentes questions. C'est ainsi qu'il se figurait qu'elles en parleraient avec elles-mêmes. Les cercles où fréquentent les futurs avocats sont-ils particulièrement féconds en vieilles demoiselles dénuées de charme, ou bien n'y eut-il là qu'une coïncidence exceptionnelle ? Bute n'aurait pu le dire. Mais ce qui est sûr, c'est que le nombre des femmes aux visages acides et des vieilles filles en surnombre semblait plus considérable que d'habitude, cet hiver-là, à Édimbourg ; de sorte que le jeune Hapgood avait été fort occupé. Il leur faisait la cour, non pas d'une manière importune qui les eût exposées au ridicule — plusieurs d'entre elles étaient d'âge à être sa mère — mais plutôt par des allusions, par des insinuations subtiles.

Ses sentiments, c'est du moins ce qu'elles se figuraient, étaient trop profonds pour que des mots pussent les peindre ; mais le regard adorateur dont il suivit chacun de leurs mouvements, l'extase indicible avec laquelle il semblait boire leur dernière remarque sur la température, le ton de révérencieuse angoisse qu'il prenait pour s'intéresser à leur moindre bobo, tout conspirait à les amener à croire qu'une déclaration qu'il n'osait pas formuler lui brûlait les lèvres. Il ne marquait de préférence à aucune. Il suffisait qu'une femme fût déplaisante à voir pour qu'il mît à ses pieds le simulacre d'une passion qui paraissait devoir durer autant que la vie. Il leur faisait porter des cadeaux — rien de très coûteux — enveloppés d'une manière plaisante et qui devaient évoquer l'anonymat à s'y méprendre ; ou des surprises de Sainte-Catherine soigneusement sélectionnées parmi les plus hardies. Il poussa l'abnégation jusqu'à embrasser une fois sur le front une vieille fille aux cheveux carotte, dont la figure était déshonorée par des verrues.

C'est la grande pitié qu'il éprouvait pour elles qui lui faisait faire tout cela. Noble idée, mais qui ne rendait pas. Les élues n'y comprenaient rien ; pas une qui devinât la raison profonde de cette sympathie. Toutes le croyaient positivement épris. Pendant un certain temps, elles attribuaient à la crainte de l'avenir sa réserve à en venir au point ; mais, à mesure que les mois passaient, elles commençaient à trouver qu'il poussait trop loin le sentiment de sa propre indignité. Elles l'encourageaient, lui fournissaient des occasions de se déclarer ; elles allaient parfois si loin dans cet ordre d'idées qu'elles se demandaient avec épouvante comment une femme avait jamais pu faire ce qu'il faut pour arriver au mariage. À bout de ressources, elles consultaient des amies sûres. En mainte circonstance, il arrivait que l'amie sûre consultée fût en même temps l'amie sûre d'une autre des disgraciées à qui Hapgood prodiguait ses soins. Les amies sûres commencèrent par intervenir. Quelques-unes osèrent lui présenter une liste de noms et le presser — d'abord sur le ton du badinage — de prendre parti entre ce qu'il entendait prendre et ce qu'il entendait laisser, offrant, en récompense d'une prompte décision, d'arranger les choses avec les évincées de la liste.

Il s'aperçut alors que ses bonnes intentions risquaient de le conduire à une catastrophe. Il ne voulait pas dire la vérité : que tout le plan avait été conçu par charité ; que, personnellement, il n'avait de goût pour aucune d'entre elles ; qu'il ne les avait entreprises, pour parler vulgairement, que pour leur rendre hommage et parce que personne n'y songeait. Il ne voulait qu'éclairer d'un souvenir leur existence par ailleurs vouée à la mélancolie. Il expliqua que, ce qu'il éprouvait, ce qu'il éprouverait toujours pour elles, ce n'était pas cette sorte d'amour qui seul excuse un homme de demander à une femme d'être à lui pour toujours, mais simplement une vive admiration, une profonde estime. Dix-sept d'entre elles pensèrent que c'était suffisant pour commencer et offrirent de courir le risque.

Il était temps que la vérité se fît jour. Les amis de Hapgood, qui connaissaient la noblesse de son caractère, ne pouvaient supporter de l'entendre traiter de dissolu, de sans-cœur et de dépravé. De leur côté, les dames dont la beauté n'était pas discutable, trouvaient touchant qu'il eût agi comme il avait fait. Mais celles à qui il adressait des hommages n'avaient qu'une envie : lui tordre le cou.

Hapgood fit donc ce qui lui parut le plus raisonnable ; il fit transférer son adresse à Aberdeen, où il avait une tante. Hélas ! L'histoire le suivit là-bas. Aucune femme d'Aberdeen ne voulut se montrer en sa compagnie. Le plus modeste hommage d'admiration de la part du pauvre Hapgood envoyait les plus jolies s'épancher dans le giron de leurs mamans. S'étant épris d'une jeune fille, il ne tarda pas à devenir éperdument amoureux d'elle. Mais il n'osa pas lui parler ; il n'osa se confier à âme qui vive. C'était le seul moyen qui lui restât de manifester son attachement. En ce bas monde, il ne suffit pas de vouloir bien faire. Il y a la manière.

*

Étant un jour en tournée de conférences dans le Colorado, j'y fis la connaissance d'un mari qui désirait envoyer des vœux de Noël à sa femme, laquelle demeurait à New York. Il était marié depuis dix-neuf ans, et c'était la première fois qu'il passait la Noël hors de chez lui. Il me décrivit tout son monde assemblé autour de la table du salon, femme, belle-sœur, l'oncle Silas, la cousine Jane, et Jack, et Willy, et la petite Lena aux cheveux d'or. Ils devaient être en train de parler de lui, et de souhaiter sa présence. Quelle joie ce serait pour eux d'apprendre de sa bouche qu'il pensait à eux, d'entendre les accents mêmes de sa voix. Or la science et le progrès venaient de rendre possible ce miracle. Certes, un coup de téléphone lui coûterait cinq bons dollars ; mais que pèsent cinq dollars en regard du privilège de donner du bonheur à toute une famille, le jour de Noël ? Mon homme riait tout haut à la pensée de la bonne surprise qu'il allait leur faire.

À New York, l'appel du téléphone se fit entendre au moment précis où sa femme, tenant d'une main son couteau et de l'autre sa fourchette, se mettait en devoir de découper la dinde. C'était une femme nerveuse. Deux fois depuis huit jours elle avait rêvé qu'elle voyait son mari sans pouvoir réussir à s'approcher de lui. La première fois, il entrait dans un magasin de Broadway. Elle l'y avait suivi. Il était à dix mètres d'elle, mais avant qu'elle eût pu le rejoindre, toutes les vendeuses accourues, formant le cercle autour d'elle, lui avaient barré la route. La deuxième fois, il montait dans un tramway de Brooklyn qu'elle avait pris pour rentrer chez elle. Elle avait tenté d'attirer son attention en faisant des signes avec son parapluie ; mais il ne la voyait pas ; et chaque fois qu'elle se levait pour se rapprocher de lui, une secousse de la voiture la faisait retomber sur son siège. Ayant pu enfin s'approcher, elle s'était aperçue qu'elle s'était trompée. L'homme qu'elle avait pris pour son mari, c'était le personnage qu'on voit sur l'affiche de la farine d'orge des Quakers. Comme elle le raconta plus tard, tout cela peut expliquer pourquoi elle tremblait de tout son corps en décrochant le récepteur.

Qu'on pût parler de Colorado à New York, elle eût refusé de le croire si on le lui avait dit. La chose, alors, était nouvelle, et la voix de son mari lui arrivait comme brisée. Je me tenais près du mari tandis qu'il parlait. Il était cinq heures du soir, ce qui devait faire à peu près sept heures à New York. Il dit qu'il était en bonne santé, qu'elle ne devait avoir aucune inquiétude, qu'il avait fait une promenade dans les Jardins de Dieu, (c'était le nom du parc local); qu'il avait bu l'eau des sources salines, qui abondent dans le pays, et qu'elles lui avaient fait du bien. Il adressa des compliments particuliers à une vieille cousine à héritage, personne sensible, et qui tenait aux égards. Il s'informa de la santé de chacun, envoya à tous sa bénédiction, et souhaita qu'ils fussent tous là près de lui, au pays du soleil éternel. Il en eût dit davantage encore; mais la durée normale de la communication ayant été atteinte et même dépassée, on lui coupa le contact. Il me proposa une partie de billard. Il était visiblement content de lui.

Il eût été moins satisfait s'il avait pu être témoin de ce qui se passait à l'autre bout du fil. Longtemps avant la fin de sa première phrase, sa femme avait acquis la certitude que le message venait d'outre-tombe. Ce jardin de Dieu, ces sources salines (elle avait compris : célestes ; il prononçait si mal !) étaient nettement rassurants. De même le soleil éternel (elle avait compris : le sommeil éternel). Mais qu'il eût besoin de s'informer de la santé des siens l'avait fort intriguée. Il ne connaissait donc pas toutes choses ? Peut-être était-ce parce qu'il était nouveau venu ? Elle avait d'abord répondu avec autant de cohérence que sa surprise le lui permettait ; après quoi, elle s'était effondrée sur le plancher sans connaissance. Le bruit qu'elle avait fait en tombant contre le porte-parapluies avait fait sortir tout le monde de la salle à manger. L'oncle Silas avait perdu la tête.

L'aîné des garçons, jeune homme pratique, ayant remarqué, avec beaucoup de bon sens, qu'il n'y avait rien à gagner à interrompre le repas, on l'abreuva de sottises. Comment pouvait-il penser à manger quand son pauvre père était au ciel ? Bref, à neuf heures, toute la famille montait se coucher sans dîner. Le lendemain matin, l'aîné des garçons eut le bon esprit de se lever de bonne heure et de télégraphier à son père, qui répondit par retour. On sut ainsi qu'il n'était pas encore au ciel, mais toujours dans le Colorado. Mon pauvre ami en fut quitte pour promettre qu'il ne recommencerait plus jamais.

J'aurais pu citer d'autres cas analogues, montrant quelle triste récompense est presque toujours réservée à la vertu. Mais, comme je l'expliquai à Bute, il eût été pénible de s'attarder sur ce sujet.

*

Il y avait beaucoup de monde chez les Saint-Leonard, en comptant un ou deux fonctionnaires de l'administration du comté. Tandis que je souhaitais du fond du cœur avoir fait une entrée plus modeste, une dame corpulente, de qui sortait un vibrato de petite flûte, fit courir le bruit que toute cette affaire avait été arrangée tout exprès.

Jeannie, toujours attentive, veilla à ce que Petite mère et Robina fassent leur entrée dans la maison par la laiterie, c'est-à-dire sans être vues; si bien que lorsqu'elles rejoignirent les autres invités, elles purent faire preuve d'un flegme tout à fait impressionnant.

Tout le monde fut très aimable. Des gens illettrés, pour me faire honneur, parlèrent littérature et théâtre; je leur donnai la réplique, m'étendant longuement sur l'agriculture et la chasse au renard, à quoi je n'entends rien du tout.

*

Je ne me rappelle plus le nom de l'imbécile qui a dit que l'homme qui parle de lui est insupportable. En fait, c'est le seul sujet, au contraire, que la moyenne des hommes connaisse assez pour intéresser un auditoire.

Je connais un type qui est en train de faire fortune dans le commerce des « aliments spéciaux pour enfants ». Nul n'est plus drôle que lui quand il parle des cocasseries qui accompagnent la constitution d'une société anonyme, ou des ruses auxquelles recourent les agents de publicité. Je l'ai entendu parler de cela pendant des heures, quand il était encore garçon. Il a commis la faute d'épouser une femme cultivée. Ce mariage lui a fait le plus grand tort. Il y a perdu ce qui faisait l'agrément de sa conversation. Aujourd'hui, informé de toutes choses, il parle de tout, mais il a cessé d'être drôle.

Si les acteurs et les actrices sont souvent des convives charmants, c'est qu'ils parlent d'eux-mêmes sans aucune retenue. Je me rappelle avoir assisté à un dîner chez l'un des avocats les plus réputés de Londres. Une romancière célèbre était assise à la droite du maître; un savant universellement respecté occupait la place d'honneur auprès de l'hôtesse, laquelle a écrit, sur le conflit des nationalités dans l'Amérique méridionale, un livre qui fait autorité dans tous les ministères européens des Affaires étrangères. Parmi les autres invités, il y avait un évêque, le rédacteur en chef d'un grand quotidien de la Cité, un homme qui connaissait comme sa poche le centre de la Chine, un révolutionnaire russe évadé de Sibérie, un auteur dramatique à la mode, un ministre, et enfin un poète célèbre dans tous les lieux de la terre où l'on parle l'anglais. Eh bien, tout ce monde-là resta pendant deux pleines heures suspendu aux lèvres d'une petite femme à tête de vipère, étoile d'opérette qui avait débuté sur les planches mal jointes et dans les coulisses immondes du dernier des cafés-concerts. Elle conta, d'ailleurs sans amertume, que l'instruction n'était pas obligatoire, de son temps, dans le district côtier de Chicago. Obligée, à treize ans, de gagner sa vie, les occasions de corriger son ignorance originelle lui avaient toujours fait défaut. Mais sa parole avait le charme de qui connaît son sujet; elle avait gardé la mémoire de toutes ses aventures, et elle avait assez d'esprit pour ne parler que de cela. Jusqu'au moment où elle avait pris la parole, la somme des bêtises débitées avait été considérable. L'évêque avait répété ce qu'il avait appris sur la Chine au cours d'un voyage à San Francisco, pendant que l'homme qui avait passé en Chine vingt années de sa vie exposait son point de vue sur l'avenir du théâtre anglais; l'hôtesse avait cru mettre le savant à l'aise en lui parlant du radium, dont elle savait peu de choses; l'auteur dramatique avait exposé de bout en bout son opinion sur la crise russe; le poète avait négligé de faire honneur au menu pour essayer, d'ailleurs sans le convaincre, de signaler au ministre des sources nouvelles d'impôts; le révolutionnaire russe avait conté une histoire, qu'il voulait spirituelle, où il était question d'un canard ; la romancière et le ministre avaient longuement disputé de science chrétienne, chacun s'imaginant à tort que l'autre était d'un avis contraire au sien ; le journaliste avait tenté d'exposer l'attitude de l'Église à l'égard de la théologie nouvelle ; notre hôte, enfin, l'avocat le plus spirituel du barreau, n'avait ouvert la bouche que pour parler au sommelier.

Il est probable que j'eusse pu intéresser ces bons fermiers et gentilshommes en leur parlant théâtre et littérature. Ils eussent pu, de leur côté, me fournir d'utiles renseignements sur l'interprétation qu'il convient de donner à la nouvelle loi sur la petite propriété. Au lieu de cela, ils se crurent obligés de me dire des fadaises. L'un d'eux me déclara, par exemple, que je lui avais sauvé la vie. Il voulait dire la raison. Un grand malheur l'avait tellement accablé qu'il en avait failli perdre la tête. Un de mes livres lui était tombé sous la main. Et maintenant, chaque fois qu'il se sentait la tête malade, il ouvrait un de mes bouquins, et lisait. N'importe lequel. Il faut toujours se réjouir d'avoir sauvé la vie à son prochain ; tout de même, on aimerait pouvoir choisir.

*

Je ne suis pas sûr que Petite mère aime jamais beaucoup Mme Saint-Leonard, et je ne pense pas que

Mme Saint-Leonard aime jamais Petite mère. J'ai cru remarquer, d'ailleurs, que Mme Saint-Leonard n'aime beaucoup personne, sauf, bien entendu, quand le devoir l'ordonne. Pour aimer les autres, il faut avoir des loisirs. Mme Saint-Leonard n'a pas une minute à elle. Tout son temps se passe à s'occuper de ses ennuis. Il n'est pas mauvais de s'habituer aux ennuis ; ils sont le pain quotidien de la vie ; il faut savoir en prendre son parti quand ils se présentent. Mais Mme Saint-Leonard se consacre entièrement à la culture des ennuis, à l'exclusion de tout autre objet. On dirait qu'elle considère cette occupation comme la seule qui soit digne d'une bonne chrétienne.

Un après-midi, je la trouve seule. Son attitude dénotait les plus graves préoccupations. Je lui demande si je puis lui être utile :

— Non, me dit-elle. Je suis en train de chercher à me rappeler ce qui m'a tant contrariée ce matin. Cela m'est complètement sorti de la tête.

Un peu plus tard, elle se rappela ce que c'était et se trouva bien soulagée.

À six heures et demie, nous prîmes congé, emmenant Bute souper chez nous.

CHAPITRE X

J'ÉTAIS ASSIS sur le perron avec Robina, attendant que Dick rentrât de la ferme, par le sentier, à travers les champs.

— N'empêche que c'est une brave femme, dit Robina.

— Qui est une brave femme ? demandai-je.

— Et c'est peut-être un vieux brave homme. N'empêche qu'il doit être bien agaçant, quelquefois. Je veux dire, quand on doit vivre constamment avec lui, poursuivit Robina, s'adressant apparemment à la lune.

— Tu parles des Saint-Leonard ? dis-je.

— Il semble, dit Robina, qu'il n'y ait aucun moyen de lui faire plaisir.

« Jeudi, je suis allée aider Jeannie à préparer les provisions pour le pique-nique. Note que c'est Mme Saint-Leonard elle-même qui avait eu l'idée de ce pique-nique…

— À propos de pique-niques, dis-je…

— On eût dit, à la voir, qu'elle se préparait pour ses propres funérailles, continua Robina.

— Elle savait qu'elle allait prendre mal à s'asseoir dans l'herbe. Elle en avait le pressentiment. Il n'avait pas plu depuis trois semaines ; tout était sec comme le désert ; mais elle affirma qu'il y a toujours de l'humidité dans l'herbe, que les coussins ne font que l'attirer, que la pomper hors de la terre. Non pas qu'elle craignît de mourir ; il fallait mourir un jour, et pourvu que les autres soient heureux, etc. Tu l'entends d'ici. Personne ne s'était jamais soucié d'elle. On la transportait avec soi d'un lieu à l'autre, etc. Elle finit par me donner si bien sur les nerfs, que j'offris à Jeannie de rester là pour lui tenir compagnie.

— La Rochefoucauld a raison, dis-je. Quand nos vices nous quittent, nous nous flattons de l'idée que c'est nous qui les quittons.

— Je lui dis donc que j'aimerais autant ne pas sortir et que, puisque les autres s'en tireraient très bien sans elle, nous pourrions rester toutes les deux. Mais elle se mit à fondre en larmes.

— Oui, dis-je, elle aura dit qu'il était dur d'avoir des enfants désireux de faire seuls une partie de campagne, quand leur mère reste à la maison ; qu'elle n'avait guère de joies dans la vie ; qu'elle s'était réjouie d'avance de faire cette promenade, mais que, si tout le monde devait être plus heureux sans elle…

— Oui, dit Robina, c'est à peu près cela qu'elle a dit, sauf que ce fut beaucoup plus long. Il fallut lui faire mille tendresses et lui jurer que, sans elle, rien ne marcherait. Et ce n'est qu'au retour qu'elle se dérida un peu.

*

La chouette, sur le cyprès, poussa un long hululement. Elle se pose là, chaque soir, à l'extrémité de la plus haute branche. Confusément silhouettée sur le ciel nocturne, elle a l'air d'un lutin familier. Malgré tout, j'aimerais mieux qu'elle ne se prît pas pour une forte chanteuse. Elle devrait comprendre que c'est contraire à ses intérêts. Ce cri de ralliement peau-rouge qu'elle pousse a sûrement pour effet de faire rentrer dans leur trou tous les animaux qui nichent à six kilomètres à la ronde. Je pense que le cri de la chouette doit être un stratagème de la nature prévoyante pour favoriser la destruction des souris âgées et sourdes qui ont fini par être à charge à leur famille. Les autres rongeurs, à l'exception de ceux qui ont décidé d'en finir avec la vie, me paraissent peu exposés. Petite mère dit que le cri de la chouette est un signe de mort. Mais comme il n'y a pas une lieue de pays qui n'ait sa chouette ou son chat-huant par ici, quelle compagnie d'assurances assurerait sur la vie un habitant de ce comté, si le cri de la chouette était un signe de mort ?

Veronica, au contraire, adore ce cri-là. Je l'ai trouvée, l'autre soir, plantée sous le cyprès, drapée dans un grand châle noir et apprenant à imiter le cri de la chouette. Comme si ce n'était pas assez d'une seule !

Pour la dissuader de poursuivre ses études, je déclarai que l'imitation ne ressemblait pas du tout à l'original. Veronica répondit qu'en tout cas, c'était mieux que ce que j'aurais pu faire moi-même. Je fus assez sot pour accepter le défi. Quand j'y pense, aujourd'hui, je sens que j'ai dû me rendre parfaitement ridicule. Voit-on un homme de lettres, jusque-là respectable, un homme d'âge mûr, planté sous un cyprès, et essayant de crier comme un hibou ? De quoi devais-je avoir l'air ?

*

— Mme Saint-Leonard, dis-je, était, il y a vingt-sept ans, une jeune fille charmante. Il paraît que sa bouche était tout bonnement ensorcelante quand elle faisait la moue, ce qui devait lui arriver souvent. Mais la moue d'une femme de quarante-six ans n'ensorcelle plus personne. Le jeune Hubert Saint-Leonard la trouva adorable telle qu'elle était. Il le lui dit à genoux, et, s'il la pria de changer, ce fut pour la prier de se montrer plus capricieuse encore, tant il trouvait cela charmant. Cela pouvait être adorable, en effet, au temps où elle avait dix-neuf ans.

— Saint-Leonard t'a confié tout cela ? dit Robina.

— Pas un traître mot. Je reconstituais tout seul la scène du drame.

— Mais peut-être rien de tout cela n'est-il vrai ? murmura Robina.

— Pourquoi ? Est-ce que l'hypothèse en paraît invraisemblable ?

— Non, dit-elle, au contraire. Je voudrais qu'elle fût moins vraisemblable.

— Il est aussi aisé, dis-je, de reconstituer un drame à rebours que d'en imaginer le dénouement. Nous assistons au dernier acte du drame Saint-Leonard. Acte presque toujours faible, car, à ce moment-là, la pièce est déjà finie ! Les actes intermédiaires furent probablement plus drôles, surtout pour les domestiques. Le premier dut être charmant. Il était enfin venu, l'amoureux dévot, dont la jeune fille avait souvent rêvé. Il est si doux d'être tenue pour presque parfaite ! Puisque Saint-Leonard était content, l'amour même commandait à la jeune fille de ne pas se corriger.

— C'est donc l'homme qui eut tort, dit Robina.

— Eût-il vu ses défauts, dis-je, est-ce qu'il eût pu y changer quelque chose ? Un amoureux peut-il exposer à celle qu'il aime les défauts qu'elle a ?

— Pourquoi pas ? dit Robina. Si elle tient à lui, elle pourra s'efforcer d'être meilleure.

— Cela te plairait-il, Robina, s'il s'agissait de toi ? Te représentes-tu M. Bute…

— Pourquoi M. Bute ? dit vivement Robina.

— Pour rien, dis-je, sinon qu'il est la première créature mâle avec qui tu ne te sois pas montrée coquette depuis que tu as six ans.

— Je ne suis coquette avec personne, dit Robina. Je tâche d'être aimable, voilà tout.

— Sauf avec M. Bute, dis-je.

— Il m'agace, dit Robina.

— Je lisais l'autre jour comment se font les mariages parmi les habitants du Caucase inférieur. L'amoureux se place sous les fenêtres de sa belle. Ayant attiré son attention, il commence à chanter. Si la chanson semble plaire, si la belle écoute sans se fâcher, c'est qu'elle ne veut pas du chanteur. Au contraire, si la chanson excède la dame, si elle ferme brutalement sa fenêtre et s'éloigne, c'est que tout va bien. Je ne crois pas me tromper. Oui, c'est bien chez les Caucasiens inférieurs que les choses se passent de la sorte.

— Ce sont des gens bien sots, dit Robina, que ceux pour qui un seau d'eau jeté par la fenêtre est la meilleure preuve d'amour qu'un galant puisse espérer.

— L'homme est un être complexe, dis-je. Exemple : Pour plus de commodité, appelons-le M. X... Peux-tu te représenter M. X. venant à toi, et te disant : « Ma chère Robina, vous avez beaucoup d'excellentes qualités. Vous êtes capable d'être aimable — pourvu que vous puissiez toujours faire comme il vous plaît ; contrariée dans vos désirs, vous pouvez être, au contraire, parfaitement désagréable. Vous êtes bonne — pour ceux qui acceptent que vous leur témoigniez votre bonté à votre façon — qui n'est pas toujours celle qu'ils aiment. Vous êtes capable de générosité, pourvu que vous en ayez envie, ce qui est loin d'être fréquent. Vous êtes intelligente, mais, comme la plupart des gens intelligents, autoritaire et impatiente ; capable d'énergie, quand vous n'êtes pas paresseuse ; indulgente, quand votre rancune est passée. Vous êtes généreuse et franche ; mais si votre but peut être atteint par la méchanceté et par le dépit, vous n'hésitez pas à choisir d'être méchante, la fin justifiant les moyens. Vous êtes pitoyable et juste, mais votre langue, laissée sans surveillance, peut aisément devenir malveillante. Vous êtes tenace et forte, et l'on pourrait vous emmener avec soi chasser le tigre ; mais vous êtes orgueilleuse, intolérante et têtue. En somme, vous avez en vous toutes les vertus d'une épouse modèle, combinées avec assez de défauts pour que Socrate lui-même eût regretté de vous avoir prise pour femme. » Pourrais-tu supporter que le jeune X. te parle ainsi ?

— Certes, dit Robina, se levant avec exaltation.

L'obscurité m'empêchait de voir son visage, mais elle devait avoir cet air qui faisait dire à mon ami le peintre Primgate qu'il eût voulu peindre Robina en Jeanne d'Arc. Mais Robina ne gardait pas cet air-là assez longtemps pour qu'on pût la peindre.

— J'en doute, dis-je.

— N'importe quelle femme dirait comme moi, dit Robina.

— La chose serait nouvelle ! L'amour cessant d'être aveugle ; refusant d'être le pauvre fou aux yeux bandés qui se joue des hommes et des dieux ; cessant d'être l'esclave de la passion ; l'amour, auxiliaire de la vie, et simplifiant la vie au lieu de la compliquer ! Le mariage cessant d'être bâti sur le mensonge et l'illusion, quel monde nouveau en perspective ! Mais il ne faut pas trop demander à l'homme. Il y a seulement quelques milliers d'années, allongé dans l'herbe, au bord du fleuve, rusant avec les autres bêtes, il guettait sa proie, la déchirant des ongles et des dents, quand il la tenait, et la dévorant en grondant de rage. Il a vécu et il est mort ainsi pendant des âges sans histoire, transmettant à ses petits ses instincts bestiaux, tandis que les rocs entassaient leurs couches et que les océans modelaient leur lit.

« Tout cela n'est pas si loin ! Moïse ? L'arrière-grand-père de Lord Rothschild, répété quelques douzaines de fois en arrière, doit avoir connu Moïse, parlé avec lui. Babylone ? Ville presque moderne, tombée momentanément en discrédit, parce que les grands itinéraires se sont un peu modifiés. L'histoire ? Un conte qui dure encore aujourd'hui. L'homme a couru le monde à quatre pattes pendant des millions d'années avant que le secret de sa naissance lui fût révélé. Ce n'est que durant les quelques derniers siècles qu'il a tâché d'être ce qu'il est. La moralité des hommes d'aujourd'hui, comparée aux longs enseignements de la nature, ne date que de quelques jours. Et tu voudrais qu'il oublie en quelques heures la leçon des âges ? Puisque tu n'es plus une enfant, Robina, puisque tu peux éprouver aujourd'hui autre chose qu'une confiance aveugle ou qu'une terreur aveugle, tu dois pouvoir comprendre que le soleil n'est pas éteint parce qu'un nuage passe, que l'odeur des roses monte du rosier dont les chenilles dévorent les feuilles. La moyenne de la morale masculine continue d'ailleurs à s'élever ; beaucoup d'entre nous font des efforts, quelques-uns même réussissent.

Mais l'homme primitif dort au fond de tous ceux qui ne sont ni anémiques, ni tuberculeux. Et il n'est pas du tout raisonnable de nous brouiller pour cela avec nous-mêmes. Nous n'y pouvons rien. Nous faisons de notre mieux. Dans une autre centaine de milliers d'années, pourvu que tout aille bien, nous serons un peu plus parfaits. Quand on songe à ce que furent nos origines, nous avons remarquablement bien marché.

— De là à être content de soi-même, il y a loin, dit Robina.

— Contentons-nous d'espérer, Robina. Il faut à l'homme quelqu'un qui, de temps à autre, lui dise : « Bravo ! Pense à ce que tu as été. Regarde-toi maintenant, coiffé d'un chapeau de soie, habillé par le bon tailleur, allant le dimanche à l'église, avec ta femme au bras ! Continue. Quelques siècles encore et ta propre mère, la nature, ne te reconnaîtra plus. »

« Quant à vous autres femmes, il y a seulement quelques années que nous vous achetions et vendions, que nous vous tenions encagées, et des coups de bâton quand vous n'étiez pas assez promptes à nous obéir.

— L'idée de ce qu'il a été, dit Robina, devrait rendre l'homme impatient d'être meilleur, et honteux d'être ce qu'il est.

*

La chouette, dans le cyprès, se remit à crier. Se moquait-elle ? Était-elle indignée ? On n'aurait pu le dire.

— La femme, dis-je, a été complice de trop de nos crimes pour réclamer le droit d'être juge. La barrière qui sépare les sexes les divise physiquement, non moralement.

— Je suppose, dit Robina, que Dick représente le type de l'homme moyen ?

— Nous sommes tous des hommes moyens, Robina, quand nous sommes chez nous. Cromwell, dans son palais, les portes closes, était un homme moyen. Mme Cromwell devait le trouver stupide quand il disposait des sucreries poisseuses sur les sièges pour que les invités s'assoient dessus. Elle a dû le lui dire. Ce n'est pas aussi facile qu'il semble de vivre toujours comme un homme moyen. Des hommes, par ailleurs fort intelligents, ont trouvé la chose difficile.

J'eus la chance de retrouver une allumette et j'allumai un nouveau cigare.

— Ah ! dit Robina, j'espère bien ne jamais me marier !

— Tu espères ?

— Oui, j'espère n'être jamais assez sotte. J'y vois trop clair. Je vois trop, maintenant, ce que c'est que l'amour : une vilaine chose sous un joli nom. Ce n'est pas de moi qu'il tombera amoureux. C'est de mon apparence, de ma peau blanche, de quelque geste de moi qui l'aura séduit. Je sens cela, parfois, quand on me regarde, et cela me fait mal. Et, d'autres fois, l'admiration que je lis dans un regard me cause du plaisir. Et cela me fait plus mal encore…

*

La lune tomba derrière le bois. Robina s'était levée et se tenait debout, les mains jointes, adossée au perron. Elle semblait avoir oublié ma présence. Elle avait l'air de parler à la nuit qui envahissait la campagne.

— L'amour ? dit-elle. Ce n'est qu'un stratagème de la nature pour se jouer de nous. Il me dira que je suis tout pour lui. Cela durera six mois, un an peut-être, pourvu que j'ai de la chance, pourvu que j'évite de rentrer le nez rouge pour avoir marché face au vent, pourvu qu'il ne me surprenne pas en papillotes. Ce n'est pas de moi qu'il a besoin, mais de ce que je représente pour lui de jeunesse, de nouveauté et de mystère. Et quand ce temps-là sera passé…

Elle se tourna vers moi. Et ce fut un étrange visage que celui que je vis alors, à la pâle clarté qui tombait du ciel nocturne.

— Qu'arrive-t-il, dit-elle, quand ce temps est passé ? Dis-le-moi, toi qui le sais. J'ai besoin de savoir, moi aussi.

La petite fille qui avait grandi tout près de moi pendant vingt années avait cessé d'exister. Cela s'était fait tout d'un coup, sans qu'on y eût pris garde. À ma stupeur profonde, c'était une femme, tout à coup, qui m'interrogeait. Je la fis asseoir près de moi, et je lui dis, avec la même gravité que je lisais sur son visage :

— Quand la merveille du désir est éteinte, quand, par une aube grise, un jour, tu te retrouveras, arpentant avec égarement les lieux qui te furent familiers, et cherchant des choses évanouies, ce qui te restera, c'est ce qui existait déjà avant le désir. Si la passion seule vous liait, que Dieu vous vienne en aide ! Si vous n'avez cherché que le bonheur, pauvres de vous ! Car on ne se rend pas mutuellement heureux. Ce qui reste après le désir ne dépend pas de ce que vous aurez voulu, mais de ce que vous êtes. Si, derrière l'amoureux, il y avait un homme ; si, derrière l'illusoire déesse malade d'amour, il y avait une femme droite et sensible, alors la vie est devant vous, non derrière.

« Vivre, c'est donner, non recevoir. L'erreur dans laquelle tombent la plupart d'entre nous, c'est d'ignorer que c'est le travail qui est la joie, non le salaire ; le jeu, non le point marqué ; la partie, non le gain. C'est pour atteindre le faîte que le grimpeur s'efforce, non pour le posséder. Les fous se marient en calculant les avantages qu'ils retireront du mariage : gages qui se résolvent en néant. Mais les récompenses du mariage s'appellent travail, devoir, responsabilité.

« Il est des noms plus beaux que celui de déesse, d'ange, d'étoile et de reine du cœur ; ce sont ceux d'épouse et de mère. Le mariage est un sacrifice. Si c'est un piège de la nature, c'est un piège qui nous oblige à nous soumettre aux desseins de Dieu.

*

Il y eut un silence qui dura quelque temps, car la lune, ayant dépassé le bois, inondait de nouveau les champs de sa lumière quand Robina reprit :

— L'amour est donc inutile. On ferait mieux sans lui : on choisirait plus sagement. Si c'est une chose qui passe, quelle est la raison d'être de l'amour ?

— Autant demander la raison de la vie, dis-je, La vie aussi est une chose qui nous tourmente un moment, et puis qui passe. Mais peut-être le tourment lui-même a-t-il son utilité. Les éruptions volcaniques sont nécessaires : sans elles, le sol demeurerait captif du rocher, et impropre à sa fonction. Sous la fleur qui se fane, le fruit se noue et prospère. Et l'amoureux tremblant devient l'auxiliaire, le consolateur et l'appui.

— Mais il y a ceux qui échouent, dit Robina, tous ceux qui se sont mis en route, illuminés de bonne foi, et qui finissent par se haïr.

Alors je lui contai l'histoire d'un homme et d'une femme qui s'étaient aimés et n'avaient pas osé se le dire. La vie les avait longtemps séparés. Un jour, ils s'étaient retrouvés, libres tous deux, tous deux indépendants. L'homme, alors, avait voulu unir enfin leurs destinées. La femme aimait encore, mais, ayant appris à craindre les inévitables désillusions de la vie commune, elle refusa, pour sauvegarder jusqu'au bout le vieil amour.

Il y eut encore un silence.

— Tu crois qu'elle fit bien ? dit Robina.

— Je l'ignore, dis-je. Il n'y a pas de lois générales immuables ; il n'y a que des règles qui varient pour chacun de nous. Tout l'art du mariage, à ce qu'il me semble, c'est de marcher au pas avec le compagnon de route. Cela suppose de la patience, de l'indulgence aussi, et la maîtrise de soi. Il faut laisser tout son orgueil, et admettre que des yeux moins partiaux que nos propres yeux puissent voir en nous des défauts. Cela exige, enfin, du bon sens, de la bonne humeur et du courage.

— Oui, dit Robina. Il faut aimer le compagnon, même injuste et méchant…

*

Dick arrivait par le sentier. Robina se leva et rentra dans la maison.

— Te voilà bien solennel, père ? fit Dick.

— Je pensais à la vie.

— Oui, c'est un fameux problème !

Pendant un moment, nos fumées se mêlèrent, dans le silence inouï qui montait de la campagne muette. Puis Dick reprit :

— Aimer une honnête fille, cela doit être un terrible secours pour un homme !

Il avait l'air très brave, et son visage aux traits puérils lançait à la destinée des éclairs de défi.

— Oui, Dick, un terrible secours.

Robina appela pour le souper. Dick vida sa pipe et rentra dans la maison.

Leurs voix joyeuses m'arrivaient assourdies, à travers les portes. Autour de moi, dans la nuit troublée, montait un étrange et grave murmure. C'était comme si, plus haut que le silence, j'entendais la musique lointaine que font en tournant les moulins de Dieu.

CHAPITRE XI

Je me figure que Veronica sera un jour une femme écrivain. Sa mère croit que cette prophétie peut expliquer beaucoup de choses qui nous ont troublés jusqu'ici. Le livre qu'elle avait commencé d'écrire n'alla pas bien loin. Le manuscrit de *Pourquoi l'homme qui est dans la lune a l'air si dégoûté* fut mis de côté pour écrire des pièces, et en apparence oublié. Je suis tombé par hasard, l'autre jour, sur le cahier abandonné de Veronica. Ces *Notes rapides* ne sont pas complètement dénuées de saveur. J'en transcrirai ici quelques passages ; l'orthographe est la mienne, comme pour la lettre qu'on a lue.

La scène se passe dans la lune, disent les Notes. *Mais tout s'y passe exactement comme ici-bas. Sauf pour une chose : les enfants font la loi. Cela déplaît aux grandes personnes. Mais elles ne peuvent rien y changer. Quelque chose leur est arrivé. Elles ne savent quoi. Et le monde va comme devant. Dans les bons vieux livres d'images avant l'avènement du péché. Il y a des fées qui dansent la nuit. Et des sorcières. Ces choses vous attirent, et vous êtes changés en objets. Et il y a un dragon qui vit dans une cave. Et qui saute sur les gens. Et les mange. De sorte qu'il faut faire bien attention. Et toutes les bêtes parlent. Et il y a des géants. Et beaucoup de magie. Et ce sont les enfants qui savent tout. Et ce qu'il faut faire dans chaque cas. Et il leur faut instruire les grandes personnes, qui ne croient pas la moitié de ce qu'on leur dit. Et elles sont beaucoup trop portées à répliquer. Ce qui est bien fatigant pour les enfants. Mais ils sont patients et justes.*

Naturellement les grandes personnes doivent aller à l'école. Elles ont beaucoup de choses à apprendre, les pauvres ! Et elles ont horreur de l'étude. Elles ne s'intéressent pas du tout aux contes de fées. Et elles ont l'air de se moquer pas mal de ce qui leur arriverait si elles étaient jetées sur une île déserte au cours d'un naufrage. Et puis, il y a les langues. Dont elles auront besoin quand elles seront devenues des enfants. Car elles devront savoir parler à toutes les bêtes. Et la magie. Qui est compliquée. Et elles détestent cela et disent que c'est moins que rien. Elles sont pleines de ruses sournoises. On les pince à lire des romans sans intérêt. Cachés dans leurs pupitres. Tous des romans d'amour ! C'est gaspiller l'argent que les enfants leur *donnent. Et Dieu sait s'il est dur à gagner ! Mais les enfants ne leur en veulent pas. Ils se rappellent le temps où ils étaient grands. N'empêche qu'ils sont obligés de faire preuve de fermeté.*

Les enfants donnent beaucoup de vacances aux grandes personnes. Parce que les vacances sont pour tout le monde. Mais les grandes personnes sont très bêtes. Et ne se soucient pas du tout de jouer à des jeux raisonnables. Comme à l'Indien et au pirate. Deux jeux qui développeraient leurs facultés. Et les prépareraient à la vie. Elles n'aiment que jouer à la balle. Ce qui ne sert à rien. Dans les dures réalités de la vie. Ou bien elles parlent. C'est effrayant combien elles parlent !

Il y a une grande personne, un homme. Qui est très intelligent. Il est capable de parler de n'importe quoi, mais cela se finit toujours par rien. Et cela gâte la réunion. Alors on l'envoie se coucher. Il y a aussi deux autres grandes personnes, un homme et une femme. Et elles parlent d'amour tout le temps. Même quand il fait beau. Ce qui est déplorable. Heureusement les enfants se montrent patients. Sachant qu'il en faut de toutes les sortes. Pour faire un monde. Et espérant qu'elles changeront. Et naturellement, il y a aussi des grandes personnes qui sont sages. Et qui sont une bénédiction pour leurs enfants.

Et tout ce que les enfants aiment est bien. Est sain. Et tout ce que les grandes personnes aiment est malsain. Et il ne faut pas le leur donner. *Elles demandent du thé, du café. Ce qui dérange leur système nerveux. Et elles gaspillent leur argent en gâteaux. En beefsteaks. Et en potage tortue. Et les enfants sont forcés de les mettre au lit. Et de leur faire avaler des pilules jusqu'à ce qu'elles se sentent mieux.*

Il y a une petite fille qui s'appelle Prue. Qui demeure avec un petit garçon nommé Simon. Tous deux sont remplis de bonnes intentions. Mais ils n'ont pas beaucoup de bon sens. Ils élèvent deux grandes personnes. Un homme et une femme. Nommés Pierre et Marthe. Respectivement. Ce sont des personnes ordinaires, ni meilleures ni pires que les autres. Et on pourrait obtenir d'eux beaucoup de choses. En les prenant par la douceur. Mais Prue et Simon s'y prennent mal. Ils passent leur temps à gronder. Toute la journée. Et des louanges, jamais.

Un jour, en été, Prue et Simon font faire une promenade à Pierre. À la campagne. Et ils rencontrent une vache. Et ils pensent que l'occasion est bonne. Pour mettre Pierre à l'épreuve. Et voir s'il connaît les langues. Ils lui disent de parler à la vache. Il parle à la vache et la vache ne le comprend pas. Et ils lui font une scène. À quoi sert, lui disent-ils, de payer des études coûteuses. Pour te faire apprendre les langues. Par une vache de première classe. Et quand tu arrives à la campagne. Tu ne sais pas parler la langue des vaches ! Il *assure qu'il parle vache. Mais ils ne veulent pas l'écouter. Ils continuent à lui faire la scène. Et à la fin, tout s'explique. C'était une vache de Jersey. Qui parlait patois. Alors, naturellement, il ne pouvait pas la comprendre. Mais est-ce qu'ils lui font des excuses ? Pas ça !*

Une autre fois. Un matin, au déjeuner. Marthe n'aimait pas son sirop de framboise. Et elle se garda bien de le boire. Et Simon entra dans la nursery. Il *vit que Marthe n'avait pas bu son sirop. Il demanda pourquoi. Elle lui dit qu'elle ne l'aimait pas. Parce qu'il sentait mauvais. Et il dit que ce n'était pas mauvais du tout. Qu'elle devrait l'aimer, et que cela était intolérable. De voir comme les grandes personnes d'aujourd'hui n'en font qu'à leur tête. Et boudent la bonne et saine nourriture. Que leur procurent leurs bons enfants. Trop bons. Et que quand Simon était lui-même une grande personne, il n'aurait jamais osé désobéir. Etc. Comme d'habitude. Et pour prouver que ce n'était pas mauvais, Simon s'en verse une pleine tasse. Et la boit d'un trait. Et il déclare que c'est délicieux. Et il devient pâle. Et il sort de la chambre.*

Prue entre à son tour dans la nursery. Et elle voit que Marthe n'a pas bu son sirop Et elle lui demande pourquoi. Et Marthe dit qu'elle n'aime pas ça, que c'est mauvais. Et Prue lui dit qu'elle devrait être honteuse. Puisque c'était bon et très agréable. Et qu'en tout cas elle n'avait qu'à l'aimer et à ne pas se bourrer de sale thé et de café. Et qu'elle ne voulait pas cela et qu'il fallait que cela finisse. Et ainsi de suite. Et pour prouver que c'était très buvable, elle s'en verse une pleine tasse. Et la boit. D'un coup. Et dit qu'il n'y a rien de mauvais là-dedans. Et elle devient pâle et sort rapidement.

Et ce n'était pas du sirop. C'était de l'encre rouge qu'on avait mise dans le flacon à sirop par mégarde. Et ils auraient bien pu se dispenser d'être malades, s'ils avaient écouté Marthe. Mais non. C'était leur idée fixe que les grandes personnes n'ont pas de bon sens. Du tout. Ce qui est une erreur. Comme on le voit.

D'autres personnages avaient été esquissés, pour être abandonnés, souvent, après quelques indications singulièrement vigoureuses : la difficulté d'éviter que les portraits de personnes vivantes fussent trop ressemblants semblait avoir gêné Veronica. En regard d'un de ces essais, que Veronica avait évidemment conçu en vue d'aider Dick à se voir au naturel, je trouvai cette note marginale : « *À abandonner. Le modèle pourrait se formaliser.* » En face d'un autre portrait, que l'on reconnaissait pour être celui de Mme Saint-Leonard, on lisait : « Trop terriblement vrai. Elle pigerait. »

Un autre était évidemment un portrait d'homme : « Assez doué. Pour raconter des histoires. Dont quelques-unes pas mauvaises ». En somme portrait de quelqu'un qui promet. Même d'après la description de Veronica, il s'agissait d'un homme raisonnable, « sauf quand il se met à divaguer. Mais, dans l'ensemble, inconsistant ». Il est le parent d'une petite fille « pas jolie, mais singulièrement attrayante », que Veronica appelle Enid. On comprend que, si tous les enfants étaient des Enid, le dernier mot serait dit du meilleur des mondes. Enid n'a que cette grande personne à sa charge ; mais elle ne peut se retenir d'adopter et de corriger toutes les vieilles gens incorrigibles, dont les autres enfants n'ont pas pu venir à bout. Elle opère par la douceur. Elle est, disent les *Notes*, « toujours patiente et juste ».

Parmi ses protégés, Enid compte surtout un militaire, un colonel d'un certain âge, effroyable exemple (jusqu'au jour où elle l'a pris en main) de ce qu'une grande personne peut devenir quand on l'abandonne aux soins d'enfants incompétents. Il résiste à son propre enfant, jeune homme vertueux, quoique peu sympathique ; il est dur avec ses neveux et nièces ; il est la terreur de sa gouvernante.

Il se sert de mots malsonnants empruntés au répertoire des pirates en retraite, « sans comprendre ce qu'ils évoquent d'effroyable ».

Il cache des cigares dans un tronc d'arbre creux, fume en cachette, fait l'école buissonnière, débauche les autres vieux messieurs pour qu'ils le suivent. On les trouve dans les bois, jouant au whist à douze sous le point, dans une caverne. Enid le menace-t-elle de le faire dévorer par le Dragon ? Pas du tout, « Telles ne sont pas ses méthodes », disent les *Notes*. Elle sourit, au contraire, « avec indulgence », Elle dit qu'il est très naturel que les grandes personnes aiment à jouer aux cartes. Mais pourquoi se cacher dans une sale cave obscure ? « Elle jouera elle-même au whist avec lui. » L'effet de cette déclaration est immédiat. Le colonel éclate en sanglots. Elle joue aux cartes avec lui dans le jardin. « Après la classe. Quand il a été sage. » À la fin, le colonel est guéri. Mais on ne sait pas si cette guérison est due au fait que sa partenaire ne sait pas jouer au whist, ou bien à la méthode employée pour le corriger. Les « notes brèves » ne renseignent pas là-dessus.

*

Pour la pièce, je suis enclin à croire que Veronica a été aidée par quelqu'un. Peut-être par M. Bute. La maison fut prête au début de septembre. Le jeune Bute avait fait merveille ; et la pièce fut jouée, dans la salle de billard débarrassée pour la circonstance, avec un acte de moi. On en profita pour pendre la crémaillère.

Il y eut foule, et cela finit par un bal. Tout le monde s'amusa beaucoup, à l'exception du petit Herbert Saint-Leonard, qui jouait le rôle du prince, et qui, à l'heure du souper, ne put enlever son casque. Non que le casque fût mal fait, mais il avait été attaché par une personne maladroite. Et d'autres personnes inexpertes dans l'art de l'équipement n'avaient réussi, en voulant se rendre utiles, qu'à en forcer toutes les vis. Non seulement le casque ne voulait pas sortir, mais la visière ne voulait même pas s'ouvrir pour permettre à Herbert de boire, ne fût-ce qu'un coup. Tout le monde trouva la blague très drôle, Herbert excepté. M. le maire, qui était présent, dit qu'il y avait là matière à un dessin pour la revue *Punch*. Mais le journaliste local lui fit remarquer que l'idée n'était pas neuve. Saint-Leonard et le vicaire, qui font autorité en matière de journaux illustrés, entamèrent une discussion sur les armures en général, et en particulier sur celles du XIVe siècle. Ils étayaient leur démonstration de manœuvres pratiquées sur la tête du pauvre enfant, qu'ils se passaient triomphalement de l'un à l'autre. Il fallut envoyer Hopkins chez le forgeron avec la voiture à âne. À propos de notre âne, j'ai découvert comment Hopkins s'y prend pour le faire avancer. Hopkins prétend que sa méthode est beaucoup moins brutale que les coups, surtout, dit-il, que l'expérience a prouvé que l'âne ignore toujours pour quelle raison il est frappé. Je ne suis pas sûr que Hopkins ait tort.

*

Jeannie jouait la fée, en perruque blanche et robe à paniers. Elle fera plus tard une belle vieille dame. Les cheveux blancs lui donnent la seule chose qui lui manque : la distinction. Je me suis surpris à regarder avec appréhension tous les jeunes gens et à regretter d'avoir invité tant de célibataires

Dick me donne de l'inquiétude. Le sens de sa propre indignité, qui lui est venu tout d'un coup, avec la brutalité d'une découverte, lui a enlevé tout équilibre. C'est un sentiment qui n'est pas mauvais et qui, dans une certaine mesure, ne lui a pas été inutile. Mais je ne veux pas qu'il le pousse jusqu'à perdre Jeannie. La pensée de la femme que Dick pourrait un jour nous amener a été pour moi un cauchemar permanent depuis qu'il a quitté l'école. Je suppose que tous les pères éprouvent cela. Surtout quand on pense aux femmes qu'on a aimées soi-même vers la vingtième année. La première dont je me souvienne était une grande jeune fille au visage blême, qui servait dans une pâtisserie du Strand. Rien ne peut peindre le tremblement dont j'étais pris, quand, par hasard, sa main touchait la mienne ! Je ne puis rien me rappeler aujourd'hui de ce qui la faisait si charmante à mes yeux, si ce n'est sa longue taille. N'empêche que pendant six mois je déjeunai de pâtisserie et d'eau minérale uniquement pour être près d'elle. Et aujourd'hui encore, si je souffre d'indigestion, sa chère image revient à ma mémoire.

Il y en eut une autre, une mince jeune fille à la peau de citron, mais avec des yeux magnifiques, que j'avais rencontrée un après-midi, au musée de South Kensington. Elle était méchante et sans cervelle, et je formais, à chaque rencontre, le projet de ne plus la revoir ; mais toujours le souvenir de ses yeux me ramenait. Bien que la majeure partie de nos rendez-vous se passât en querelles, j'aurais laissé toute espérance d'une vie éternelle pour faire d'elle la compagne de mes jours. Sans un coup de chance, survenu sous les espèces d'un riche loueur de voitures, aussi bête que moi, c'eût été chose faite.

La troisième était une choriste de théâtre : dans l'ensemble, ce fut elle encore la meilleure. Son père était cocher, et elle avait six frères et sœurs, presque tous bien notés chez leurs maîtres.

Sauf erreur, l'ex-épouse d'un avocat, dame enjouée qui se prétendait la victime d'une injustice fort compliquée, lui succéda dans mon cœur. J'en retrouverais d'autres encore, si je prenais la peine d'y réfléchir. Mais pas une de qui je puisse évoquer le souvenir sans bénir la Providence de l'avoir arrachée à mon amour.

On dira qu'il eût été plus sage de rester seul et d'attendre. Mais que faire ? Il est des jours, en mai, où un jeune homme ne devrait pas être autorisé à mettre les pieds dehors. Les conventions, heureusement, empêchent encore que les femmes fassent les premiers pas. N'était ce respect des préjugés, on peut dire qu'il est peu de femmes, choisissant adroitement le moment propice pour vous mettre les mains sur les épaules et plonger leurs yeux dans vos yeux, à qui l'on répondrait *par* un refus si elles vous offraient le mariage. Ce n'est que notre timidité qui nous sauve.

Un de mes amis, homme sage, et qui a beaucoup observé, prétend que tous les hommes qui se marient avant vingt-cinq ans devraient être obligés de divorcer automatiquement à quarante, ceux qui ont fait un bon choix restant libres de se remarier s'ils le désirent. Il déclare, à l'appui de sa thèse, qu'il est injuste et absurde de condamner des hommes faits et des femmes à demeurer soumis au choix de jeunes gens et de jeunes filles inexpérimentés. Dire qu'il y a eu de braves jeunes filles de qui j'eusse pu être amoureux ! Hélas ! je ne les ai pas connues. Il semblerait qu'un homme ait à faire l'éducation de son goût en matière de femmes comme en toute autre matière. Peut-être existe-t-il, par-ci par-là, un connaisseur-né. Mais, pour la plupart d'entre nous, les premiers instincts poussent les hommes vers la vulgarité. C'est Barrie, je crois, qui dit que s'il y avait assez de femmes sottes, les plus dignes ne recevraient jamais un regard. Il est singulier, en effet, de voir le nombre de vieilles filles charmantes qu'on rencontre dans la vie. Presque aussi singulier que le nombre étonnant d'épouses intraitables ou stupides. Je l'ai dit à Dick : je ne désire nullement avoir pour bru une femme avec qui il passe son temps à se demander s'il est digne d'elle. S'il ne peut faire un meilleur choix, il vaut mieux qu'il reste garçon. Si j'ai quelque expérience de la vie, Jeannie et lui sont exactement faits l'un pour l'autre. Les gens naturellement serviables trouvent leur plaisir à servir. J'ai connu jadis une autre jeune fille, une douce jeune fille, ingénieuse, raisonnable et dévouée. Elle commit l'erreur d'épouser un homme qui ne lui fournissait jamais l'occasion de se rendre utile. Elle finit par se désintéresser complètement de lui, pour se consacrer entièrement à une œuvre du West End pour la réforme morale des camelots et crieurs de journaux. Regrettable gaspillage ! Tant de femmes eussent été heureuses d'avoir un tel mari ! Celui-là eût été moins parfait, qu'il eût trouvé en elle un appui sûr pour toute la vie.

Il faut que je parle sérieusement à Dick, que je lui fasse comprendre quel bienfait ce sera pour Jeannie d'avoir un mari tel que lui. Dick a de quoi la tenir occupée pour le restant de ses jours.

Veronica tenait le rôle de la princesse, le petit Foy (la victime de la fatalité) lui servant de page. Je ne crains pas de dire qu'on a rarement vu sur une scène anglaise un spectacle empreint de plus de dignité. Parmi les cadeaux de noces de la princesse, il y avait deux écriteaux : « Pour le vote des femmes », offerts par la brigade locale des pompiers ; un appareil volant, « stabilité garantie », pouvant être utilisé comme tente ou comme cabine de bain ; un Grand Théâtre National, « avec douche froide au sous-sol pour les dramaturges anglais », une « recette pour construire une flotte sans argent », don du grand expert financier Mane Thecel Phares ; un fermier content de son sort (époque babylonienne) ; et un flacon grand modèle de la solution du « problème des domestiques ».

Dick jouait le Dragon à la queue coupée. Il avait fallu le faire sans queue à cause de l'exiguïté de la scène. La petite Sally Saint-Leonard jouait le rôle de la femme et Robina celui de la belle-mère du Dragon.

La pièce avait pour dessein de faire rire. Mais notre humeur dépend de tant de choses, et tant de choses dépendent de notre humeur ! Que de contrariétés évitées si la science pouvait inventer le baromètre des changements d'humeur ! Comme on pourrait mieux arranger sa vie, sachant, par exemple, qu'on sera d'humeur frivole tel lundi, sombre et maussade le samedi suivant !

Je conduisis un jour un ami voir une pièce intitulée *Le secrétaire particulier*. D'abord, je trouvai cela drôle ; mais, à la fin du spectacle, j'étais honteux d'avoir dérangé mon ami, tant le sujet m'avait paru ridicule. Que des auteurs puissent écrire de telles pièces, que des acteurs acceptent de se dégrader jusqu'à les interpréter, c'était, à la rigueur, explicable, disait mon ami, par la loi de l'offre et de la demande. Mais ce qu'il ne pouvait comprendre, c'était comment le public en pouvait tirer du plaisir. Qu'y avait-il de drôle à voir un pauvre homme enfermé dans une caisse ? Pourquoi toute la salle éclatait-elle de rire quand il réclamait un gâteau !

Or, un mois plus tard, je me trouvais, à la pantomime, occupant par hasard un fauteuil placé juste derrière celui du même ami. Un gros comique donnait un bain à un enfant, ce qui faisait rire mon ami jusqu'aux larmes. Pour moi, la scène me paraissait tout bonnement révoltante et pénible. On me demandait de prendre plaisir au spectacle d'un père frottant le corps nu d'un enfant en bas âge avec une brosse de chiendent. Comment des femmes, il y avait là beaucoup de mères, pouvaient-elles voir cela sans crier tout haut leur indignation ? Le silence de ces mères me fournissait un argument péremptoire contre le suffrage des femmes. Une dame entra en scène, une baronne, disait le programme. Dieu me garde de jamais rencontrer femelle aussi vulgaire ! Elle paraissait prise de boisson. Elle s'assit si lourdement qu'elle tomba sur l'enfant. Elle devait peser deux cents livres. Pendant une minute et quinze secondes, montre en main, toute la salle se tordit. Que ce ne fût que du théâtre, c'était trop peu pour excuser tant de joie. Le comique de la situation se réduisait, somme toute, à ceci : les spectateurs assistaient à l'agonie et à la mort d'un enfant véritable, car pas un enfant n'eût pu supporter le poids de la baronne ivre. Eh bien, si j'avais pu prévoir d'avance mon humeur, j'aurais su que, ce samedi-là, je serais au « sérieux fixe », et au lieu de louer un fauteuil à la pantomime, je serais allé quelque part où je me serais amusé.

Les enfants devraient pouvoir sonder l'humeur des parents, se prévenir mutuellement que « père va vers variable », que « mère sera probablement à l'orage la semaine qui vient ». Il serait d'ailleurs tout aussi nécessaire que les parents fussent prévenus de l'humeur des enfants. Je me rappelle une journée pluvieuse, dans une maison de campagne, pendant les vacances de Noël. Il y avait avec nous un député de joyeuse humeur, et qui adorait les enfants. Il disait que la vie ne devait pas être drôle pour des petits diables prisonniers entre les quatre murs d'une nursery. Et aussitôt, empruntant un manteau à son hôte, il se mit à faire l'ours, afin, dit-il, d'amuser les petits. Il se traîna par terre, marchant sur les mains et sur les genoux, et faisant entendre des grognements. Les enfants, assis sur un divan, le regardaient faire, mais ils n'avaient pas du tout l'air de trouver cela drôle. Au bout d'un quart d'heure, le membre du parlement britannique s'aperçut de son insuccès. Il crut que peut-être les enfants étaient fatigués des ours ; pensant qu'une baleine pourrait leur plaire davantage, il renversa la table, la mit les pieds en l'air, plaça les enfants dessus sur trois chaises, leur expliquant qu'ils étaient des matelots naufragés, et qu'ils devaient veiller à ce que la baleine ne se glissât pas sous le radeau, parce que le radeau se retournerait. Il figura un iceberg à l'aide d'un drap posé sur le porte-serviettes, s'enveloppa dans un imperméable, se traîna sur le ventre, heurtant la table avec sa tête pour faire croire aux enfants qu'ils étaient en péril. Les enfants le regardaient faire, mais en spectateurs respectueux.

Il est vrai que le plus jeune des garçons proposa d'aller chercher à la cuisine la fourchette à rôties pour s'en servir comme d'un harpon ; mais on voyait bien que l'idée était plutôt inspirée par l'envie de faire plaisir au député que par un intérêt passionné pour le jeu de la baleine ; et d'ailleurs, la baleine ayant protesté, l'idée du harpon tomba à l'eau. Ensuite, le député grimpa sur le dressoir et fit l'orang-outang. Il brisa une soupière. Les enfants l'observèrent sans rien dire; après quoi l'aîné des garçons, s'avançant au milieu de la pièce, leva le doigt; le membre du parlement, un peu surpris, s'assit sur le dressoir:

— Nous sommes désolés, Monsieur, dit l'aîné des garçons. C'est vraiment gentil à vous de vous donner tant de peine. Mais, sans savoir pourquoi, nous ne nous sentons pas d'humeur à voir des bêtes sauvages aujourd'hui.

Le membre du parlement les fit donc descendre au salon: on fit de la musique, et les enfants demandèrent d'eux-mêmes à chanter des cantiques, ce qui leur fut accordé.

Le lendemain, ils vinrent tous ensemble prier le député de jouer avec eux aux bêtes sauvages; mais le député avait justement des lettres à écrire. C'est lui, cette fois, qui n'était pas disposé.

De même les plaisanteries sur les belles-mères me semblent généralement manquer à la fois de sel et de nouveauté. Mais, le soir de la crémaillère, elles évoquèrent pour moi tout le parfum des jours passés. La première pièce que j'ai vu jouer traitait en effet de ce que l'on appelait, dans ce temps-là, le problème de la belle-mère. C'était lors d'une soirée organisée par des amateurs au profit de l'école gratuite. Une de mes cousines, mariée depuis peu, jouait le rôle de l'épouse. Je me rappelle que sa mère, ma tante, se leva au beau milieu du second acte, et sortit. Robina, le nez chaussé de lunettes, coiffée d'un chapeau comme on en portait au début du règne de la reine Victoria, me fit songer à cette tante-là. Le jeune Bute jouait le cocher, le vieux cocher tel que l'on en voyait dans ma jeunesse au vieux *Marché aux foins*. Quelle joie de le revoir ! J'eus envie d'escalader la scène et d'aller lui serrer la main. Enfin, les jumeaux jouaient un couple de Jeunes-Turcs. Il n'y eut qu'un cri pour réclamer l'auteur, ce qui donna naissance à un grand bruit de discussions derrière le rideau Pour finir, la troupe parut au grand complet, Veronica au milieu. J'avais d'ailleurs remarqué tout le temps que le centre de la scène était l'endroit préféré de Veronica. Je discerne en Veronica les façons de faire d'une grande actrice.

Dans ma pièce à moi, qui suivit, Robina et Bute jouaient le rôle d'un couple de jeunes mariés qui ne savent pas se quereller. J'ai toujours été frappé de voir combien les gens se querellent plus volontiers sur la scène que dans la vie. Au théâtre, le mari, ayant décidé de faire une scène, entre, referme la porte et allume nerveusement une cigarette. S'il n'est pas un abstinent total, il se prépare un verre de brandy à l'eau. L'épouse, pendant ces préparatifs, prend bien garde de ne pas troubler le silence. Elle tapote les touches du piano jusqu'à ce que monsieur se sente tout à fait à point. Monsieur entre dans son sujet avec ce calme étudié de quelqu'un qui a tout son après-midi devant lui. Madame écoute avec une attention extrême. L'idée de l'interrompre ne lui vient même pas à l'esprit. Quand, par hasard, monsieur s'arrête (car il faut bien, de temps en temps, qu'il respire), madame se contente de venir à son aide en formulant quelques remarques encourageantes comme: « Fort bien ! » « Tu te figures cela ? » « Et si je le faisais ? » On dirait qu'elle s'est donnée pour tâche de l'aider à aller jusqu'au bout : « Continue ! », lui dit-elle de temps en temps avec amertume. Il continue. Vers la fin, comme il a l'air de se calmer, elle s'adresse à lui comme un sportsman lancerait un défi à un autre. Est-ce qu'il a complètement terminé ? Souvent, ce n'est pas tout ; il a gardé le meilleur pour la fin.

— Non, dit monsieur. Ce n'est pas tout. Il y a autre chose.

Alors, elle se réinstalle dans sa chaise, et on voit, à la regarder, qu'elle est de nouveau tout oreilles.

Quand arrive la fin, quand monsieur est tout à fait certain de n'avoir rien oublié, elle se lève.

— J'ai écouté patiemment, dit-elle. (Et en effet, il est impossible de le nier. Le mot « patience » est à peine le mot qui convient.) « Maintenant (ici la voix monte à l'aigu), à ton tour d'écouter ! »

Le mari de théâtre — toujours distingué — s'incline, peut-être avec raideur, mais poliment, et à son tour se prépare à écouter. Pour rendre plus ostensible le changement de rôle, il est plus que probable que la dame traversera la scène et gagnera le côté qui a été jusqu'ici celui du mari ; et lui, partant du même pied, et la croisant vers le milieu, va occuper ce qui doit être considéré comme le côté de la scène réservé à celui qui écoute. Nous entendons alors l'exposé complet du point de vue de madame ; et cette fois, c'est le tour de monsieur de se mordre plutôt la langue que de lâcher une riposte qui pourrait endiguer le flot. Pour finir, c'est le partenaire qui a raison qui triomphe.

Au théâtre, si le droit est du côté de mari, la dame reconnaît elle-même ses torts. Elle est reconnaissante qu'on lui ait ouvert les yeux. Elle demande pardon. Mais dans la vie, les choses se passent différemment. Dans la vie, la chose dont souffre la querelle, c'est l'absence de système. Pas d'ordre, pas de plan préparé. D'où confusion. Monsieur a mijoté son affaire en se rasant. Il sait exactement ce qu'il va dire. Il compte que cela lui prendra un quart d'heure, ce qui lui laissera le temps de s'habiller pour le dîner.

Quand il regarde sa montre, il s'aperçoit que la querelle lui a pris beaucoup trop de temps. En outre, il n'a pour ainsi dire rien dit de ce qu'il voulait dire. Dès le début, la dispute a mal marché ; il n'y a même pas eu de début du tout. Il est entré, il a fermé la porte, mais il n'a pas allumé de cigarette. Il eût fallu des allumettes sur la cheminée. Et, naturellement, il n'y en avait pas. Mais il eût été ridicule d'amorcer la querelle sur cette misère. La note de gaz du dernier trimestre valait déjà mieux. Mais par un enchaînement mystérieux pour le mari, la querelle sur le gaz les avait conduits à parler de l'heure à laquelle il était rentré la nuit du bal du Club de hockey. Grâce à un effort presque surhumain, Monsieur, dans la passe suivante, réussissait à aborder le thème : je suis rentré aujourd'hui une demi-heure plus tôt que d'habitude. Mais madame se moquait bien de cela ! Elle avait la bouche pleine d'une jeune fille, nommée Arabella Jones, dont elle disait pis que pendre, tandis que monsieur tentait vainement de se rappeler où il avait jamais rencontré une dame portant ce nom-là. À peine avait-il ramené la querelle à ses propres griefs que Mlle Cuddifort, la voisine, avait fait irruption pour emprunter un diapason. La voisine partie, il avait fallu tout recommencer depuis le commencement. Ils s'étaient querellés à propos du tapis du salon, à propos du cadeau qu'on avait fait à la sœur de madame à la nouvelle année, sur la façon dont monsieur conduisait l'auto. Cela avait pris une grosse demi-heure. Si bien que, plutôt que de perdre les places louées pour la soirée, ils étaient partis au théâtre sans dîner. Et l'histoire du ciseau du menuisier n'était toujours pas réglée.

J'avais donc pensé que, par le théâtre, il devait être possible de montrer comment la querelle de ménage pouvait être perfectionnée sans grande peine. Et j'avais imaginé ceci : Adolphus Goodbody, jeune époux profondément attaché à sa femme, n'en sent pas moins que les repas qu'elle lui prépare menacent d'endommager d'une façon permanente son appareil digestif. Il se décide à demander que cela change. Elvira Goodbody, femme charmante, admire son mari, et lui est dévouée ; mais elle manifeste un peu d'humeur quand il s'occupe des questions domestiques. Adolphus attaque. Pendant la première moitié de l'acte, c'est le développement d'une querelle humaine, non comme elle devrait être, mais telle qu'elle est.

Après avoir parlé de tout, sauf de ce qui motivait la dispute, après s'être accusés mutuellement de mauvaise foi, etc, ils en arrivent à parler, avec un calme effrayant, des dispositions à prendre en vue d'une séparation de corps que chacun sent inévitable. À ce moment, on frappe à la porte. Un ami entre. On essaie en vain de lui cacher qu'il a interrompu une scène de ménage. L'ami les confesse. De quoi s'agissait-il ?

Ils se regardent. Il serait plus facile de dire de quoi il ne s'agissait pas. Il avait été question de tout. Ils énumèrent les sujets abordés. L'ami coupe court à la liste. Il dit qu'il n'y a qu'une chose à faire : recommencer la querelle depuis le commencement ; et que cette fois, s'ils s'en remettent à lui, il peut leur promettre que celui qui a raison l'emportera.

Elvira dit que cette solution est admirable : Adolphus va enfin être amené à voir clair. Adolphus serre la main de son ami ; Elvira, dit-il, va être forcée de s'incliner devant le bon sens.

L'ami, directeur de théâtre, arrange la scène. Il place madame. Il fait entrer monsieur. Il allume une cigarette ;

il jette l'allumette sur le plancher ; il arpente la pièce ; il donne un coup de pied à un tabouret qui le gêne.

La querelle recommence. Mais Elvira gagne à la main et elle est déjà loin quand l'ami commun réussit à l'arrêter. Il dit qu'il ne peut garantir un résultat satisfaisant sans exiger une stricte obéissance. Il fait reprendre la réplique. Cela ne va pas sans peine. Il faut à l'ami tout son tact pour empêcher la querelle à deux de devenir une querelle à trois.

Adolphus, autorisé à parler, explique qu'il voulait se plaindre des repas. Madame bondit. L'ami intervient. Elvira lui déclare qu'il est ridicule de l'interrompre à tout coup ; bon moyen pour qu'elle oublie la moitié de ce qu'elle a sur le cœur : « A qui la faute, dit-elle, s'ils gardent une mauvaise cuisinière, trop âgée pour apprendre, et trop entêtée pour entendre un conseil ? » De quelle famille sort la vieille servante ? Pas de celle d'Elvira. C'est pour faire plaisir à Adolphus qu'elle a supporté cette femme. Elle éclate en sanglots. Adolphus est troublé. Il n'a jamais aimé la bonne ; il se peut qu'elle ait été fidèle, mais cuisinière, non. Son idée à lui, si on l'avait consulté, eût été de faire à la vieille une petite pension. Elvira lui saute au cou. Pourquoi ne l'avoir pas dit plus tôt ? Adolphus, à son tour, presse sa femme sur sa poitrine. Est-ce qu'il savait ? Et pour finir, ils promettent à l'ami de ne jamais se quereller en dehors de sa présence.

L'interprétation fut parfaite. Le pasteur, qui est célibataire, déclara qu'il y avait là un grand enseignement. Veronica, les yeux pleins de larmes, dit qu'elle trouvait cela très beau. Il y a plus qu'on ne croit dans cette petite Veronica.

CHAPITRE XII

Je regrette que la maison soit finie. Il y a un proverbe qui dit que les fous bâtissent pour les sages. Mais tout dépend de ce qu'on demande à la vie. Le sage a bien pour lui les briques et le mortier, mais tout le plaisir ne fut-il pas pour le fou, qui eut la joie de bâtir ?

À ce propos, je me rappelle avoir lu une fois, dans un livre que j'avais acheté à la gare de Lyon, une curieuse histoire qui me tint en haleine depuis Paris jusqu'à Fontainebleau. Trois amis, trois artistes pauvres, un musicien, un peintre et un poète, sont attablés un soir, à la fin d'un maigre repas, dans une gargote du Quartier latin. Les pipes sont allumées. Les fumeurs rêvent à leur pauvreté ; ils évoquent la lutte qui les attend, et qui menace d'être longue et dure.

— Ma musique est originale, soupire le musicien. Mais combien de temps passera avant que le public comprenne ? Si jamais j'arrive, ce sera l'année dont tous les jours sont fériés.

Jusque-là, je vivrai ignoré, ou méconnu; je verrai les gens sans idéal me dépasser l'un après l'autre sur le chemin de la fortune; les roues de leurs voitures m'éclabousseront, tandis que je battrai le pavé de mes talons éculés, dans un monde où tout n'est qu'injustice…

— Oui, renchérit le poète, injustice et abomination. Et moi? Mon sort n'est-il pas plus affreux encore que le tien? Toi, tu portes tes dons en toi-même. Les miens consistent à transcrire ce qui se passe autour de moi. Aussi loin que je puisse voir dans l'avenir, j'aperçois toujours cette ombre portée sur ma vie. Sans connaître tout ce qu'il y a de beau dans la vie, comment développer complètement mon génie? Mon âme est affamée à mourir de tout ce qui me manque aujourd'hui. Quelques bribes de la fortune que gaspillent en un jour tant de gens vulgaires donneraient peut-être à la France un de ses plus grands poètes. Ce n'est pas à moi seul que je pense. C'est à tous ceux…

— Je ne planerai pas, dit le peintre, jusqu'à ces vertigineuses hauteurs du désintéressement. Je serai franc: c'est à moi surtout que je pense. N'en n'ai-je pas le droit? Je donne au monde de la beauté, et que me donne le monde en échange? Cette gargote misérable où je mange, dans une vaisselle douteuse, des ragoûts malodorants; un logement tout au plus bon pour abriter des volailles avec des pots de cheminées pour tout horizon. Peut-être, comme tant d'autres, trouverai-je un jour mon royaume:

un atelier dans le quartier de l'Étoile, un petit hôtel à Neuilly. Mais après combien d'années d'un travail mal payé ? Je l'avoue, la perspective de la route à parcourir m'épouvante.

Les trois amis sont tellement absorbés par leurs pensées qu'ils n'ont pas vu qu'un étranger, assis à la table voisine, les écoute avec attention. Au bout d'un moment, l'étranger se lève. Il s'approche et, avec une aisance pleine de bonne grâce, il s'excuse d'intervenir dans une conversation qu'il lui était impossible de ne pas entendre ; et il réclame la faveur d'être admis à rendre un service. Outre que le local est mal éclairé par une mauvaise lampe, la table où mangent les artistes se trouve dans le coin le plus sombre de l'établissement. L'étranger est mis avec élégance. Sa voix et toute son allure lui donnent l'air d'un homme habitué à traiter largement de grosses affaires. On distingue mal son visage, la lampe se trouvant placée derrière lui.

Les trois artistes le regardent à la dérobée. Ce doit être quelque riche mécène, quelque original atteint de la manie de fréquenter et de patronner des artistes ; il n'est pas impossible qu'il connaisse quelques-unes de leurs œuvres : il a pu lire des vers du poète dans une jeune revue ; en courant les brocanteurs du quartier, il a pu voir le nom du peintre sur quelque esquisse ; à tel concert donné par les étudiants, il a pu remarquer le *Nocturne en fa* du musicien ; et s'étant enquis de leurs habitudes, il a pu choisir cette façon de se présenter.

Les jeunes gens lui font place, avec moins d'espérance que de curiosité. L'étranger commande des liqueurs, tire de sa poche un étui, offre des cigares. Puis il se met à parler, et sa confiance gagne aussitôt les trois jeunes hommes :

— Avant d'aller plus avant, dit-il d'une voix qui sonne prophétique, j'ai le plaisir de vous informer que vous êtes tous trois destinés au plus bel avenir. Vous serez tous trois de grands hommes.

Les liqueurs sont capiteuses. Nos trois bohèmes en boivent rarement. Les cigares aussi ont un arôme singulier, qui leur trouble la cervelle. C'est pour cela, sans doute, que la prophétie ne leur cause qu'une médiocre surprise. Il semble tout naturel que l'aimable étranger puisse lire ainsi dans l'avenir.

Le prophète sourit :

— Vous connaîtrez, poursuit-il, la célébrité d'abord, et ensuite la fortune. Tous les biens de ce monde seront à votre portée, l'amour des femmes, les honneurs, et l'encens de la grande popularité ; les joies spirituelles et matérielles, toute l'aisance et tout le luxe, celui de la table et celui du décor.

À mesure que l'étranger parle, les murs poisseux de la gargote s'évanouissent aux yeux des jeunes gens. Ils se voient marchant comme des dieux dans les jardins de leurs désirs. La réalité reparaît quand l'étranger, la voix changée, se met à dire :

— Hélas ! Tout cela demande du temps. Avant d'atteindre la juste récompense de vos talents et de vos peines, vous aurez l'un et l'autre atteint et même dépassé l'âge mûr. D'ici là (et l'étranger hausse des épaules impuissantes) ce sera, pour vous aussi, la vieille histoire : celle du génie usant ses jeunes forces dans la lutte contre l'indifférence, le ridicule et l'envie, la mélancolie de la gêne et des jours étroits. Il y aura des nuits d'hiver pendant lesquelles vous irez par les rues, ayant froid, ayant faim, ayant laissé toute espérance. Il y aura des jours d'été où vous resterez enfermés dans votre grenier, ayant honte de voir au grand jour vos vêtements élimés. Il y aura des aubes frileuses où vous contemplerez d'un œil sauvage la souffrance de ceux qui vous sont chers, parce que vous serez impuissants à soulager leur misère.

L'étranger se tait. Le garçon remplit les verres. Les trois amis boivent en silence.

— Voulez-vous… reprend l'étranger avec un sourire engageant, voulez-vous que soit escamotée cette période normale d'épreuves ? Voulez-vous, enjambant les années, arriver sur l'heure à destination ?

Il sourit, renversé sur la banquette, et regarde les trois amis. Les trois amis sentent ce sourire, plutôt qu'ils ne le voient. Ils ne pourraient pas définir ce qui se passe en eux, mais quelque chose qui rayonne du visage de l'inconnu fait que toutes choses paraissent possibles, pourvu que tel soit son bon plaisir.

— Rien de plus simple, insiste le prophète. Un moment de sommeil et d'oubli et les années de misère seront derrière vous, non devant. Allons, Messieurs, consentez-vous ?

La question paraît à peine exiger une réponse. Échapper d'un seul coup, se soustraire à la lutte longue et dure ! Entrer sans combat dans la victoire ! Les jeunes gens se consultent du regard. Et chacun d'eux, songeant aux avantages, troque la bataille contre le butin.

Ils ont tout à coup l'impression que les lumières s'éteignent et qu'une ombre opaque tombe sur eux, tandis qu'un souffle de tempête les emporte à travers un monde peuplé de hautes clameurs. Et c'est l'oubli, et puis, un peu plus tard, le brusque retour à la lumière.

Ils se retrouvent assis à la table, somptueusement décorée et garnie, d'un de ces restaurants luxueux comme ils n'en avaient encore entrevus qu'à travers des rideaux, par des nuits d'hiver. L'étranger préside une brillante assemblée, réunie pour fêter, dans une intimité relative, le succès du poète, qui vient d'être reçu à l'Académie. Le poète apprend qu'il a maintenant cinquante-trois ans. Un miroir lui renvoie le reflet de sa tête chauve. À vingt-cinq ans, il a épousé Marguerite, avec qui il a vécu heureux et libre dans une petite maison de Suresnes. Mais, la misère aidant, Marguerite est morte. La mort de Marguerite a servi le poète en lui fournissant la matière de ses chants les plus beaux. Puis le poète s'est fait un nom dans le journalisme. Il est sorti de là pour entrer dans la politique. Il a été député. Il a écrit pour le théâtre. Il s'est remarié avec une veuve très riche; mais la poésie a fui le foyer trop opulent. Le poète est arrivé, mais il a donné toute sa substance. Son œuvre est finie.

Le peintre et le musicien ont eu à peu près le même destin. Leur âme est désormais muette; car, ce qui les inspirait, c'étaient les difficultés mêmes de la lutte à ses débuts, c'étaient leurs angoisses, c'était l'amour, qui les a quittés, c'était la vie.

— Vous nous avez volé notre vie! dit le poète à l'étranger.

L'étranger les laisse exhaler leurs plaintes, et puis il dit:

— Il n'est pas trop tard encore. Tout ce que vous êtes à présent peut, si vous le voulez, n'être plus qu'un mauvais rêve. Voulez-vous racheter la jeunesse et votre passé au prix de votre richesse? Au prix des larmes qu'il vous faudra de nouveau verser, voulez-vous racheter la vie?

Tous trois n'ont qu'un seul cri: « Rendez-nous la jeunesse, avec ses soucis, et la force de les supporter! Rendez-nous la vie, même faite de peines et d'amertumes! »

Ils s'éveillent dans le petit café aux tables douteuses de la rue Saint-Louis. Le garçon décati empile les chaises et se prépare à mettre les volets. Le poète tire de sa poche une poignée de sous et demande ce qu'il doit.

— Rien du tout! dit le garçon.

L'étranger qui était assis à côté d'eux a payé l'addition. Les trois jeunes gens se regardent, étonnés, et ne disent rien.

Dehors, les rues sont désertes. Il tombe une pluie fine. Relevant le col de leurs vestes, ils s'enfoncent dans la nuit. Or le bruit de leurs pas, sur le trottoir mouillé, n'est pas à l'unisson de la pluie. Il sonne clair et joyeux. Une grande espérance les soulève. Ils marchent d'un pas courageux.

J'en eus le cœur tout serré en pensant à Dick, et aux milliers de jeunes gens heureux, bien portants, pourvus de tout, qui lui ressemblent. Il y a ainsi par le monde des millions de ces jeunes gens qui n'ont jamais eu faim que lorsqu'ils étaient le ventre à table, qui ne se sont jamais sentis fatigués jusqu'à mourir sans avoir quelque part, à leur portée, un bon lit où s'étendre et dormir.

À tous ceux qui vivent dans l'aisance, la vie est comme une perpétuelle couveuse. On les éveille doucement le matin, pas de trop bonne heure. Tout est prêt, à cette heure-là, pour les recevoir. Le feu brûle. On les éveille doucement. On leur apporte le thé. Ils daignent boire et trouver le courage de se lever. On parle d'une voix étouffée, car il faut si peu de choses, au réveil, pour provoquer la migraine, dans une tête délicate. Les persiennes sont disposées de telle sorte que le soleil brutal ne puisse pas entrer, car rien n'est insupportable comme un rayon de soleil tombant dans un œil encore ensommeillé. Voici de l'eau pour leur toilette, de l'eau chambrée. Ils se lavent. Ils se lavent tout seuls ! Ensuite on les rase, on les coiffe. La manucure passe. Enfin, quand ils sont prêts, ils avancent d'un pas encore mal assuré vers la table où le déjeuner les attend. On leur tend leur petite serviette. On leur sert à manger ; on leur sert à boire. Veulent-ils jouer ? Voici la salle de jeu. Quel jouet voulez-vous ? La nourrice fidèle est là ; elle va chercher le jouet désiré. Montez sur le cheval de bois ! Ils ne glissent même pas seuls leurs petits pieds dans les étriers !

Ou bien ils ont envie de sortir. Le médecin a ordonné le grand air. Cinq minutes de patience et la voiture est prête. La voici qui s'avance : « La voiture de monsieur, la voiture de mademoiselle est avancée ! » On les couvre d'un grand manteau bien chaud. Sous leurs pieds, un petit banc, et un coussin bien moelleux dans le creux des reins.

À la fin, ils se lassent de jouer. On retire donc les jouets de leurs mains distraites. On les range pour eux. Ils ont mangé tout ce qui donne des forces, car il importe qu'ils soient plus tard des hommes robustes, des femmes saines. On les a habillés pour qu'ils aillent se promener au Bois ; déshabillés et rhabillés pour qu'ils aillent goûter avec leurs petits voisins ; déshabillés et rhabillés pour la matinée dansante. Ils ont lu ; ils sont allé voir une pièce, regardé des images. Le vieux monsieur qui a de longs cheveux a joué pour eux. Ils ont dansé. Leurs petits pieds leur font mal, tant ils sont fatigués. Le valet de pied les ramène. Les voici à l'aise à présent dans leur petite chemise de nuit. On ferme la lumière. Tout doux, tout doux, on ferme la porte.

De temps en temps, il arrive qu'un petit homme agité, las de la fade nursery, s'enfuie par la porte du jardin et par la longue route blanche, et s'en aille découvrir le pôle Nord, à moins que ce ne soit le pôle Sud, ou bien l'endroit où se lève le fleuve Nil ; ou bien encore, il veut connaître la sensation qu'on a quand on vole en l'air ; ou il veut grimper dans les montagnes de la lune ; faire n'importe quoi, aller n'importe où, pour échapper à la civilisation, sa nourrice, et aux cordons éternels de son tablier blanc.

D'autres fois, c'est une femme, une drôle de petite femme, qui, curieuse de savoir d'où viennent les gens, courra jusqu'à ce qu'elle arrive à la grande ville ; observe là, étonnée, ces êtres étranges qui peinent, et suent, et maudissent le sort ; et, regagnant ensuite la paisible nursery, retrouve en vain ses jouets et ses belles robes, qui n'auront plus, plus jamais, pour elle, leur figure d'avant l'équipée.

Il y a donc, de temps en temps, ce petit homme-là, et cette petite femme. Mais, en dehors de ceux-là, pour les quatre-vingt-dix-neuf centièmes des gens qui vivent dans l'aisance, le monde qui s'étend au-delà des bornes de la nursery reste un monde inconnu. Et dans ce monde, des aventures terribles arrivent aux petits hommes et aux petites femmes. Des gens les foulent, les bousculent et même leur marchent dessus, s'ils n'y prennent pas garde. Dans ce monde-là, pas de compte en banque pour assurer l'équilibre. On y livre soi-même les batailles de la vie. On y a froid et faim. Il s'agit de s'y défendre, de gagner le repas qu'on va manger. On ne sait pas toujours comment on assurera la vie de la semaine qui suit celle où l'on vit. Des choses terribles arrivent ; les routes sont pleines d'embûches, semées de surprises. Les uns grimpent ; d'autres ne peuvent pas avancer ; le malchanceux roule en bas. Il s'agit de tenir bon, de ne pas lâcher prise et de lutter. Des histoires à faire frémir les gens qui vivent à leur aise ! Aussi tirent-ils leurs rideaux sur le spectacle. Ils ne peuvent pas supporter de voir cela.

*

Robina avait une petite chienne nommée Bobette, qui menait la vie d'un chien heureux ; qui dormait dans une corbeille, sur un coussin rempli de duvet, qu'un rideau soyeux mettait à l'abri des courants d'air qui tourbillonnent au ras du plancher ; qui buvait un lait tiédi à point, sucré à souhait ; à qui une chaise était réservée en hiver tout près du poêle, et qu'on plaçait en été dans le coin où donnait le soleil ; qui, trois fois par jour, prenait un repas dont un gourmet eût fort bien fait son ordinaire ; qu'on déchargeait même du souci de chercher ses puces.

Deux fois l'an, Bobette réclamait des soins particuliers sans lesquels elle se fût éloignée, pendant des jours et des nuits, chercher à l'aventure la petite part d'amour et de douleur par où s'assure la continuité de la race des chiens, comme celle des hommes. Un frisson, deux fois l'an, passait dans le petit corps ; la rumeur des grandes marées de la vie parlait en secret à Bobette d'un pays merveilleux où les pierres les plus aiguës sont plus douces aux flancs que les coussins de soie du reste du monde.

Un soir d'hiver, il se produisit un grand événement. Bobette disparut. On la chercha partout. On ne la trouva nulle part.

Nous demeurions à la campagne, à des lieues de toute habitation. À tous les appels de Robina, Bobette resta sourde. Et il neigeait.

Le lendemain matin, une vieille femme, qui demeurait dans une bourgade à deux lieues de chez nous, ramena Bobette au bout d'une ficelle en guise de laisse. Dans quel état ! Trempée d'eau, souillée de boue comme le volant d'une robe trop longue qui eût traîné longtemps sur la route. La vieille l'avait trouvée tapie dans l'encoignure d'une porte, petite femelle palpitante et farouche. Espérant une récompense, elle la rapportait à l'adresse qu'elle avait lue sur le collier.

Robina en pleura de dégoût. Elle ne pouvait comprendre que la petite bête qu'elle avait choyée eût laissé tous les biens de la terre pour décider de son plein gré de s'en aller courir, comme une traînée, dans l'ombre et les ruelles boueuses d'un bourg maussade inconnu.

La vieille écoutait et souriait. Elle raconta qu'elle avait eu onze enfants, à qui la vie n'avait pas toujours été clémente. Les uns avaient mal tourné et d'autres étaient morts ; quelques-uns avaient réussi.

Au moment de nous quitter, elle se pencha vers le chien, le souleva de terre, et, le tenant dans ses vieilles mains, tout près de son visage, elle lui dit :

— Tout cela lui est arrivé par sa faute, bien sûr. Mais pouvait-elle faire autre chose, la pauvre innocente ?

Alors, on vit Bobette sortir une langue rose, lécher les mains de la vieille, lever des yeux encore craintifs vers celle qui parlait. Et ce regard de chien semblait dire :

— Nous nous comprenons, nous autres, les mères !

*

Décidément, la terrasse sera mon coin favori. Petite mère dit qu'elle s'y tiendra volontiers, elle aussi, les jours où il fera du soleil. Par une trouée que j'ai fait tailler dans la futaie, je vois de loin la maison du garde-chasse où nous avons vécu. Elle n'est guère qu'à une petite lieue de la lisière du bois. Le jeune Bute m'assurait l'autre jour que c'est l'endroit dont il a rêvé depuis toujours. Il passe presque tout son temps à Londres, mais il est libre du vendredi soir au lundi matin. Ces deux jours-là, il veut, dit-il, vivre à la campagne. Il n'est pas impossible que je me décide à lui céder la maison du garde.

Nous voyons aussi, par-dessus les arbres, les cheminées de la maison de Saint-Leonard. Dick déclare qu'il a pris un parti, et qu'il est absolument décidé à se faire fermier. Il ajoute qu'il serait avantageux, au début, de s'entendre avec M. Saint-Leonard. Je ne serais pas étonné que Saint-Leonard, qui aime le changement, se lasse de la culture. Un de ses frères qui est au Canada est en train de se faire fortune dans l'industrie des bois en grume. Saint-Leonard, depuis quelque temps, ne manque pas une occasion de m'exposer les avantages de la vie canadienne, pour une famille où il y a de grands enfants. Je serais fâché de perdre Saint-Leonard comme voisin, mais je ne cache pas que j'apprendrais sans ennui que Mme Saint-Leonard est allée demeurer quelque part dans le Manitoba.

Veronica, elle aussi, adore la terrasse. Elle trouve que c'est un endroit charmant pour se reposer.

— Si quelque chose devait arriver à Robina, me disait-elle un jour, il est évident que toute la besogne tomberait sur mes épaules.

J'ai répondu :

— Il est certain que cela ferait un grand changement. Quant à ce qui est de tomber sur tes épaules, la chose, jusqu'ici, est arrivée à toi plus souvent qu'à la besogne.

Mais Veronica, ce jour-là, n'était pas d'humeur à me suivre dans les faciles plaisanteries. Sa figure était grave :

— Ne faut-il pas, me dit-elle, que je commence, un jour ou l'autre, à m'occuper, moi aussi, de devenir une grande personne ?

TABLE

Cet Arbuste véhément n°17, 223e volume édité par les éditions de l'Arbre vengeur, a été achevé d'imprimer en janvier 2021.

Dépôt légal : 1er trimestre 2021

www.arbre-vengeur.fr

Ergänzungsmittel

- Täglich zwei Esslöffel Leinöl einnehmen, denn Leinöl enthält wichtige Omega-3-Fettsäuren. Mit ein wenig Zitronensaft schmeckt es besser.
- Lecithingranulat über Salate und Suppen streuen. Das Phosphatidylcholin in Lecithin trägt zur Fettzerlegung bei und baut Cholesterinablagerungen ab.
- Alfalfapulver enthält Saponine und trägt zur Cholesterinsenkung bei.
- Vitamin C ist sehr wichtig für den Plaqueabbau.
- Nehmen Sie rotierend die folgenden Ergänzungsmittel ein:
  - Coenzym Q10
  - Vitamin E
  - Magnesium
  - Vitamin-B-Komplex
  - Niazin
  - Borretschöl oder Nachtkerzenöl
  - Tocotrienole

Extratipp

- Zur Plaqueentfernung halte ich auch eine Ausleitungstherapie (Chelierung) für sinnvoll.

Arthritis

Siehe Arthrose (Seite 242) und rheumatoide Arthritis (Seite 555).

Arthrose

Eine Arthrose wird oft als »Verschleiß« bezeichnet. Betroffen sind in erster Linie Menschen ab fünfzig, darunter mehr Frauen als Männer.

Der normalerweise geschmeidige, glatte Knorpel am Ende der Knochen, zwischen den Gelenken, ist dann abgenutzt und rau. Das führt zu Reibung, Schmerzen und Entzündungen. Die Veränderungen des Knorpelgewebes regen Knochenzellen zum Wachstum an, weil der Körper versucht, das Problem zu beheben. Dieses verstärkte Wachstum kann eine Spornbildung provozieren, die weitere Schmerzen hervorruft.

Betroffen sind vor allem Handgelenke, Hände, Knie, Wirbelsäule und Hüftgelenk. Zu den Symptomen zählen Schmerzen, Steifheit, Schwellungen, Deformierungen und Bewegungseinschränkungen in den erkrankten Gelenken. Kaltes, feuchtes Klima verschlimmert die Beschwerden, während ein warmes, trockenes Umfeld sich günstig auswirkt.

Medizinisch wird die Erkrankung in der Regel mit Ibuprofen und anderen nicht-steroidalen Entzündungshemmern behandelt. Sie stillen den Schmerz und lassen die Entzündung abklingen, können aber gegen die eigentliche Ursache nichts ausrichten. Zudem belasten sie den Darm.

Gegenmaßnahmen

Nach Möglichkeit sollte man die Auslöser ausschalten und entzündungshemmende Lebensmittel bevorzugen.

⊕ *Empfehlenswert*

- Fetter Fisch: Lachs, Makrele, Sardinen, Hering, Forelle und Heilbutt. Sie enthalten die entzündungshemmenden essenziellen Omega-3-Fettsäuren EPA und DHA.